MICHEL GEORGES-MICHEL

DIE VON MONTPARNASSE

www.waldegraf.ch

Die Originalausgabe erschien 1924 unter dem Titel
«Les Montparnos» bei Fayard, Paris

Aus dem Französischen von Marcus Seibert

Mit Illustrationen von Leonard Foujita,
Genevieve Gallibert und Jean Moulin (alias Romanin)
Umschlaggestaltung: 2xGoldstein, Karlsruhe (D)
unter Verwendung einer Illustration von Leonard Foujita
Gestaltung: 2xGoldstein, Karlsruhe (D)
Druck und Bindung: Kösel GmbH & Co. KG,
Altusried/Krugzell (D)

ISBN 978-3-03774-002-6

MICHEL GEORGES-MICHEL

DIE VON M ON TPAR NASSE

Ein Roman über die Großstadtboheme
aus dem Französischen von Marcus Seibert

Für die aus Deauville

VORBEMERKUNG Eigentlich wollte ich nur das Leben der Maler unserer Generation, die in einer für die Kunst neuen Umgebung Neues versucht haben, porträtieren. Entstanden ist ein Roman. Wie in fast allen meinen Büchern bezieht sich jeder Pinselstrich, jedes Wort dieses Romans auf eigene Erlebnisse oder Sätze, die ich gehört habe. Und doch meine ich außer denen, die ich namentlich erwähne, niemanden im Speziellen. Um meinen Helden und Heldinnen einen Hauch Realität einzublasen, habe ich lediglich den Lebensgeschichten gegenwärtiger oder inzwischen verstorbener Maler Einzelheiten entliehen. Wenn ich dabei den einen oder anderen Charakterzug von Modigliani oder Utrillo verwendet habe, sollte man deshalb aber nicht schlussfolgern, ich hätte hier ihre Geschichte niedergeschrieben oder die ihrer Weggefährten. «Modrulleau», «Haricot-Rouge» und all die anderen Charaktere sind trotz der authentischen Einzelheiten, mit denen ich sie hier und da geschmückt habe, durch und durch Kunstfiguren, die, wenn man so will, zwar aus verschiedenen Figuren eines Milieus und einer bestimmten Gesinnung zusammengesetzt, aber gerade dadurch nicht weniger fiktiv sind. Wenn sie, was ich hoffe, einige Maler der Zeit mit ihren Zielen, ihren Kämpfen und ihrem Elend treffend darstellen, so bleiben sie doch reine Romanhelden.

Michel Georges-Michel, Paris 1924

1

Aus dem *Grand Journal*: « … Montparnasse: Das lässt uns an die Beschaulichkeit des großen Boulevards im Süden der Stadt denken. Unter den Robinien flanieren in hellen Abendkleidern und mit kreolischen Schärpen gegürtet, hochaufgeschossene Amerikanerinnen neben blassen Skandinavierinnen, und vereinzelt trifft man auf die letzten italienischen Aktmodelle, die mit ihren bunten Schürzen und Kopftüchern der Schule von Hébert folgen. In den dunklen, engen Seitenstraßen allerdings drängeln sich neuerdings die Ateliers. Auf dem Boulevard selbst chinesische Restaurants und für die Yankees ein paar Läden, die nach Mais riechen. Dazwischen drei oder vier kleine englische Lunchrooms mit ungebrochen präraphaelitischer Atmosphäre. Doch das Besondere hier sind die Café-Terrassen, die von Pfaffenhutbüschen eingerahmt sind. In deren Laub verstecken sich ganz besondere Leuchtkäfer, die vom herrlich blauen Licht der Juninächte zu leben scheinen.

Was für eine Boheme, was für ein gruseliges Künstlertum verbirgt sich hinter dem exotischen Karneval des Viertels und seinen Übertreibungen! Sehen Sie sich zum Beispiel – aus einiger Distanz, Ihrer eigenen Sicherheit zuliebe – jene taghell erleuchtete Terrasse an, diese Manege, die einem Zirkus aus Nischni-Nowgorod oder New York alle Ehre machen würde. In voller Scheußlichkeit erstrahlt dort im grellen Schein der nackten Glühbirnen die ausgefallene Aufmachung der ‹Malerinnen›. Verlumpte und buntscheckige Gestalten befinden sich dort, die aus den Obdachlosenasylen tropischer Länder entlaufen zu sein scheinen. In diesem armseligen Theater treten Cowboys auf, die noch nachts um elf in ihren Stiefeln stecken. Und selbsternannte Baudelaires und Coleridges gibt es im Dutzend billiger. Wer hier wie ein Dandy auftritt, ist mit Sicherheit Schieber, Dealer oder Dieb. Die Frauen stehen den Männern in nichts nach. Bubifrisuren zu papageienbunten, wallenden Gewändern, nackte Füße in Sandalen, violetter, schwarzer oder sogar grüner Lippenstift. Blicke und Absichten sind gleichermaßen vage, und die

Kosenamen, Coco, Momo, Lolo, klingen alle wie verbotene Genussmittel. Im Mittelpunkt dieser halbseidenen Mischpoke bewegt sich eine Afrikanerin. Bunt wie das Affenweibchen einer Wandermenagerie hat sie sich herausgeputzt.

Die merkwürdigen Erscheinungen auf dieser Terrasse übertreffen noch die düsteren Hafenkais in Marseille, die hölzernen Promenaden von Singapur oder die schönsten Vergnügungsstrände Südamerikas an Buntheit. Hier ein authentischer indischer Fakir, dort ein schäbiger Oscar Wilde, bei Bedarf Strichjunge, daneben ein reichgewordener Falschmünzer, an den sich eine Diebin heranwanzt, die in diesen jämmerlichen Fischgründen auf Beutezug geht. Was für ein Missverständnis! Zwischen all den selbsternannten Fotografen, hypochondrischen Epileptikern und Aktmodellen, die nicht nur für die Malerei ihre Hüllen fallen lassen, schwirrt eine kleine Lebensmittelhändlerin herum, die sie alle nur ‹Haricot-Rouge›, rote Bohne, nennen. Müde vom Parkettschrubben tut auch sie nach Ladenschluss so, als malte sie mit Farbe auf Papier.

Ja. Sie werden es mir nicht glauben: Alle diese Leute, die ich eben beschrieben habe – malen! Sie hören richtig: Sie malen, nicht bloß mit Lippenstift, sondern mit richtigen Pinseln auf echte Leinwand. Und zu allem Überfluss stellen sie diese ‹Werke› auch noch aus! Reiben Sie sich ruhig die Augen und blicken Sie noch einmal genauer hin, wenden Sie den Blick hinein ins Innere dieses Cafés. Durch den Rauch und den Dampf, der von den schwitzenden Leibern aufsteigt, sehen Sie das Gewusel eines Schweinestalls. Sechs oder mehr Gestalten halten sich gewöhnlich an einem Bockbier oder Kaffee fest, als wäre das ihr dreckiger Futtertrog. Wenn Sie genau hinsehen, erkennen Sie an der Wand dahinter das Geschmiere, das sie Kunst nennen: Rhomboeder, die Blumen eines Stilllebens darstellen sollen, und martialische Draperien einzelner Körperteile, die Aktbilder sein wollen. Kein Wunder, dass diese Leute so malen, wie sie sich kleiden. Alles an ihnen scheint nur darauf angelegt, die Angestellten von nebenan vor den Kopf zu stoßen. Nichts an diesen Exzessen und affektierten Extravaganzen ist harmlos. Sie zeugen von grundsätzlicher Ignoranz und Überheblichkeit. Deshalb rate ich:

Vorsicht! Der Pesthauch der ‹Khunst› mit aspiriertem großen K verdirbt unser ehrwürdiges Viertel und infiltriert nach und nach ganz Paris…»

Der Artikel ging von Tisch zu Tisch. Für die Ausländer wurde er übersetzt oder laut vorgelesen. Und alle fragten sich: «Welcher Mistkerl hat das geschrieben?»

«Ins Ghetto!»

«In den Knast sollte man den…»

«Coco, was denkst du?»

«Ein Vollidiot.»

«Das lassen wir nicht durchgehen», sagte Moïse Kisling, der Pole, der seinerzeit in der Armee nur mit dem rostigen Säbel bewaffnet, den sein Vater im Duell mit einem russischen Offizier erbeutet hatte, in den Kampf gezogen war. «Wo ist das Schwein?»

«Wir sollten ihn vergessen», sagte Kharis apathisch, der Hindu, den alle nur den Fakir nannten. Angeblich lebte er bereits in der sechshundertsten Reinkarnation. Von morgens bis abends auf immer der gleichen Bank sitzend, ernährte er sich ausschließlich von Molke.

«O nein», erwiderte Cendrars, der Dichter, der einen Arm in einem Schützengraben der Champagne gelassen hatte. «Nein und nochmals nein», sagte er so heftig, dass der Bommel seines orientalischen Fez, den er seit Armee-Tagen trug, wackelte. «Sie können uns beschimpfen, wenn sie uns nicht verstehen. Sie können uns behandeln wie Verrückte und Spinner. Das ist unser Los, mit dem wir uns abfinden, weil wir etwas erschaffen, das den allgemeinen Anschauungen zuwiderläuft. Aber das hier, das hat ein Maulwurf geschrieben, einer von uns. Er hat uns als Fälscher, kriminelles Pack und als Homosexuelle verleumdet.»

«Genau. Kennt irgendwer den Typen?»

«Der war manchmal hier», sagte Kiki, das großgewachsene junge Aktmodell, das Kisling aus einer Laune heraus als Faun geschminkt hatte. Die Augen waren mit Zeichenkohle umrandet und die Augenbrauen in einen kühnen Strich verwandelt.

«Du kennst ihn?»

«Der hat mal mit mir gequatscht. Aber wieso regt ihr euch so über den auf?»

«Wieso? Na dann lies das mal.»

Kiki warf nur einen Blick auf den Artikel. «Also schön. Er sitzt da drüben im *Dôme*. Ist dort Stammgast. Hat mich schon mal eingeladen...»

Cendrars und Kisling standen auf. Granowsky, der Cowboy, die Russen vom Nachbartisch und einige Frauen, darunter Aischa, folgten ihnen.

«Ist es der da mit dem Strohhut und der Karohose?»

«Ja.»

«Dann ist ja alles ganz einfach», sagte Kisling. «Wir gehen hin und schlagen ihm die Fresse ein.»

Es war gegen fünf Uhr nachmittags, und die schöne Frühsommersonne, deren Strahlen vom Eiffelturm in Zickzackmuster verwandelt wurden, tauchte den ganzen Boulevard in mildes Rot. Im *Café Dôme*, direkt gegenüber der *Rotonde,* saß der Autor des Skandalartikels an einem Bistrotisch und rauchte in aller Ruhe eine teure Orientzigarette. Er wirkte zufrieden und fühlte sich offenbar zu Hause unter den anderen Gästen. Die Luft war mild.

Drei junge Frauen gingen vorbei, in luftige Sommerkleider mit hochgeschnürtem Mieder gehüllt, ganz im Stil der Frauendarstellungen Botticellis. Das Licht hellte ihre Gesichter auf, die Augen funkelten in der tiefstehenden Sonne. Er wollte ihnen zuwinken. Doch dann bemerkte er zwei Männer, die ihn aus nächster Nähe wütend anstarrten. Der eine, Kisling, stand in einem Blaumann vor ihm, wie ihn Flugzeugmechaniker tragen. Mit der tief ins Gesicht gezogenen Mütze und dem roten Schal sah er aus wie ein Metzgerjunge, der sich in ein rührendes Melodram verirrt hat. Cendrars ließ bereits seinen übriggebliebenen Arm kreisen.

Der Journalist sah sich um. Zehn Schritte hinter Kisling standen der Cowboy und ein paar andere Schaulustige. Daneben hatte sich ein anderes Grüppchen aufgebaut.

«Also bitte», erwiderte er seelenruhig, als Kisling auf ihn zuging und ihm die Frage ins Gesicht schleuderte: «Bist du dieser Dreckskerl?»

Der Journalist war kein Feigling. Es hatte schon seine Gründe, dass man ihn in den Redaktionen immer nur «den Fiesling» nannte, obwohl er besser war als sein Ruf. Trotzdem verneinte er angesichts der brenzligen Situation erst einmal die Frage. Als er aber Kisling zögern sah, besann er sich und fügte hinzu: «Ich bin möglicherweise sein Bruder.» Dabei erhob er sich und setzte, wie andere wohl die Fäuste geballt hätten, sein Monokel auf, um den Maler und seine Kumpane einen nach dem anderen mit hochmütigen Blicken zu entwaffnen.

Das war natürlich reine Psychologie. Er hegte keinen Zweifel daran, was er für diese jämmerliche Horde war: Er verkörperte den Schick des Boulevards, frivol, aber auch respekteinflößend. Solange es ihm gelang, die Geister jenes mächtigen Teils von Paris zu beschwören, würde er Sieger bleiben. Er hatte einmal geschrieben, dass er bei einer neuerlichen Revolution bewusst mit Zylinder und Gehrock auf die Straße treten werde, weil er überzeugt davon sei, dass der Pöbel sich noch eine ganze Weile von Macht und Verachtung der eigenen Lebensbedingungen einschüchtern ließe, die ein solches Auftreten darstellte. Aber er hatte hinzugefügt, sobald der Hut vom Kopf gefegt, die Krawatte gezaust sei, wäre das Symbol einer höheren Machtstufe dahin. Erst dann werde auch er zu einem beliebigen Individuum in der Hand anderer Individuen.

Und er dachte: ‹Dieses Mal werde ich nicht zulassen, dass sie an meiner Krawatte ziehen!› Doch leider fragte man ihn nicht groß um Erlaubnis. Kisling nahm einen Schritt Anlauf und schlug dem Journalisten seine Eisenfaust mitten ins Gesicht. Cendrars, der seinen verbliebenen Arm die ganze Zeit geschwungen hatte, versetzte dem Chronisten einen weiteren Schlag in die Nierengegend.

Scharenweise strömten sie nun johlend aus dem Café gegenüber ins *Dôme*. Plötzlich war die Straße voller aufgebrachter, bunter Gestalten. Im Sturm nahmen sie das Café und mischten sich in das Scharmützel ein. Der Journalist wurde mit den schlimmstmöglichen Schimpfwörtern belegt. Zwei- oder dreimal hörte er Frauen «Macht ihn kalt» rufen. In dem vergeblichen Versuch, sich der Angreifer zu erwehren, fand sich der Bedrängte bald mit dem Rücken an der Glasfront des Cafés. Und während er weiter Schläge parierte und Attacken auswich, dachte er: ‹Da hab ich nun wirklich schon Schlimmeres erlebt!›

Das stimmte sogar. Als er in China für das *Grand Journal* über den Boxeraufstand berichten sollte, war er eines Morgens vor einer Meute aufgebrachter Chinesen in einen Porzellanladen geflüchtet und hatte sich dort verschanzt, nur mit einem Revolver mit leerem Magazin bewaffnet. Drei Stunden hatte er seine Verfolger damit hinhalten können, bis er befreit wurde. Bei dieser Erinnerung musste er grinsen. Im Vergleich dazu war seine Lage hier, mitten in Paris, wenige Meter vom nächsten Polizeikommissariat entfernt, geradezu lächerlich. In einem Anflug von Geistesgegenwart ergriff er die Siphonflasche vom Nachbartisch. Aber nicht etwa, um sie gegen seine Angreifer zu richten, sondern um zu verhindern, dass sie ihm übergezogen wurde. Denn selbst wenn er bei seinen diversen Abenteuern in China und Amerika Glück gehabt und starke Nerven bewiesen hatte, hier reichte ein einzelner betrunkener Spinner, um ihm den Kopf mit einer Flasche zu zerschmettern.

Doch die veränderte Sachlage verursachte sofort eine kurze Feuerpause. Er konnte sich den Spott nicht verkneifen: «Seid ihr schon müde?»

Einige der Angreifer strichen knurrend an ihm vorbei und beobachteten ihn wie hungrige wilde Tiere hinter Gittern. Der Stehkragen war ihm aus dem Jackett gerissen worden, den ehemaligen Sitz des Monokels markierte eine blutige Umrisslinie am Auge. Trotzdem erwiderte er die Blicke von oben herab. Diese Gestalten kamen ihm alle entsetzlich mager vor, mit sanften, fiebrigen Augen. Ein ärmlich aussehender Jude murmelte: «Ghettos… Ghettos, wo man hinsieht… Gibt es die jetzt auch schon in Frankreich? Es gibt keinen einzigen Ort auf der Welt mehr ohne Ghettos…»

Eine ältere Dame, deren letztes Körperfett für das wache Feuer ihres unruhigen Blicks zu brennen schien, blieb stehen und betrachtete ihn mehr mit Neugierde als mit Hass oder Missfallen von der Krawattennadel mit der echten Perle, Geschenk eines Maharadschas, bis hin zu den teuren Lackschuhen.

Der Preis dieser Schuhe hätte vermutlich ausgereicht, ihr ein sorgenfreies Jahr zu sichern. Ganz offensichtlich war der Mensch vor ihr ein Vertreter jenes Paris, bei dessen schierer Nennung sie früher in Tränen ausgebrochen war, damals, als sie in irgendwelchen fernen und dunklen Ländern des Schmerzes von genau diesem Paris geträumt hatte.

Angesichts der ausgehungerten wilden Tiere wurde er zum Dompteur. «Also bitte... Ihr seid wirklich genauso lausige Boxer wie Maler. Seit mehr als einer Viertelstunde kämpfen zwanzig oder dreißig gegen mich allein. Ihr Schlottergeister der Skizzenblöcke. Ich müsste eigentlich längst auf dem Boden liegen.»

Kisling und einige andere wollten schon mit zorngefurchten Stirnen auf ihn losgehen, um das in die Tat umzusetzen, als ein Name erscholl: «Modrulleau... Modrulleau...»

Eine Bewegung ging durch die Menge, sehr zur Verwunderung des Journalisten. Durch die Gasse, die sich bildete, sah der Chronist ebenjenen Modrulleau auf sich zukommen.

In Leinenschuhen, mit weit gebauschtem Hemd kam da ein aufrechter junger Mann mit federndem, fast tänzelndem Schritt auf ihn zu. Unter schweren Locken und vor Ärger zitternden Wimpern leuchteten zwei blitzende Augen aus seinem bleichen Gesicht hervor. Der Blick war so entschlossen, so zielsicher auf das Gesicht des Journalisten gerichtet, dass der diesen gebannt erwiderte.

Er sah nicht einmal die Zeitung in der Faust von Modrulleau, hörte nicht dessen rasselnden Atem, merkte nicht, wie er zitterte – von welchem Fieber auch immer gepackt. Er spürte, dass etwas passieren würde. Der da vor ihm war kein x-Beliebiger. Er war hypnotisiert von diesem schonungslosen Blick, der zunehmend bedrohlich wirkte. Unwillkürlich wich er bis zur Rückwand des Cafés zurück. Die anderen folgten beunruhigt, denn wenn Modrulleau sich in eine solche Veranstaltung einmischte, musste das einen triftigeren Grund haben als die Schaulust und Empörung, die den Rest der Versammlung dazu gebracht hatte, den Boulevard zu überqueren.

2

Zehn Stunden vor dieser Szene stieg ein junger Mann in einem der Viertel von Montparnasse vorsichtig aus dem Mahagonibett eines Hotelzimmers, in dem er eine tiefe Kuhle zurückließ, nahm seine Leinenschuhe, Hose und Weste, dann schraubte er mit Hilfe eines Federmessers leise das Sicherheitsschloss von der Zimmertür. Das kostete ihn fast eine halbe Stunde, und während der ganzen Zeit blickte er sich immer wieder ängstlich zum Bett um.

Als er das Schloss abgeschraubt und die Tür geöffnet hatte, schlich er auf Zehenspitzen hinaus in den Hotelflur und rannte dann, so schnell er konnte, davon. Noch unten auf der Straße rannte er, wie von einem Alptraum verfolgt. Erst als er auf dem Boulevard ankam, hielt er kurz inne, um Luft zu holen. Dann rannte er die Avenue de l'Opéra hinunter, überquerte den Place du Caroussel, dann die Seine. Auf der anderen Seite des Flusses fühlte er sich so sicher, dass er stehen blieb. Seine Beine versagten ihm den Dienst. Er ließ sich auf der Granitbrüstung der Kaimauer nieder und betrachtete von dort aus Paris, das gerade erst aufzuwachen begann. Notre-Dame und die Ile de la Cité erstrahlten im Glorienschein der ersten Sonnenstrahlen, und die Blätter der Uferbäume rauschten im kühlen Morgenwind. Langsam kehrte sein Lebensmut wieder zurück, und er wandte sich Richtung Rue Bonaparte, obwohl seine Beine unter ihm wegzuknicken drohten. Dort traf er zufällig auf Zborowski.

Zborowski wirkte niedergeschlagen. Trotzdem hing sich Modrulleau, der vom Laufen erschöpft war, an seine Schulter und bat: «Zboro, gib mir ein paar Sous. Ich kann nicht mehr und muss mit dem Bus zurück nach Montparnasse. Da finde ich bei Rosalie garantiert was zu essen, aber ich kann einfach nicht mehr laufen. Ich musste die ganze Nacht wach bleiben, um endlich abhauen zu können.»

Zborowski betrachtete ihn mit dem sanften Blick eines polnischen Alfred de Musset. Er hatte gerade ein sechstes Mal den Bäcker hier in der

Straße aufgesucht, einen gebürtigen Deutschen, bei dem er bereits fünfmal Brot für sich, seine Frau und seine kleine Tochter hatte anschreiben lassen. Aber diesmal hatte sich der Mann geweigert, weil er den Eindruck hatte, diese Bettelei würde zur Routine, die bis an sein Lebensende dauern könnte.

«Sag mal, Zboro», hatte der Bäcker gefragt, «ich verstehe nicht, warum du nicht einfach nach Polen zurückkehrst. Da bist du immerhin Professor und hast ein eigenes Haus... Du senkst den Kopf? Ist das Haus etwa weg?»

«Ja.»

«Die Professur auch?»

«Ja.»

«Du willst lieber hier in Montparnasse im Elend leben, als dahin zurückkehren?»

«Ja.»

«Wie du willst... Aber ich kann dir nicht länger was pumpen... Versuch erst gar nicht, mich umzustimmen. Das geht einfach schon zu lange so. Und jedes Mal sagst du mir, das ist das letzte Mal.»

«Ich bin gestern nicht hier gewesen.»

«Such dir jemand anderen.»

Zboro war gegangen. Gerade sah er sich Fotografien des Parthenon und anderer Sehenswürdigkeiten in einem Schaufenster an, als Modrulleau sich auf seine Schulter stützte. Der Pole sah sich gezwungen, ihm von seinem Missgeschick zu erzählen. Da fand Modrulleau wieder die Kraft, sich aufzurichten.

«Das macht nichts, komm...», sagte er, aber Zboro entging nicht, dass Modru blass geworden war.

«Warte mal», erwiderte Zboro und ging zu dem Bäcker zurück.

«Henri», sagte er, «was mit mir ist, ist mir egal, auch mit meiner Frau, mit meiner Tochter. Aber ich habe gerade einen Freund getroffen, der buchstäblich vor Hunger stirbt. Und dieser Freund ist Maler. Was das in diesem Fall bedeutet, kann ich dir wohl kaum erklären, aber ich lass dir meinen Hut hier, wenn du mir für ihn was gibst. Hier...»

«Der ist voller Flöhe, dein Hut», kreischte eine Stimme aus den hinteren Räumen des Ladens. «Verschwinde, hau ab!»

Zboro ging zu Modrulleau zurück. «Kopf hoch», sagte er. «Du darfst deinen Mut nicht sinken lassen. Es gibt so Tage. Wir trinken erst mal irgendwo einen Schluck Wasser. Wasser gibt Kraft. Und dann gehen wir zu Libaude.»

«Nach Auteuil?»

«Wir gehen einfach die Seine entlang.»

«Ja, das ist ein schöner Weg.»

«Du weißt, er hat schon mindestens zwanzig Bilder von dir. Und er hat einige hundert Franc ausgeschlagen, die andere Händler ihm dafür geben wollten. Der will bestimmt noch mehr, und weil er weiß, was sie wert sind, wird er uns sicher einen Vorschuss geben. Bitte, reg dich nicht auf. Das sind keine Almosen. Du unterschreibst nur, dass du ihm Bilder liefern wirst...»

«Ja. Aber du weißt gar nicht, was ich vorhabe. Ölfarbe wirkt, wenn sie in dickeren Schichten austrocknet, auf der Leinwand wie Porzellan. Ich weiß, wie man daraus diesen zarten Schmelzton herstellt, der dann wie Haut wird. Hörst du, Zboro? Kein Maler, aber wirklich keiner, ist zu so einer Stofflichkeit gelangt, wie ich sie hinkriege. Haut, schöner als bei Tizian. Aber ich müsste was zum Arbeiten haben. Alles hab ich dagelassen. Bei dieser furchtbaren Frau, die mich gefangen gehalten hat. Alles hat sie mir abgenommen, Pinsel, Leinwände, Farben. Wenn sie mich wenigstens hätte malen lassen. Ich hätte alles hingenommen, ihre Besäufnisse, das Opium, die Partys und Bälle, zu denen sie mich geschleppt hat, selbst ihre Liebe. Ach, warum hast du mich mit dieser Frau zusammengebracht, Zboro?»

«Das war ich nicht. Das war Craven. Der hat sie doch im *Crabb-Tree* aufgegabelt, diesem Künstlerklub in London. Irgendwo im Theaterdistrikt, in der siebten Etage eines Hinterhauses, wo sich Maler mit Aktmodellen betrinken, die sich als Matrosen oder Geishas kostümieren. Er war es, der dieser Riesin von einer Kanadierin gesagt hat: ‹Ich kenn da einen Maler in Paris, schön wie ein Erzengel, die große Hoffnung aller, die ihn kennen. Aber er ist arm und geht zugrunde. Man muss ihn retten.› Und weil sie wieder mal besoffen war, war sie gleich entschlossen, dich zu retten. Sie ist aufs nächste Schiff, und damit ihre Entscheidung nicht ins Wanken geriet, hat sie kräftig weitergesoffen. So tauchte sie bei mir auf. Sie wollte, dass ich euch sofort miteinander bekannt mache. Wir haben dich dann bei diesem Musette-Abend gefunden, wo du getanzt hast und auch ganz schön betrunken warst. Sie nahm dich um die Taille, tanzte mit dir, trank mit dir. Am nächsten Tag bist du dann wohl in ihrem Hotelzimmer aufgewacht.»

«Alles hat sie mit ihrer großen Liebe zur Malerei entschuldigt. Aber sie hat mich eingesperrt. Anfangs gab sie mir Brot, Wein, Leinwand und Farbtuben. O ja! Arbeiten, ohne jeden Tag neu zu überlegen, ob man lieber Zeichenkohle oder eine Wurst kauft. Aber die Schwelgerei hatte ihren Preis. Das wuchs sich nämlich zum Kampf zwischen dem Engel und der Riesin aus. Und der Engel, tja, der hat verloren. Er musste heute früh fliehen, hat zwar nicht seine Flügel zurückgelassen, aber immerhin all seine Pinsel. Ach, Zboro, ich hoffe ja nur, der Mensch, den wir treffen…»

«Wir kriegen Geld, Brot und Leinwand. Versprochen.»

«Bei der Kanadierin habe ich übrigens, als ich zwei Tage nicht arbeiten konnte, aus Wut alles zerstört. Ich hab sie angeschrien, dass ich dieses Leben mit ihr verabscheue, sie selbst, ihre Visage, ihren dicken Hintern. Sie hat mich geohrfeigt. Daraufhin haben wir uns geprügelt. Am nächsten Tag glaubte ich wieder malen zu können, aber sie hat alles weggesperrt, um mich zu bestrafen. Und mich hat sie auch eingeschlossen. Den Leuten vom Hotel hat sie gesagt, ich würde ihr eine Wahnsinnssumme schulden. Zboro, ich sag dir, wenn ich nur wieder arbeiten kann… Aber sag mal…» Ein Lächeln erhellte kurz Modrulleaus maskenhaftes Gesicht.

«Was soll ich sagen?»

«Kommt sie immer noch ins Café? Die Kleine?»

«Welche Kleine?»

«Jetzt tu nicht so. Du weißt genau, wen ich meine, Zboro!»

«Da wirst du ja auf einmal ganz aufgeregt. Und das alles nur wegen einer… na ja.»

«Ich weiß, was du sagen willst: Wegen der Tochter eines Krämers. Aber sag schon, hast du sie dir mal angesehen? Offenbar nicht. Sie muss keinen Mucks machen, um schön zu sein. Es reicht, wenn sie schüchtern und aufrecht in ihrer Ecke steht, mit ihrem rosigen Gesicht und den schwarzen

Zöpfen, die es umrahmen. Und mittendrin diese zwei Punkte aus blauem Licht. Du hast sie dir nicht angesehen, sonst wäre dir die Glut ihrer Haut aufgefallen, die runden Linien an Nase, Hals und Schulter, als wären sie gezeichnet. Und dieser Blick ist dir offenbar auch nicht aufgefallen, gleichzeitig eigensinnig und ernst, ein Blick, dem ich ausweiche, sobald er mich trifft. Verkäuferin, meinetwegen. Ich bin Bauernsohn. Die meisten großen Künstler waren Kinder einfacher Leute. Verkäuferin? Gut. Aber in dem Blick dieser Verkäuferin ist mehr Reinheit, Würde und Adel als in dem aller anderen Frauen, die wir kennen. Ich muss kein Wort mit ihr wechseln, um ihre Seele in- und auswendig zu kennen. Und ich sage dir: Ich täusche mich nie. Es reicht, dass ich sie sehe oder an sie denke, und schon fühle ich, wie mein Puls steigt, meine Sinne sich schärfen. Und ich habe ihr ein-, zweimal zugesehen, wie sie malt. Ah! Das mag grob und primitiv sein, aber es ist absolut richtig, mutig und durchdacht, höchst durchdacht sogar ... »

«Da sind wir.»

Sie waren in der Rue d'Auteuil vor einem vornehmen Privathaus angelangt. Zborowski klingelte. Ein Diener öffnete, und Zborowski erklärte, warum er unbedingt und sofort Monsieur Libaude sehen müsse. Der Diener ließ sie in die Eingangshalle eintreten. Modrulleau sah an der Wand Bilder von Utrillo, Ortiz, Soutine, Courbet, Picasso, von Othon Friesz und Mortier hängen. Ein gutes Dutzend, von denen jedes so viel gekostet haben musste wie all seine Werke zusammen.

Ein kleiner Mann im Morgenrock erschien auf der Empore und fragte mit hoher Fistelstimme: «Was soll das? Was ist los? Wieso kommen Sie um zehn Uhr morgens hierher?»

«Herr Libaude, es tut uns leid», hob Zborowski an. «Aber wir kommen extra zu Fuß von Montparnasse hierher, ich und mein guter Freund Modrulleau, von dem Sie ja schon Bilder gekauft haben ... »

«Und die hab ich auch vollständig bezahlt. Was wollen Sie also? Versuchen Sie nicht, an mein Mitleid zu appellieren. So was spüre ich sofort. Also. Was bringt Sie dazu, mich um zehn Uhr morgens zu stören?»

‹Uns stört der Hunger nicht nur morgens›, dachte Zborowski, den der schwere Geruch nach Schokolade im Haus fast um den Verstand brachte.

Er riss sich zusammen: «Nochmals Entschuldigung, Monsieur Libaude. Ich würde niemals versuchen, wenn es nicht dringend wäre … Ich habe Ihnen niemals minderwertige Kunst aufzuschwatzen versucht.»

«Ja gut. Dann zeigen Sie mal schnell her. Ich hab noch nicht zu Ende gefrühstückt.»

«Das ist es ja, Monsieur Libaude. Wir wären mit sechzig Franc zufrieden, und morgen bringt Ihnen Modrulleau zwei Bilder vorbei.»

«Schnickschnack … ! Bringen Sie mir morgen zwei Bilder von Modrulleau, dann nehm ich sie garantiert, und Sie bekommen Ihre sechzig Franc.»

«Aber wir haben nicht mal Geld, um Leinwand, Farben und Pinsel zu kaufen. Selbst die größten Künstler der Welt können das Wunder nicht vollbringen, unter solchen Umständen Bilder zu malen. Monsieur Libaude, geben Sie uns dreißig Franc, zehn, egal was, Hauptsache, wir können … »

«Genug», rief Modrulleau plötzlich aus. «Wir brauchen keine Almosen.»

Und indem er den Diener zur Seite schob, der dem Auftritt beigewohnt hatte, stapfte er davon. Zborowski folgte. Sie waren zu sehr an die Härte reicher Leute gewöhnt, um eine Bemerkung über Libaude zu verlieren. Schweigend schluckten sie ihren Ärger hinunter. Und dieser Ärger brachte zum Vorschein, was ihnen an Kraft geblieben war: Fast rannten sie auf dem Rückweg.

«Hör mal», sagte Zborowski. «Ich hab mich bisher standhaft geweigert, das Porträt zu verkaufen, das du von meiner Tochter gemalt hast. Ich kann's ja heute mal versuchen … »

«Ja. Das ist eine Idee. Ich mach dir hundert neue.»

Sie gingen durch den Jardin de Luxembourg und kamen zur kleinen Rue Joseph Bara, deren Wohnhäuser damals noch winzige Vorgärten hatten. Hier wohnte Zborowski.

«Willst du dich hinlegen?»

«Nein, meine Müdigkeit ist wie weggeblasen. Ich fühl mich viel zu überreizt, um ans Schlafen auch nur zu denken.»

Zboro holte das Porträt. Der Grund war ocker, darauf zeichnete sich in klarer Umrisslinie das Gesicht eines kleinen Mädchens ab. Die Haut war allerdings derart in Pinselstriche zerlegt, dass sie vulkanischer Erde kurz vor dem Ausbruch glich. Aus dieser Haut blickten ihre arglos dreinschauenden Augen. Ihre Haare wurden von einem Band zusammengehalten, dessen Blau von unglaublicher Zartheit und Sanftheit war, von einer Zerbrechlichkeit, die die Gewaltsamkeit des restlichen Bildes zu widerlegen schien.

Zboro bot mit großer Beklommenheit das Bild seiner Tochter hier und da an. Doch der Moment war schlecht gewählt. Alle Zwischenhändler des Viertels, die zwischen Malern und Galerien vermittelten, hatten ihre Lager bis an den Rand mit Bildern nahezu aller namhaften Maler angefüllt, sogar mit Bildern von Modrulleau. Gegen halb fünf, als sie beschlossen hatten, dass man doch irgendwann etwas essen müsse, hielt Zboro das Bild am ausgestreckten Arm vor einem Café in die Höhe. «Zehn Franc für ein Bild von Modrulleau.» Aber niemand sah auch nur hin. Und als ein Polizist sich näherte, tat Zboro so, als sei es bloß ein Witz gewesen. «Das ist doch fünf- oder sechshundert wert!»

Ein Friseur sah aus seinem Laden auf das Bild, als sie vorbeiliefen. Zboro trat ein und fragte ihn: «Wollen Sie es kaufen?»

«Du lieber Himmel, was hat die denn für ein Gesicht?», meinte einer der Kunden. «Die sieht ja wie umgepflügt aus.»

«Das hier», erwiderte Zborowski, «ist ein Maler, dessen Bilder später mal wirklich was wert sein werden.»

«Später, jaja…», meinte der Friseur.

«Ist trotzdem gar nicht mal schlecht», sagte der Kunde.

«Meinst du? Auf jeden Fall ist das ein Spaß für die ganze Familie, oder? Wie teuer soll das sein?»

«Zehn Franc», sagte Zborowski sanft.

«Zehn Franc mit Rahmen, meinetwegen.»

«Habe ich nicht.»

«Dann sechs Franc.»

«Abgemacht.»

Der Friseur ging zur Kasse, zählte sechs Franc ab und nahm das Bild mit spitzen Fingern entgegen.

«Du lieber Himmel», meinte der Kunde. «Die haben dich ganz schön reingelegt.»

«Erzähl's nicht meiner Frau.»

Das Bild wurde ein Jahr später für elftausend Franc an einen Amerikaner verkauft.

Zborowski rannte wie ein Dieb auf der Flucht zu Modrulleau, der draußen auf ihn gewartet hatte. «Geritzt. Wir haben sechs Franc.»

«Gut», meinte der Maler. «Wir müssen unbedingt erst eine Leinwand, einen Pinsel und mindestens drei Farbtuben kaufen. Sonst setzen wir uns in die *Rotonde,* essen alles auf und dann ... »

«Nur einen Café crème, bitte. Ich schwör's dir. Dann kaufen wir die Sachen und kommen wieder, wenn was übrig bleibt.»

Sie waren vor dem Café angelangt. Modrulleau war zu erschöpft, um weiter Widerstand zu leisten. Sie kamen gerade an, als die ganzen Stammgäste zum *Dôme* hinüberströmten. Die Erklärung war schnell gegeben. Aischa zeigte ihnen den Zeitungsartikel. Modrulleau überflog ihn. Als ob es für heute nicht gereicht hätte mit dem gleichgültigen Egoismus der Galeristen und der sogenannten Kunstliebhaber, mit dem Desinteresse der Masse. Als er die Passage über Haricot-Rouge las, erbleichte Modrulleau. Seine Nasenflügel bebten, seine Faust schloss sich um die Zeitung. Er spürte, wie sich seine leeren Eingeweide zum Herz hin zusammenzogen. In den Seiten spürte er ungewohnte Stiche.

«Wo ist er?»

«Kisling und Cendrars haben ihn in der Mangel.»

Modrulleau drängte sich durch die Menge, bis er den Journalisten erreicht hatte. Wie wir schon erzählt haben, wich dieser augenblicklich zurück. Modrulleau blieb vor ihm stehen, um ihn zu mustern, wie das die anderen auch getan hatten. Modrulleau allerdings wollte dahinterkommen, was den Kerl angetrieben hatte, solch einen Artikel zu schreiben. Auf einmal war es ganz ruhig geworden. Alle erwarteten, dass nun etwas passieren würde. Man sah, wie Modrulleau den anderen mit Blicken bis auf die letzte Seelenregung sezierte. Und zur Überraschung aller sagte er, mit immer noch geballten Fäusten: «Mein Herr, ich bitte Sie, meine Freunde für die unfreundliche Begrüßung zu entschuldigen. Ihr Artikel hat sie mit einiger Berechtigung schockiert, aber sie haben sträflich vergessen, Sie als Gast zu behandeln. Ich hoffe, Sie erweisen mir die Ehre, sich an unseren Tisch zu setzen und mit uns ein Glas zu trinken. Ich werde Sie allen vorstellen, denn so wie ich das sehe, werden wir uns in Zukunft immer wieder über den Weg laufen. Wer einmal, und sei es nur für einen Tag, den Fuß in unser Café gesetzt hat, der ist ein für alle Mal mit dem infiziert, was wir Maler die ‹Pest von Montparnasse› nennen. Das ist nicht die Syphilis oder sonst eine Krankheit – das werden Sie selbst merken –, sondern viel schlimmer: eine nicht bekämpfbare seuchenartige Sehnsucht nach diesem Ort, der im Augenblick einer der interessantesten auf dem Erdball ist. Wie sollten da ausgerechnet Sie als geborener Chronist resistent sein gegen die Verführungen der tausend Romane, die sich um diesen Ort ranken, der Heerscharen von Intellektuellen, die aus allen Ecken des Globus hierhergeströmt sind, ob aus Sibirien oder den Ländern der Inkas, aus Schweden oder vom Kap, alle voller eigener Ideen, eigener Kulturen, eigener politischer oder künstlerischer Auffassungen, die dem als Ferment dienen, was Sie als ‹Dunst› bezeichnet haben. Ein Dunst allerdings, dem wie leuchtende Sterne Gestalten wie der Maler Picasso entstiegen sind, Lenin, das intellektuelle Oberhaupt von Millionen Menschen heutzutage. Es gibt auch andere, die vor ihren Kaffeetassen halb vergehen vor Hunger und morgen das sein werden, was Michelangelo war, oder vielleicht auch der Massenmörder Troppmann, um nur ein weiteres Beispiel zu nennen. Sie wollen mir doch nicht erzählen, dass Sie lieber die paar hundert geistig verdorbenen Idioten kennenlernen wollen, die in den Teesalons Tango tanzen, nur weil sie besser angezogen sind? Sie können sich hier befreunden mit Leuten wie Le Scouëzec, dem Bretonen, der immer in Stiefeln durch die

Gegend läuft, schon ein paar Dutzend Berufe in ebenso vielen Weltgegenden ausgeübt hat und in einem kleinen Zimmer mit zehn Frauen zusammenlebt, die er in eine von ihm erfundene Religion einweiht. Sie können ein Kumpan von Kisling werden, der die Farbe, wie ein Bildhauer den feuchten Ton, mit der bloßen Hand aufträgt, so weit seine kraftstrotzende Urwüchsigkeit und die abendlichen Besäufnisse das zulassen. Aber vielleicht werden Sie auch ein Bruder des kleinen Juden Bezalel, der zu Fuß von Jerusalem nach Paris gekommen ist, um Elfenbeintafeln zu schnitzen. Seit er hier ist, geschieht es ihm immer wieder, dass er sich unvermittelt zwei, drei Tage lang wie ‹aus Holz› fühlt. Er glaubt, dass sei die Strafe dafür, dass er die Thoraschule verlassen hat, wo er junge Frauen in weißen Gewändern, die sich mit Palmwedeln Luft zufächelten, ganz so, wie das in den Messbüchern gelegentlich dargestellt wird, in die heiligen Schriften einführen sollte. Auch Sie werden hier demnächst mit löchrigen Schuhen und ohne falschen Kragen zu sehen sein, weil Sie alle weltläufige Eleganz aufgeben werden, wenn die mystische Reinheit, die alle hier umlodert, auch Ihre Seele in Flammen gesetzt haben wird. Und wenn es auch so aussieht, so handelt es sich keineswegs um ein Zeichen von Verfall. Eines Tages aber werden Sie Leinwand und Pinsel kaufen, und Sie werden sich mit zitternden Händen daran setzen, um einen Kubus zu malen…»

«Einen Kubus? Warum das?»

«Weil die Malerei stärker ist als die Liebe, die Religionen, stärker als der Hunger. Das hat dazu geführt, dass wir alle, die wir hier sind, etwas gemacht haben, was weder die Musiker, die Dichter noch die Politiker je gewagt haben, nämlich Tabula rasa mit allem, was bislang existierte. Die Kunst völlig neu zu erschaffen, indem man von den einfachsten Formen ausgeht, um zu neuen Dimensionen, neuem Licht und neuer Wahrheit zu gelangen. Darum geht es. Ob man mit Kubus oder Kugel anfängt, das ist egal. So sollten die Menschen mit allem umgehen, was sie in den letzten sechstausend Jahren zuwege gebracht haben. Denn in diesen sechstausend Jahren ist es ihnen immer noch nicht gelungen, sich über die grundlegenden Fragen zu einigen: die Liebe, den Hunger, die Kunst, und warum man sich nur zusammenfindet und miteinander zurechtkommt, um einander anschließend zu zerstören. Sie haben uns in dem Artikel Halunken genannt. Auch hier, hinter uns, hinter Kisling und Cendrars, stehen Leute, die Ihnen übel mitgespielt haben. Ich habe gehört, dass sie ‹Tod dem Schreiberling› gerufen haben. Aber sind das deshalb Halunken? Vielleicht. Jedoch arbeiten sie so uneigennützig am Neubeginn der Malerei, dass sie nicht einmal an den Ruhm ihrer eigenen Generation denken. Sie wissen, das ist nicht in zehn oder zwanzig Jahren zu schaffen. Aber sie bereiten den Weg für den, der da kommen wird. Wie im Mittelalter. All die Primitiven, Giotto, Masaccio und Signorelli inbegriffen, sie bereiteten unbewusst, ihr Lebensflämmchen verbrennend, diese eine Flamme vor, die höher brannte als alle anderen: Raffael! Wir tun das Unsere, damit derjenige, der unsere Anstrengungen zu einem göttlichen Strahl bündeln wird, die Welt erleuchtet. Für ihn, der vermutlich aus dem Bauch einer der Frauen entspringen wird, die Sie verhöhnt haben, tragen wir kragenlose Hemden und gehen, wie ich im Augenblick, mit blutigen Füßen. Denn er wird ein Glücksbringer sein, wie Raffael. Er wird jung sterben wie er, er wird nicht viel Zeit haben und soll sich deshalb nicht mit den Niederungen des Lebens abgeben müssen, auch nicht mit mittelmäßigen Werken. Wir, die Unwürdigen, die einfachen Handwerker des Metiers, müssen ihm sein Haus errichten und sei es mit unserer Haut, die wir zu Markte tragen…»

Modrulleau rang nach Luft. Er spürte auf einmal, inmitten der Menge, die ihn umringte, diesen Blick, der den seinen gierig aufzusaugen schien. Die zarten Arme um den Leib geschlungen, nahm sie seine Worte in sich auf und wiederholte leise das von ihm Gesagte, wie ein Gebet. Es war wie das Gemurmel, das die Tempel erfüllt: «Der, der da kommen wird. Der, der da kommen wird…»

«Gut», sagte der Journalist, durch die Ansprache eher noch schlechter gelaunt. «Die Frage ist nur, ob dieses heilbringende Glückskind aussehen wird wie hier auf dem Bild dieser einfarbige Holzklotz.»

«Verstehen Sie denn nicht? Das ist die Demonstration der Selbstlosigkeit, eine Reaktion der Konstruktion, der Klarheit, der Einfachheit und Reinheit auf die allgemeine Vagheit und Unschärfe, auf die Verdauungsbeschwerden der Malerei, gegen das ausgewogene Sujet, die Konvention, das geschmackvolle Arrangement. Eine Reaktion auf das Neureiche, Überbordende, das unsere Malerei und Architektur überschwemmt und unsere Bäuche schwer macht. Das ist eine neue Armutsbewegung der Askese und Disziplin … »

«Jaja, schon gut», erwiderte der Journalist und erhob sich. «Klingt nach den typischen Überlegungen am Monatsende, wenn das Geld knapp wird. Kellner, die Rechnung bitte.»

«Entschuldigen Sie bitte, aber ich dachte, ich hätte mich klar genug geäußert. Sie sind unser Gast.»

«Fünf Franc», sagte der Kellner.

Irgendwer hatte sich offenbar in der Zwischenzeit hingesetzt und auf die Schnelle zwei Tassen Kaffee getrunken.

Modrulleau gab dem Kellner die sechs Franc von Zborowski und ließ den Journalisten ziehen. Als er das Café verließ, spürte er, wie ihn etwas festhielt, eine Hand, deren warme Haut ihn erzittern ließ. Haricot-Rouge hatte ihn noch nie angesprochen, aber jetzt umfasste sie einen Zipfel seines Hemds, so wie ein Kind am Rocksaum seiner Mutter zieht. Er nahm ihre Hand und spürte sofort, dass sie sich nie wieder verlassen würden.

«Und was machen wir jetzt?», fragte Zborowski ärgerlich.

Modrulleaus Blick, der ihn auf Haricot-Rouge hinwies, brachte Zborowski dazu, seine Beschwerde über Modrulleaus Geldverschwendung für sich zu behalten. Aber sie war an derartige Dramen gewöhnt. Das Problem war nicht schwer zu erraten.

«Wartet einen Augenblick», bat sie. Dann ging sie ins Café zurück und sprach mit der Kassiererin. Die lächelte, bückte sich und zog unter dem Tresen einen Beutel aus grobem Leinen hervor, den sie der jungen Frau in die Hand drückte. Die beiden Männer wussten nur zu gut, was dieser Beutel enthielt.

«Sollen wir zu uns gehen?», fragte Zboro, als Haricot-Rouge wieder bei ihnen war.

«Gut, gehen wir», sagte Modrulleau, dessen Stimme vom vielen Reden heiser war und dem sich aus vielerlei Gründen der Kopf drehte.

3

Sie gingen den Boulevard entlang, vorbei an den großen Feinkostläden, deren Auslagen mit exotischen Früchten und anderen Versuchungen vollgestopft waren. Es dämmerte. Zwischen den Blättern schimmerte vom Sonnenuntergang noch ein letzter Rest Rosa. Sie bogen in die Rue de Chevreuse ab, dann folgten sie in der ruhigen Seitenstraße Notre-Dame-des-Champs den massiven Mauern der Klostergebäude und erreichten endlich die Rue Joseph Bara, in der Zborowski in einem schmalen Mietshaus wohnte. Die Concierge, die in einem Käfig auf dem Treppenabsatz hauste, grummelte nur: «Schon wieder bringt der jemanden mit... Als ob's euch da oben nicht schon dreckig genug geht.»

Sie gingen weiter. Im dritten Stock drückte Zborowski eine Tür auf, die offenbar nie abgeschlossen wurde. «Das Gas ist abgesperrt, aber Wasser haben wir noch.»

Die Wohnung Zborowskis bestand aus drei winzigen Durchgangszimmern. Im ersten stand lediglich ein Korbstuhl mit kaputter Sitzfläche. Im zweiten gar nichts, im dritten lag eine löchrige Matratze auf der Erde. Darauf döste, in verschiedene Wollfetzen gehüllt, die Frau des Polen, abgemagert und mit fiebrig glühendem Blick. Erst jetzt blieben sie stehen.

«Ich hab hier...», sagte Zborowski und zeigte den Beutel, den Haricot-Rouge ihnen gegeben hatte.

Die Frau nickte zufrieden. Modrulleau küsste sie zur Begrüßung und stellte Haricot-Rouge vor, die sich mütterlich bemühte, die Kranke mit dem bisschen Laken zuzudecken. Dann fragte sie: «Und wo ist die Küche?»

Es gab keine Küche. Es gab nicht mal eine Kasserolle, nur eine Art Topf, in dem Farbe eingetrocknet war.

«Wenn kein Kremserweiß und keine Bleifarben dabei waren, macht das nichts», befand Haricot-Rouge und witzelte: «Dann ist sogar ein bisschen Öl drin.»

Sie versuchte, mit einem alten Messer die steinharte Farbkruste vom Topfboden abzukratzen. Als ihr das einigermaßen gelungen war, nahm sie ihren Beutel und schüttete einen Teil seines Inhalts in den Topf. Die großen roten Bohnen klackerten wie Murmeln. Unsere vier aber starrten darauf, als wären es Nuggets, die nach wochenlangem Goldwaschen endlich im Sieb lagen.

«Und wo ist Wasser?»

«Ich hol's.» Zborowski nahm den Topf und verschwand im Treppenhaus. Als er zurückkam, hatte Haricot-Rouge im offenen Kamin eine provisorische Kochstelle aus zwei Schamottsteinen hergestellt, die sie aus der bröckeligen Mauer gelöst hatte. Es war nun nahezu dunkel, aber durchs Fenster schien der Vollmond und tauchte die vier in ein staubiges graugrünes Licht.

«Feuer?»

Der bis an den Rand mit Bohnen gefüllte Topf stand nun zwar auf seiner Feuerstelle, aber es gab weder Kohle noch Holz im Haus.

«Ich hätte kein Problem damit, eine Diele zu verbrennen», sagte Zboro, «aber ich hab schon das Geländer vorm Fenster verbrannt, und wenn das jemand mitkriegt, dann fliegen wir ganz sicher raus.»

«Meinen Unterrock», schlug Haricot-Rouge vor.

«Nein», ließ sich Modrulleau vernehmen.

Zboro ging ein Bild holen, trennte die Leinwand vom Rahmen und brach diesen in kleine Stücke. Er schichtete sie in der Feuerstelle auf. Dann ging er auf die Straße, um an der Gasbeleuchtung ein paar Späne zu entzünden. Erst beim dritten Versuch gelang es ihm, das Feuer zu entfachen. Sie setzten sich vor den Topf, warteten und sahen zu, wie die Bohnen im Wasser aufgingen. Ein fader Geruch nach Seife erfüllte allmählich den Raum.

Im Treppenhaus hörte man jemanden ein Lied singen. Es war Kisling, der sicher mit ein paar Frauen zurückkam. Die ganze Nacht hörte man sie in der oberen Etage gackern und tanzen. Der Pole machte die Frauen systematisch betrunken. Er stieß ein ums andere Mal mit ihnen an und tat so, als würde er trinken. Wenn sie berauscht in seinem Atelier zu tanzen anfingen, nahm er Block und Stift und begann zu arbeiten.

Noch bevor das Wasser zu kochen begann, ging das Feuer aus. Und weil es außer einem Löffel für die Kranke keinerlei Besteck gab, versuchte jeder, als der Fraß einigermaßen lauwarm war, sich so gut wie er konnte zu bedienen. Die halbgaren Bohnen knackten zwischen den Zähnen. Aber niemand beschwerte sich. Schweigend wurde gegessen. Dann ging Zborowski ins Treppenhaus und trank der Einfachheit halber gleich aus dem Wasserhahn. Die andern taten es ihm nach. Als Haricot-Rouge in die Wohnung zurückkam, sah sie, dass Modrulleau auf dem gekachelten Fußboden eingeschlafen war.

«Wir machen euch was zum Schlafen im Nachbarzimmer zurecht», meinte Zborowski.

Die Kranke musste aufstehen und die armselige Matratze teilen, die an allen Ecken und Enden mit Stoff und Papier gestopft war. Zboro und Haricot-Rouge breiteten die eine Hälfte in dem leeren Zimmer aus und zogen Modrulleau darauf, der nicht mal davon wach wurde. Zboro ließ die beiden allein und zog sich zu seiner Frau zurück.

Modrulleau lag auf dem Rücken, Arme und Beine lang ausgestreckt. Die dünnen Kleidungsstücke klebten an seinem muskulösen Körper. Er atmete schwer. Der Kopf mit den schwarzen, ein wenig fettigen Locken lag zur Seite gedreht. Man sah nur sein Profil, von der vorspringenden Stirn bis zum eigensinnigen Kinn. Seine Züge wurden vom bleichen Licht von draußen geglättet. Er schlief unruhig. Unter der weiten Hemdöffnung hob und senkte sich sein Brustkorb, die Schultermuskeln zuckten im Schlaf, die Nasenflügel zitterten und die Augenbrauen waren zusammengezogen, grün und schwarz schattiert durch das Mondlicht.

«Du… du…», mehr brachte Haricot-Rouge, die vor ihm kniete, nicht heraus. Sie wagte nicht einmal, ihm den Schweiß von Stirn, Wangen und Brust zu tupfen. Dieser Maler war seit zwei Jahren ihr Gott. Er war, wie sie fand, der Reinste unter den Reinen, der größte Purist seiner Zunft. Sie hatte nie gewagt, ihn auch nur anzusprechen. Und wenn er sie mit seinen funkelnden Augen angesehen hatte, konnte sie ihren Blick nicht abwenden. Das ganze

Café hatte sich um sie herum gedreht wie bei einem Schwindelanfall. Jetzt wachte sie über seinen unruhigen Schlaf.

Eine Reine unter den Reinen war auch sie, diese Tochter eines kleinen Lebensmittelhändlers, die ihre Familie verlassen hatte, um zu malen. Bis vor gut zwei Wochen noch hatte sie in dem kleinen Laden in der Rue de la Gaîté, ganz in der Nähe der Polizeiwache, den Fußboden geschrubbt und war jedes Mal zusammengefahren, wenn einer der Maler hereingekommen war, um sich von ihr Pigmente abwiegen zu lassen oder Haushaltsartikel zu kaufen.

Wie aber war sie in die Mysterien der Malerei eingeweiht worden?

Sie selbst hatte nie Anstalten gemacht, eine feine Dame zu werden. Die Maler waren ihr schon als Kind andersartig vorgekommen. Das hatte sie keineswegs erschreckt, im Gegenteil: Sie hatte sich zu diesen flüchtigen Kunden immer mehr hingezogen gefühlt als zu ihrer eigenen Familie. Warum, hätte sie wohl kaum zu erklären vermocht, aber jedes Mal, wenn einer von ihnen das Geschäft betrat, spürte sie merkwürdige Gefühle in sich aufsteigen. Nicht, weil das vorwiegend Männer waren, sondern weil sie undeutlich spürte, selbst wenn die Maler darüber Witze machten, dass deren Leben freier, schöner und bedeutender sein musste als alles, was sie bislang vom Dasein kannte.

Obwohl sich ihr Vater furchtbar über die Zeitverschwendung aufregte, las sie die Lebensgeschichten von Künstlern, von Michelangelo bis Cézanne, alles, was ihr gerade unterkam. Tagsüber stand sie an der Kasse, verbuchte den Verkauf der gewöhnlichsten Haushaltsdinge, schrubbte am Feierabend die Fußböden und die Küche mit Mineralseife. Die Mutter war auf diese Weise die lästigen Beschäftigungen losgeworden, und Haricot-Rouges Stunden an der Kasse sparten dem winzigen Laden den Lohn eines Lehrlings. Wenn sie sich einmal für ein oder zwei Stunden wegstahl, so waren ihr erbarmungslose Schläge und Essensentzug sicher.

Das große Verlangen wuchs in ihr, als sie eines Tages in den Louvre kam, erfüllt von der Furcht und dem Entzücken des Heidenkindes, dem ein Evangelist jahrelang von den Segnungen der Kirche erzählt hat und das zum ersten Mal eine Kathedrale betritt. Ein Gefühl, das stärker war als sie, ließ ihr Herz schneller schlagen. Mit aufgerissenen Augen stand sie staunend vor all den Dingen, über die sie Seiten um Seiten gelesen hatte, quer durch die Jahrhunderte. Vorsichtig näherte sie sich den Bildern, berührte sogar die Leinwände, und vor jedem Bild wiederholte sie: «Das haben Menschen gemacht, mit Leinwand, Farbe und Pinsel.»

Eines Tages sah sie in den Räumen verteilt Mädchen auf Klappschemeln sitzen, die, eine Palette in der Hand, Bilder kopierten. Sie war rot geworden und hatte die Fäuste geballt.

Wie kam sie dazu? Diese kleine Hinterwäldlerin, diese Dienstbotin, diese Rotzgöre mit den großen ungeschlachten Händen, die nie auf die herausgeputzten jungen Frauen, die lachend auf dem Weg zum Ball vor dem Fenster des Ladens vorbeigingen, eifersüchtig gewesen war. Jetzt beneidete sie die höheren Töchter, die hier im Allerheiligsten einen Fragonnard, die Jungfrau im blauen Mantel von Sassetti oder die Zwiebeln eines Chardin-Stilllebens abmalen durften.

Sie musste vor diesen gleichaltrigen Mädchen plötzlich weinen, weinte noch, als sie hinausrannte, wobei ihre klobigen Schuhe über das Parkett des Museumsbodens klapperten. Sie weinte so lange, bis der Entschluss für sie feststand: Sie wollte dazugehören, egal um welchen Preis. Mit Vergnügen nahm sie die Ohrfeigen von Vater Grouard entgegen, der sie eine Schlampe nannte, ein gewissenloses Flittchen, eine Schande der Straße. Sie ließ sich gefallen, dass man zu Hause behauptete, sie hätte offenbar «einen Typen», wie seinerzeit ihre Schwester, die mit einem Besenvertreter durchgebrannt war. Das war ihr tausendmal lieber, als ihr Geheimnis zu verraten.

Dank dieses falschen Verdachts konnte sie sich nun immer wieder abends davonmachen und zu einer Schule am Boulevard Montparnasse eilen, wo man begabten, aber mittellosen Schülern kostenlos Zeichenunterricht erteilte.

Eines Abends hörte sie nämlich, wie ihre Mutter zum Vater sagte: «Was ist, ist. Da beißt die Maus keinen Faden ab. Aber wenn wir sie davon abhalten, diesen Kerl zu sehen, dann macht sie es wie Jeanne und haut einfach ab.

LA HORDE
ROMANIN

Und dann brauchen wir einen Lehrling und ein Hausmädchen, die uns wahrscheinlich auch noch beklauen. Also, solange sie nicht schwanger wiederkommt, lassen wir sie machen.»

Sie begriff diese Überlegungen nicht ganz, aber auf einmal ließ man sie in Ruhe. Sie wurde nicht einmal mehr geschlagen. Ohne dass sie sich jemals wirklich verliebt, ohne dass ein Mann jemals ein Auge auf sie geworfen hatte, ganz und gar arglos und arbeitsam wie sie war, stürzte sie sich aufs Zeichnen. Sie kleidete sich vollständig schwarz, trug eine Bluse, die an drei, vier Stellen geflickt war, dazu ihre klobigen Köhlerschuhe mit Eisenkappen, die sonst nur armer Leute Kinder auf dem Land tragen.

Aber jede Nacht kehrte sie völlig verzweifelt zurück. Es wollte ihr einfach nicht gelingen, diese Aktzeichnungen in akademischer Korrektheit hinzubekommen wie ihre Mitschüler, mit sorgfältig schraffierten Schatten und elegant geschwungenen Linien. Ihr Strich war schwer, unabhängig davon, was sie sich vornahm. Jedes Mal schien das Modell in ihrer Wiedergabe verunstaltet. Dann aber, eines Abends, betrat sie jenes Café, in dem sie erfuhr, dass es ein wahrer Segen für sie war, nicht zu können, was ihr ständig misslang. Wenn man in der Malerei alles neu beginnt, dann ist es eine unvergleichliche Gnade, wenn die Hand noch nicht von der akademischen Zeichnerei verdorben ist. Ein älteres Aktmodell hatte sie dorthin mitgenommen. Dort würde sie ihren Zeichenblock gut aufbewahren können, den sie nachts nicht in der Schule lassen durfte und auf keinen Fall mit nach Hause nehmen wollte. Und alle, deren Bilder hier an der Wand hingen, hatten sich ganz ernsthaft ihre Zeichnungen angesehen. Unter anderem dieser großgewachsene braungebrannte Junge, den andere immer wieder fragten: «Willst du mal sehen, Modrulleau, was ich gemalt habe?»

Und dieser Modrulleau hatte sich ihre Zeichnungen sehr sorgfältig angesehen, dann hatte er ihr in die Augen gesehen, mit einer gewissen Rührung, und war gegangen. Die anderen hatten angefangen zu diskutieren. Die Ellbogen auf den Tisch gestützt, hatte sie zugehört. Sie hörte die Namen ihr unbekannter Maler, von denen die meisten sich rühmten, sie zu ihren Freunden oder Lehrern zählen zu dürfen. Es waren die, die als Erste beschlossen hatten, alles neu aufzubauen, um sich von dem Schulmäßigen, dem Konventionellen und dem Lächerlichen endgültig abzuwenden.

Sie kam wieder, um sich Trost zu holen. Sie setzte sich an den Tisch vom Vortag, wo man ihr sofort einen Platz anbot. Langsam lernte sie die hochfahrenden Pläne und katastrophalen Lebensumstände kennen. Ihre Neugierde bezog sich nicht nur auf die Malerei, sondern auch auf die Menschen, die Maler. Sie setzte sich an den Tisch des Fakirs, der immer wieder gern Neulingen und allen, die sie noch mal hören wollten, seine Lebensgeschichte erzählte. Er war lang und dürr und derart vergeistigt, dass er auf alle vulgären Konventionen pfiff und wie einige Brahmanen manchmal tagelang nichts aß und sich auch nicht vom Fleck bewegte. Angeblich war er die Reinkarnation eines schwedischen Prinzen, einer russischen Zarin und einiger anderer weniger bedeutender Monarchen. Aus Gründen der Vereinfachung und einer gewissen Verachtung gegenüber dem Alltäglichen trug er seine Wäsche meist mehrere Monate, ohne sie zu wechseln. Er umgab sich stets mit ein paar mystisch angehauchten Russinnen und Neuankömmlingen aus Indien. Um ihn scharten sich neu eingetroffene Journalisten und Revolutionäre, die er mit kalkuliert langsamer Sprechweise in das Pariser Leben einwies.

Haricot-Rouge setzte sich auch neben die blumenäugigen Engländerinnen in ihren weiten grünen Gewändern oder Kleidern mit Vogelmuster. Die eine stickte und wusch den ganzen Tag, die andere lebte in einem ganz merkwürdigen Traum, ließ ihr Zimmer im Müll versinken und hatte aufgehört, sich zu waschen.

Sie setzte sich neben den Juden mit den großen ovalen Augen, der mit seiner feingeschwungenen Lippe, die im Bogen der Augenbraue glich, so unnachahmlich genießerisch Wein trinken konnte. Sein Gesicht schien nur aus Schatten zu bestehen und doch zu leuchten. Schwarz glänzend leuchteten seine Augen aus der grauen Haut, wie glühende Kohlen oder wie Lack.

Am nächsten Tag hörte sie sich die Geschichten von Le Scouëzec an, dem Mann in Stiefeln, der elfmal die Welt umfahren hatte, um schließlich seinen Lebensunterhalt mit Malerei zu verdienen, und der gerade damit beschäftigt war, mitten in Paris eine freie Malerkommune im Stil eines Fourierschen Phalansteriums aufzubauen.

Sie wurde schnell mit all den kleinen und großen Klagen vertraut. Eine hatte in einer Abstellkammer ein verlorengegangenes Knüpfmuster antiker Teppiche wiedergefunden und wollte nun die kubistischen Leinwände in Seide oder Wolle nachkomponieren. Sie sparte sich die Materialien vom Mund ab und träumte von einem Werk, dessen Materialien so teuer gewesen wären, dass sie sich das in zweihundert Jahren Lebenszeit nicht hätte leisten können. Oder diese Russin, die für irgendeinen Schriftsteller einen Roman übersetzte, der wiederum vergeblich darauf wartete, für das Original bezahlt zu werden, um damit seine Helferin auszahlen zu können. Oder die Engländerin, die stets barfuß in ihren Stiefeletten ging und sich mit zwei Amerikanerinnen eine *Chambre de bonne* teilte und Englischunterricht gab, um Farben und Leinwände zu bezahlen. Es waren Hunderte von Männern und Frauen, die zwischen Atelier und Klinik, zwischen Jammertal und Ruhm nur dieses eine Café als Ruhezone kannten, hier zwischen den vielen, denen es besserging: den Schwedinnen mit Smaragdohrringen, den Amerikanerinnen, die Champagner tranken und Muscheln oder Zwiebelsuppe aßen, die man drinnen servierte. Selbst den Aktmodellen ging es vergleichsweise gut, wenn ihnen das Modellstehen bezahlt wurde. In sicherer Entfernung von den Malerinnen schlürften sie ihren Likör, obwohl keine von denen sie jemals angehauen hätte.

Sobald die kleine Grouard von einem Schicksalsschlag erfuhr oder einen Hungrigen erspähte, kam sie am nächsten Tag, die Taschen prall gefüllt mit roten Bohnen. Schließlich legte sie hinter dem Tresen des Cafés einen Vorrat an. Jedes Mal, wenn jemand vor Hunger schier verging, griff sie zu diesen Bohnen. Mehr hatte sie nicht, mehr konnte sie nicht geben. Das war der Grund für ihren Spitznamen ‹Haricot-Rouge›, rote Bohne, den man ihr ohne jeden Spott gegeben hatte, in dankbarer Anerkennung ihrer Hilfeleistungen. Und dieses «Haricot-Rouge» sagten die Leute auch wesentlich netter als «Affenschwanz». So wurde die alte Frau von Manonggat genannt, weil sie ihrem Mann das Ohrläppchen abgebissen hatte. Den Namen hatte man ihr verliehen, nachdem Le Scouëzec erzählt hatte, dass sich Affen manchmal gegenseitig die Schwänze abbeißen. Auch machte man über Haricot-Rouge keine Witze, wie man sie über die «Zitronenschwestern» machte oder über den, den sie nur «Die japanische Laterne» nannten.

Seit Wochen lebte sie nun schon in diesem Café, jedes Mal in besondere Aufregung versetzt, wenn wie ein Adliger unter seinesgleichen jener unvergleichliche Modrulleau vorbeikam, von dem sie sagten, er sei der Beste von ihnen allen. Sie kannte alle Geschichten, die über sein Leben kursierten. Über seine Wutanfälle, die Prügeleien, seine furchtbaren Schimpfkanonaden. Sie hatte hier und da eins seiner Bilder gesehen, die sie nicht verstand, aber deren Farben im wunderbaren Glanz glasierter Erde schimmerten.

An jenem Abend, als sie ihm erstmals Bohnen mitgebracht hatte, schlief sie kniend neben Modrulleau ein, den Kopf und die beiden Zöpfe vorgeneigt, die Hände gekreuzt.

4

Als sie erwachte, schien die Sonne auf die kleine Dachterrasse, wo mageres Unkraut zwischen den Steinen wuchs. Sie versuchte sich nicht zu bewegen. Modrulleau war nämlich schon aufgestanden, hatte ein paar Kohlestücke aus der Feuerstelle genommen und war dabei, auf die weiße Zimmertür ihr Porträt zu zeichnen. Nicht in geometrischen Formen, sondern in schönen, einfach geschwungenen Linien, wie mit dem Zirkel gezogen. Er arbeitete schnell, zeichnete mit der rechten Hand und schattierte, indem er mit dem Zeigefinger der linken den Strich verrieb. Als er fertig war, suchte er Farbe, fand aber keine. Er stampfte vor Wut mit dem Fuß auf, für diese unbeherrschte Geste war er bekannt. Eine Kachel zerbrach unter seinem Schuh. Er bückte sich, nahm das rote Ziegelpulver und verteilte es auf seiner Zeichnung, erst nur sehr zaghaft, dann mit einer geradezu rauschartigen Freude, als er sah, dass er so besonders auf Wangen und Lippen zufriedenstellende Farbtöne zustande bekam.

«Sieh dir das an! Mit nur drei Farbtönen», rief er. «Mit drei…»

Sie stand auf. Er nahm sie bei den Schultern und sah ihr forschend in die Augen. Er musste keine Frage stellen.

«Du weißt doch Bescheid, wie's um mich steht», sagte sie nur schüchtern.

«Du wirst meine Frau sein, meine wahre Frau. Keine andere. Mein ganzes Leben lang.»

So weit hatte sie nicht gedacht. Einmal mehr ergriff sie ein Schwindelgefühl.

«Zboro!», rief Modrulleau.

Zboro, fast nackt, zog die Tür zum Nachbarzimmer nur halb auf.

«Wir müssen sofort runter.»

«Lass mir noch eine Minute.»

«Nein, sofort.»

Der Pole hatte gerade noch Zeit, seine Weste zu ergreifen, die er im Treppenhaus anzog.

«Zboro», verlangte Modrulleau, «bring mich irgendwohin, wie du das gestern vorhattest. Ich will arbeiten. Ich werde tun, was verlangt wird. Aber ich will arbeiten. Für sie. Damit sie nichts anderes mehr tun muss als malen. Verstanden? Nicht mal kochen soll sie für mich. Sie soll weder meine Sklavin noch eine Geliebte sein, die ich mir halte, wie es die meisten Künstler tun. Sie soll meine Frau sein...»

Sie durchquerten den Jardin de Luxembourg, dessen üppiges Grün in der Sonne leuchtete. Modrulleau schritt selbstbewusst mit wallenden Locken voran, Zboro folgte ihm.

«Lass uns die Rue La Boétie entlanggehen», meinte der Pole. «Paul Guillaume hat immer mal Bilder von dir gekauft. Ich hab ihm angeboten, dass er gegen Material und Lebensunterhalt deine Produktion haben könnte. Er hat nicht nein gesagt.»

«Ich mag das Viertel nicht, und die Händler auch nicht. Aber gut... Wenn wir das so vereinbaren, musst du ihm meine Bilder bringen, nicht ich. Ich werde meinen Fuß nicht in seinen Laden setzen. Siehst du, wie diese Arbeitssklaven hier auf den Straßen sich nach uns umdrehen, weil wir anders gehen als sie, nämlich ohne Fußfesseln und Schulterjoch?»

Zboro betrat als Erster den Laden des Kunsthändlers. Paul Guillaume war nicht da.

«Dann gehen wir in die Galerie nebenan.»

Sie gingen zu Blosson. Ein Wesen mit hochgereckter spitzer Nase erhob sich. Modrulleaus Blick verdüsterte sich.

«Ich bin der Sekretär von Monsieur Blosson und leite sein Haus.»

Da war es also gelandet, jenes merkwürdige Individuum, das man von der Rive Gauche bis zu den Hängen des Montmartre kannte. André Salmon hat ihn in mehr als einem seiner Bücher nicht gerade wohlwollend erwähnt. Es war noch nicht allzu lange her, da war er immer wieder mal aus dem Haus gejagt worden, wenn er in seiner Rolle als Dienstbote und Faktotum einen Braten verbrannt oder ein Glas Marmelade gestohlen hatte.

Sein Aussehen änderte dieser komische Typ von Tag zu Tag. Heute trug er Vollbart, morgen war er glatt rasiert, dann wieder ließ er sich einen Schnäuzer oder einen Bart à la Charlie Chaplin stehen, manchmal einen Backenbart, wie arme Ungarn ihn gern tragen. Es war wie eine Tarnung, die ständig gewechselt werden musste, obwohl er nicht von der Polizei gesucht wurde. Es war wohl eher die Scham über das, was er früher gewesen war. Nämlich Parasit und Mädchen für alles, Koch, Kohlenschlepper und Laufbursche für nahezu alle Maler und Schriftsteller. Er hatte sich selbst den schmeichelhaften Titel «Sekretär» zugelegt, obwohl er keineswegs sicher genug in der Rechtschreibung war, um auch nur einen Geschäftsbrief zustande zu bringen. Er lebte von Schmeicheleien, gegen die gerade Künstler nicht gefeit sind. Die brachten ihm hier ein Taschentuch, da eine Nähmaschinennadel, dort eine alte Hose für ein Kompliment. In den Cafés war er allerdings besonders unverschämt gegenüber Neulingen. Das hatte ihm den Namen «Lord Jarrout» eingetragen. Von dieser Bezeichnung leitete er den englischen Akzent ab, den er sich zugelegt hatte. Er trug Frauenschuhe, weil keiner seiner Arbeitgeber so kleine Füße hatte, dass er ihm abgelegte Schuhe hätte überlassen können. Das hielt ihn jedoch nicht davon ab, adligen Damen den Hof zu machen, die sich von seinem vermeintlichen Titel hatten blenden lassen. Er lud sich gern zum Essen bei ihnen ein. Stets tauchte er mit der Rosette der Ehrenlegion und geliehenen Handschuhen auf. Und wenn keines seiner dubiosen Accessoires ihn verraten hatte, dann erzählte er beim Essen intime Anekdoten aus dem Leben der Künstler, bei denen er gedient hatte. Meist aber nur so lange, bis irgendjemand der Komödie ein Ende machte und ihn unmissverständlich aufforderte zu verschwinden, woraufhin sich der Lord in sein Schicksal fügte, ein wichtiges Treffen erfand, das er fast vergessen hatte, die Dame des Hauses um das Geld für die Metro anging und sich dann durch die Küche davonschlich, weil er ohne Dessert und Kaffee nicht nach Hause gehen wollte.

«Was wünschen Sie?», brachte er mit diesem leicht gelangweilten und gleichzeitig herablassenden Ton vor, den Händler an den Tag legen, wenn sie Bittsteller wittern.

«Dass Sie die Tür schließen», erwiderte Modrulleau drohend.

«Und dass Sie uns Monsieur Blosson melden», ergänzte Zborowski.

«Nein», sagte nun Modrulleau und zog Zboro auf die Straße. «Es schadet uns nur, wenn eine solche Person über unsere Notlage Bescheid weiß. Lass uns woanders hingehen. Wenn ich schon alles mache, was von mir verlangt wird, möchte ich mir aussuchen, bei wem ich arbeite.»

Sie gingen zu dem allgemein beliebten Vater Chéron, auf den sie eine halbe Stunde vergeblich warteten, dann zu Léonce Rosemberg, dann zu Bernheim, der sie wiederzukommen bat.

«Nein», sagte Modrulleau erneut. «Egal bei wem ich arbeite, es muss sofort sein.»

Sie kamen zu Afthalien, einem kleinwüchsigen Rumänen, der nach seiner Ankunft in Paris zunächst in den Cafés Seidenunterwäsche verkauft hatte, insbesondere den Aktmodellen, aber auch den Kassiererinnen in der *Rotonde*. Er war erstaunt gewesen, wie viele Maler es auf der Welt gab und wie viel Geld sich mit Malerei verdienen ließ. Schließlich kaufte er selbst ein paar Bilder, verkaufte sie gewinnbringend und ließ schließlich die Unterwäsche sein. Statt der Dienstboteneingänge und Hintertreppen, die er vorher hinauf- und hinabgestiegen war, um seine Kurzwaren in Büros oder bei Haushälterinnen loszuschlagen, nahm er nun die luxuriösen Aufzüge der Villen in den wohlhabenden Vierteln und bot dort Bilder an. Und wenn man bei ihm kaufte, so war der Grund selten Mildtätigkeit der Kunst gegenüber. Seine Bilder hatten den Ruf, im Wert zu steigen.

Afthalien hatte auf seine fettigen Haare eine Melone geklebt, die er im Sonderangebot erstanden hatte, sein dreckiges Hemd umschlang neuerdings eine grobgestrickte Krawatte, deren dünnes Ende zu lang hinunterhing. Über die Künstler, denen er grundsätzlich misstraute, redete er vor den Leuten, die ihn empfingen, stets verächtlich. «Die sind nicht wie unsereiner. Alles Hungerleider und noch dazu unzuverlässig.»

Es war unglaublich, wie dieser dicke, schwerfällige Mann von lyrischer, quasi vergilischer Stimmung reden konnte, vom Rhythmus einer Walddarstellung, von der Zärtlichkeit eines Hauttons, den Unterschieden zwischen der Sensualität des einen Malers und der Sensibilität eines anderen, vom Geheimnis des Lichts, von der Sinnlichkeit der Farbe und was er noch alles an Versatzstücken aus dem Jargon der Maler bei dem einen oder anderen aufgeschnappt hatte.

Afthalien konnte wie kaum jemand anderer die «moderne Malerei» erklären. «Der Kubismus, mein Herr, ist kein Treppenwitz der Kunstgeschichte, sondern die absolut logische Folge der Entwicklung der Kunst und ihr derzeitiger Höhepunkt. Wenn er nicht verstanden wird, heißt das gar nichts. Alle Kunstbewegungen wurden, als sie neu waren, nicht verstanden und zwar jedes Mal gerade deshalb, weil sie mit Sehgewohnheiten brachen. Egal in welches Land Sie schauen, die Jugend widmet sich dem Kubismus. Und Sie wollen doch nicht etwa sagen, dass diese Generation auf der ganzen Welt irrt? Nach dem Romantizismus und dem ganzen Geschrei drum herum kam sowohl in Malerei als auch in Musik und Literatur der Impressionismus, der, statt Effekte aus der Darstellung des Donners zu ziehen, lieber nach Nuancen und Schattierungen gesucht hat: Debussy, Mallarmé, Claude Monet. Aber der Impressionismus ist schnell zu einer völlig kitschigen Angelegenheit heruntergekommen, und die Generation, die darauf folgte, hatte das heftige Verlangen, dagegen zu rebellieren. Auf den Impressionismus, der sich zugunsten des Eindrucks der Konstruktion verweigerte, haben sie eine Phase der reinen Konstruktion folgen lassen. Allerdings haben die ‹Konstruktivisten› wie alle, die auf etwas reagieren, die Gegenbewegung völlig übertrieben. Vom einfachen Kubus sind sie gleich zur geometrischen, algebraischen und logarithmischen Malerei übergegangen. Man muss nur zuhören, wie sie über den Goldenen Schnitt, über konjugierte Orthogonalprojektionen, die Fibonacci-Folge oder Entzerrung der Raumdarstellung reden. Geometralen Instinkt und neue Einfachheit nennen sie das und was nicht noch sonst alles. Sie wollen ehrliche Farbtöne statt Virtuosität des Tons, sogar arme Farbtöne, einfache, arme Bildgegenstände, ganz gegen das neue Reichtumsgeprotze des Impressionismus.»

«Aber warum hat der Maler hier Zeitungsschnipsel hingeklebt, Holzstücke, sogar Glassplitter und Ziegelscherben?»

«Eine der Entdeckungen des Impressionismus war die, dass Gegenstände keine ihnen eigene Farben besitzen, sondern eine unendliche Vielzahl von Nuancen, je nach Beleuchtung und der Atmosphäre, durch die dieses Licht gefiltert wird. Die reinen Kubisten, erklärte Feinde des Impressionismus, haben nur deshalb diese Versatzstücke aus Holz, Papier und sonstigen Materialien mit absichtlich unbearbeiteten Oberflächen auf ihre Bilder geklebt, um den Impressionisten zu beweisen, dass sie Unrecht haben und dass die Lokalfarbe dieser Gegenstände sich perfekt mit den Farbwerten der sie umgebenden Malerei verträgt. Das wird allerdings nicht lange so weitergehen, wenn Sie mich fragen. Aus dieser Richtung wird garantiert demnächst eine wunderbare Wiedergeburt des Plastischen erfolgen. Aber gerade diese Epoche des Übergangs, in der Kunst wie in der Politik das Gelenkstück, wie man so sagt, wird kostbar bleiben, weil das nur eine kurze und besonders erfindungsreiche Epoche sein wird, deren Werke genau deshalb später mal einen unermesslichen Wert haben werden. Dieses Bild hier vor Ihnen, signiert von einem wirklich soliden Künstler, der seine Kunst der kubistischen Demonstration gewidmet hat, lasse ich Ihnen für ein paar hundert Franc – den Preis haben wir ja schon besprochen, nicht wahr? – Aber sein Wert wird in zehn Jahren, was sage ich, in fünf... Ach!...»

Er war gut darin, bei den möglichen Käufern Interesse für die Maler zu wecken, deren Werke er verkaufte. Zu jedem erzählte er ohne Schamgefühl Geschichten aus deren Privatleben und enthüllte gern ihr materielles Elend, wobei er fast immer übertrieb.

«Dieser Soutine, einer der kraftvollsten Maler unserer Zeit, wer würde daran zweifeln – was ist er doch für ein armer Mensch. Haben Sie ihn schon mal die Strasse vor der *Rotonde* entlangschleichen sehen, wo er sich nicht mehr hineintraut? Er kommt aus dem tiefsten Russland, ist glücklich, in Frankreich zu sein, ein Land, in dem er sich einfach auf eine Parkbank setzen kann, ohne dass ihn Polizisten da wegknüppeln. Ich habe ihm mal eine Jacke besorgt. Und stellen Sie sich vor: Welche, war ihm egal. In seinem ganzen Leben hatte er noch nie mehr als ein Hemd getragen. Warum da groß wählen? Er hat auch noch nie gewagt, einen Hut zu tragen. Auf keinen Fall, wäre ja noch schöner, wenn man sich jeden Tag wie der Zar kleiden wollte. Sehen Sie sich dieses Bild an. Wissen Sie, wie er malt? Nein? Er verzieht sich aufs Land, lebt dort wie ein Bettler, wenn's sein muss in einem Schweinestall. Er steht um drei Uhr auf, geht beladen mit seinen Malutensilien zwanzig Kilometer, um den idealen Platz zum Malen zu finden. Wenn er abends zurückgeht, um sich schlafen zu legen, hat er meist den Tag über vergessen zu essen. Aber er vergisst nie, die Leinwand vom Tag abzulösen und auf die vom letzten Tag zu legen, bevor er sich danebenbettet. Mein Herr, ich habe ihm zwei Jahre lang ein monatliches Gehalt gezahlt, ohne ein einziges Bild von ihm zu kriegen. Und als ich ihm dann mal Dampf machen wollte, fand ich dreihundert Gemälde bei ihm, schön übereinandergestapelt in seinem Zimmer, wo er die Fenster nie geöffnet hat, damit seinen Bildern nichts passiert. Während ich wegging, um ihm was zu essen zu kaufen, hat er sie angezündet, unter dem Vorwand, sie würden ihm nicht mehr gefallen. Zum Glück habe ich ein paar retten können, musste mich dafür aber erst mal mit ihm prügeln. Diese hier, sehen Sie. Das Fleisch… Er ist besonders gut in der Darstellung von Fleisch, vor allem wenn er Hunger hat. Sie kennen seine unglaublichen Kiefer nicht. Wie auch immer. Er kauft ein Stück rohes Fleisch, setzt sich zwei Tage davor und fastet. Und dann fängt er an, das Stück zu malen. Sehen Sie hier. Spürt man nicht sein quasi kannibalisches Verlangen in diesem rötlichen Ton? Sehen Sie hier, das Besteck, den weißen Holztisch, alles was zum Essen dient, all das, was er nie besessen hat. Er verschlingt seine Mahlzeiten direkt aus der Papierverpackung, kaut kniend, reißt mit seinen riesigen Zähnen Stücke heraus und trinkt aus der Flasche. Sehen Sie, mit welcher Begierde hier das Messer und die Gabel gemalt sind? Das Fleisch war nach zwölf Tagen harter Arbeit meist zu verdorben, um noch gegessen zu werden. Ist Rembrandt so weit gegangen? Ich könnte Ihnen das Bild überlassen, obwohl ich's eigentlich für mich selbst behalten sollte. Aber das ist teuer, zweitausend Franc. Wenn dieser Russe nicht so voller Ungeziefer wäre. Ich habe extra für ihn einen künstlichen Bach aus gebranntem Ton anlegen lassen. Er hat keine Vorstellung von den Unterschieden zwischen einem Sou oder tausend Franc, aber ich sage Ihnen, er würde mich zehntausend oder fünfzehntausend Franc für dieses Bild zahlen lassen, wenn er was davon verstünde ... »

Ja, er konnte mit großer Verächtlichkeit über Maler reden, selbst über die ganz großen, von denen er nie ein Bild besessen hatte.

«Picasso, dieser geniale kleine Scherzkeks.»

Nur die, vor denen er sich fürchtete, verschonte er mit seinem Spott.

«De Vlaminck, über den will ich lieber nichts sagen, mein Herr. De Vlaminck, wenn ich Ihnen das hier zeigen dürfte ... »

Er hatte eine geräumige Gemäldegalerie. Aber zur Strafe für sein Geschwafel war er im Laufe der Jahre der Anziehungskraft der Kunst selbst derart erlegen, dass er in der kleinen Wohnung bei Gobelins, die er mit seiner Frau und seinen fünf Kindern bewohnte, Bilder hortete, von denen er sich nicht trennen konnte. Aus Gründen der zu erwartenden Wertentwicklung, wie er seiner Frau einredete, in Wirklichkeit aber, weil diese Farben und Formen seine Augen mit Wohlgefallen erfüllten. Schon als Trikotagenvertreter hatte er immer wieder mal ein Muster für sich behalten, nur um es hin und wieder genussvoll berühren zu können.

Mit einem Wort: Er verstand besser zu kaufen als zu verkaufen, wusste genau, an welchem Tag welcher Maler in Not geraten war, und handelte dann monatliche Zahlungen gegen die ganze Produktion aus. Er suchte sich stets die seltenen Vögel aus, manchmal lag er damit vollkommen daneben, unterhielt einen Künstler üppig, den er dann wenig später fallenließ, nur um ihn kurz darauf wieder unter Vertrag zu nehmen. Er spürte gegen seine zur Schau gestellte Überzeugung, dass diverse Kubisten – insbesondere seine – nichts taugten, und er hielt mit Ungeduld Ausschau nach jemandem, der sich einer Malerei verschreiben würde, die ein wenig «anschmiegsamer» wäre. Den würde er dann wie eine Bombe mitten unter diese ganzen Idioten werfen.

Sein Herz eines gewieften Händlers schlug höher, als er Modrulleau und Zborowski eintreten sah. Der Pole war der Wortführer.

«Kenn ich, kenn ich, die Bilder dieses Herrn hier», winkte Afthalien ab. «Gute Qualität, schöne Zeichnung. Aber alles Sachen, die man frühestens in ein paar Jahren verkaufen kann, leider. Teuer werden die sein, sehr teuer. Aber wissen Sie, ich muss heute meine Miete zahlen, die laufenden Kosten, all die vielen Verpflichtungen, die ich eingegangen bin und die mich auffressen.»

«Ich habe nicht vor», erwiderte Modrulleau, «ein einziges Bild zu malen, das sich nicht auch heute verkaufen lässt. Ich will arbeiten, meinetwegen auch ohne zu signieren, wenn es sein muss. Sie geben mir hinterher, was Sie dafür zahlen wollen, keinen Vorschuss außer eine Leinwand, einen Pinsel und drei Tuben Farbe: Schwarz, Ocker und Weiß. Sie werden sehen. Ich habe mein Modell. Stellen Sie sich eine dieser Mariendarstellungen vor, wie man sie auf den Bildern der Sieneser Schule sieht. Ich meine die von Simone Martini, Sano di Pietro oder vielleicht eher noch die heilige Katharina im Kloster San Domenico von Andrea Vanni. Volle Hautfarbe aus gebrannten Erdtönen und diese reinen scharfgeschnittenen Gesichtszüge, die in großem Schwung ineinander übergehen, als wäre der ganze Körper aus einer einzigen Linie gemalt, die sich endlos mit sich selbst vermählt, in einer Logik und Kraft, die sich mehr und mehr steigert…»

«Können wir ja mal ausprobieren… Ich gebe Ihnen zehn Franc pro Tag, wenn mir das Bild, das Sie in dieser Zeit malen, gefällt.»

«Einverstanden.»

«Aber eine Sache… Sehen Sie, ich vertraue natürlich Ihrer Ehrenhaftigkeit, aber es gibt auch Launen, Stimmungsschwankungen, verstehen Sie? Man muss sich doch auf das verlassen können, was man so macht. Deshalb wäre es mir am liebsten, Sie würden hier bei mir arbeiten.»

«Hier?»

«Kommen Sie mit.»

Sie stiegen in den Kellerraum hinunter, wo der Kunsthändler gewöhnlich an einem winzigen Tisch sein Mittagessen einnahm. Davon zeugten Essensreste, die an der Tischplatte klebten. An den Wänden hingen alte Hängeriemen für Bilder. In der Ecke standen Besen und Wischmopp. Selbst der Pole regte sich auf.

«Sie wollen ihn hier arbeiten lassen?»

«Ist mir recht», unterbrach Modrulleau. «Sehe ich wenigstens nicht den Dreck auf der Straße. Das Oberlicht reicht als Beleuchtung. Ich fang am besten gleich an», sagte er und zog gleich seine Weste aus.

Afthalien brachte ihm eine Fünfzehner-Leinwand, zwei Pinsel und ein paar Farbtuben. Zboro bekam nicht mal mehr eine Antwort auf seinen Abschiedsgruß. Modrulleau hatte über Pinsel und Farbe, mit denen er nun endlich lustvoll hantieren konnte, alles andere vergessen. Hier war alles, was er am Morgen so schmerzlich vermisst hatte, als er das Gesicht, das er so liebte, nur mit Kohleresten und zerriebenen Ziegeln hatte malen können.

Das Gemälde quoll geradezu aus den Tuben, die er am liebsten ohne jede Vorzeichnung auf der Leinwand ausgedrückt hätte. Aber er erinnerte sich an die Sieneser Meister, die er selbst gerade beschworen hatte, träumte sich in jene Epoche. In diesem schmuddeligen Kellerloch, wo nur ein winziger Lichtfleck auf der Mauer an den hellen Tag erinnerte, ließ er die alte toskanische Stadt Siena wiederauferstehen mit ihren einzigartigen goldbraunen Pigmenten, mit ihrer vulkanischen Atmosphäre und diesem gleißenden, energiegeladenen Licht: die ganze Stadt ein einziges erdiges Rot, getürmt auf anderes Rot, rote Dächer, kleine rote rechteckige Türme mit roten Zinnen. Nur die Kathedrale erhebt sich weiß aus diesem roten Meer, dehnt sich weiß aus wie ein schützender weiter weißer Mantel, der sich über die roten Wunden legt. Alles unter diesem blendend hellen Himmel. Aus den gleißenden Sonnenstrahlen trat, wie von einer Aureole umkränzt, zitternd in der Hitze des Lichts das schlichte Gesicht einer Jungfrau hervor, die er leibhaftig vor sich sah und der er seine Pinsel weihte, mit leichter Hand geführt, von Begeisterung fortgetragen.

«Machst du schon Pause?» Afthalien kam mit einer geöffneten Flasche Wein und einem Glas herunter, stellte beides auf den Tisch und stieg wieder hinauf in seinen Laden.

Modrulleau betrachtete die Gaben mit Misstrauen. Es war ein wirklich guter Wein. Aber diese Flasche wäre der erste große Betrug an seinem Freund Zborowski gewesen. Modru wog sie in der Hand, spielte mit ihr herum, zögerte und warf sie schließlich mit einem wütenden Schwung gegen die Mauer, wo sie mit lautem Knall zerschellte. Er lachte, schrie und sprang herum, tanzte, als hätte er einen großartigen Sieg errungen.

5

Afthalien gab ihm wegen der Flasche drei Tage lang kein Gehalt. Aber er behielt gleichwohl die Bilder. Modrulleau beschwor ein ums andere Mal das Gesicht von Haricot-Rouge, die beiden Zöpfe, ihren unverwandten Blick. Es gelang ihm von Mal zu Mal besser, ihre Haut wie von innen erleuchtet erscheinen zu lassen, immer strahlender und lebendiger.

Zborowski holte ihn abends ab, kassierte die zehn Franc bar von Afthalien und brachte Modrulleau zu sich nach Hause, wo Haricot-Rouge auf ihn wartete. Nach einer gierig verschlungenen Mahlzeit und Wasser aus dem Hahn ging Modru mit Haricot-Rouge hinunter, falls er sich nicht mit ihr zum Essen bei Rosalie in dem kleinen volkstümlichen Restaurant auf der Rue Campagne-Première verabredet hatte, wo jeder sich an der Wand mit einem Gemälde verewigt hatte, der eine mit einem Tiger, der andere mit einer Blume, einem ikosaedrischen Frauengesicht oder einer Lokomotive mit menschlichem Antlitz. Sie saßen da zwischen den Aktmodellen und einem Armenarzt, der nicht mehr zu Hause essen konnte, weil er seine Küche mit den kärglichen Einnahmen aus der Arbeit im Viertel in ein medizinisches Labor verwandelt hatte, und nun jeden Tag für ein paar Sous Nudeln und ein Stück Marmeladenkuchen aß.

Dann gingen sie den um diese Zeit wenig belebten Boulevard hinunter und betraten die weiträumigen Gartenanlagen des Jardin de Luxembourg hinter der schönen Avenue de l'Observatoire. Sie gingen, in die Betrachtung des dunkler werdenden Junihimmels versunken, unter den ausladenden Kronen der Kastanienbäume oder streiften über den grünen Rasenteppich, aus dem schlanke Marmorsäulen emporwuchsen. Sie gingen vom Medici-Palast bis zum Carpeaux-Brunnen, hinter dem wie die Türme einer Kathedrale die Kuppeln des Observatoriums zum Vorschein kamen, grau und scharf gestochen im dunklen Blau des nächtlichen Himmels.

«Frankreich ist wirklich schön», sagte Modrulleau. «Hier passt alles zusammen. Ich finde alles schön, seit du bei mir bist. Selbst diese Gaslaterne hat etwas Schönes, dieser Kieselstein. Aber was ist Schönheit? Léger hat recht. Wer kann schon im Vorhinein festlegen, dass Dinge schön oder hässlich sind? Wenn man uns von Kindheit an erzogen hätte, die Dinge zu lieben, die heute gewöhnlich für hässlich gehalten werden, dann würden wir sie schön finden, so wie wir Rosendüfte grässlich fänden, wenn unsere Erziehung auf andere Düfte Wert gelegt hätte. Man muss mit diesen ganzen Vorurteilen aufräumen.»

«Ja. Ich finde, man muss lernen, das zu lieben, was man bislang hässlich fand. Du hast neulich diesen Kupfertopf mit einer solchen Liebe gemalt, bevor du gegangen bist…»

Aber Modrulleau stellte schon wieder in Frage, was er vorhin gesagt hatte: «Das ist Ansichtssache. Was ich mit Liebe gemalt habe, war der Reichtum der Farben, nicht die Armseligkeit des Topfes. Weißt du, mir geht der Spruch dieses Journalisten nicht aus dem Kopf, zu sagen, die Armut sei die eigentlich reine Quelle der Kunst, sei eine typische Überlegung am Monatsende, wenn das Geld knapp wird.»

Fast jeden Tag waren sie hier, kamen durch eine der netten kleinen Straßen, die vom Boulevard Montparnasse hinunterführen, und blickten durch schöne Vorgärten in nächtlich erleuchtete Ateliers. Hinter rostrotem Laubwerk glänzten goldene Rahmen. Sie betrachteten alles, ohne ein Wort zu sagen, ohne sich den Traum dieser für sie allzu fernen Hoffnung zu erlauben. Sie kehrten anschließend zur *Rotonde* zurück, eher widerwillig, denn die Terrasse war hell erleuchtet und voll.

Es war Sommer, und bei schönem Wetter wimmelte es nur so von Amerikanern und Amerikanerinnen, Briten und Schweden, die das Leben in Freiheit genossen. Männer ohne Stehkragen, Frauen ohne Hut. Solche Terrassen waren in ihren Heimatländern unbekannt, und moralische Freizügigkeit erst recht. Die größte Unglaublichkeit aber war für viele, in diesem wilden Treiben mit Indern und Arabern an einem Tisch zu sitzen. Hier herrschte ein wahres Tohuwabohu ohne anderen inneren Zusammenhalt als die Bänke, auf denen man gemeinsam saß, und die Kellner, die alle bedienten.

Blonde Walküren saßen mit nackten Armen und Kleidern, bunt wie Zuckerstangen, neben einer in Sack und Asche gekleideten Jeanne d'Arc mit Kurzhaarschnitt und einer Engländerin mit schmutzigem Rollkragenpulli über lachsfarbenen Karohosen. Dazwischen eine Amerikanerin, die jeden Tag einen anderen spanischen Schal zur Schau trug, dazu Ohrringe, die sie stets blind aus ihren Schubladen griff, niemals zwei gleiche. Kleinwüchsige russische Juden mit ernster oder schlauer Miene. Zwei Japaner, die sich über den Kopf ihrer gemeinsamen Frau abschätzige Blicke zuwarfen und nur aus dem Gefühl heraus, sich im Ausland benehmen zu müssen, nicht handgreiflich wurden. Dann die Ecke mit den Aktmodellen. Sie hatten sich zurechtgemacht. Die eine wie eine Figur aus einem Manet-Bild mit Pudelfrisur und Katzenblick, eine andere wie eine riesige chinesische Puppe, eine Dritte wie eine Cancantänzerin à la Seurat aus dem Bild von 1890. Dabei sprachen sie untereinander über Kinder und Klamotten, wie alle Frauen aus allen Erdteilen das tun. Natürlich gab es auch noch ausgewiesene Originale, wie den sogenannten Heiland, der immer barfuß ging, mit glaslosem Monokel im Auge. Oder den, der tagsüber im Schlafanzug aus Châtillon kam. Oder den Mann, der sich aus einem Küchenvorhang einen Umhang gebastelt hatte. Wenn einmal der Karneval begonnen hatte, gab es kein Halten mehr. Der Grillenhaftigkeit der Amateure waren Tür und Tor geöffnet. Zahllos die Hemden mit selbstgemalten Blumenmustern, die Rembrandt-Mützchen, die Westen aus Papier. Das trug zur guten Stimmung bei, und jeder war mit seinen großen und kleinen Meisen und Talenten allgemein bekannt.

Trotzdem blieben die Grüppchen fein für sich. Hier die Exzentriker, dort die Russen, die Aktmodelle, die Gelegenheitskubisten und dann die wirklichen Künstler unter all den selbsternannten: Modrulleau, Léger, Metzinger, Lagar, Léopold-Lévy, Chériane, Wassileff, Ortiz de Zarate und seine Freunde, schwarzhaarige Spanier, von denen lediglich drei ihr Leben dem Versuch geweiht hatten, das Geheimnis von El Greco zu lüften.

Die jeweiligen Grüppchen besuchten sich gegenseitig: Man traf sich im Atelier von Brancusi, dem Bildhauer, der alles herbeischleppte, was die

Urform des Eis hatte, und der langsam aber sicher dazu übergegangen war, nur noch bewundernswerte eiförmige Skulpturen herzustellen. Im Atelier von Castro, dem Gitarrenmaler, der an den Wänden seines Ateliers mehr als hundert solcher Instrumente hängen hatte und in einem einzigen Bild mehr als zwanzig davon zu kombinieren wusste, dargestellt von allen Seiten, in allen perspektivischen Verkürzungen und aus allen möglichen Blickwinkeln, weil sich ein Maler seiner Meinung nach nicht damit zufriedengeben darf, den Gegenstand so darzustellen, wie er erscheint, sondern zeigen musste, wie viel man von ihm weiß. Das schließt die Darstellung aller Seiten mit ein, sei es von einer Gitarre, einem Kubus oder einem Gesicht. Auch im Atelier von Zadkine traf man sich, dessen scheinbar grobbehauene Skulpturen weiblicher Körper Ausdruck der intensiven Suche nach einer neuen Anmut waren. Ähnlich den Bildern von Léger. Die wie Henkel gebogenen Arme seiner Ballerinen und die nach eigenen Worten «elegant angeordneten» Finger ihrer Hände zeugten von dem Bestreben, das menschliche Erscheinungsbild den Maschinen anzugleichen, die unser mechanisches Jahrhundert dominieren. In zwanzig Jahren Arbeit war er so weit gekommen, in seinen Bildern die Wesen und Dinge in reiner Lokalfarbe auf großer Leinwand ohne jede Konzession an das «geschmackvolle Arrangement» so zu modellieren, dass er «den bekannten Stil» weit hinter sich gelassen hatte. Sein Atelier war vollgestopft mit Motoren und Metallteilen, die er wie kostbares Elfenbein hütete und pflegte. Dieser Maler schien roh und gleichzeitig genau zu sein, der Carpaccio der heutigen Renaissance, eine Epoche, die er allerdings für den Inbegriff der Dekadenz hielt.

Manchmal ging man gemeinsam in eine Vorführung, aber nicht etwa ins Theater. Nein! Diese faden und konventionellen kleinen Liebesgeschichten der Herren vom Boulevard, lauthals vorgetragen von einigen aufgeblasenen Idioten, die sich Schauspieler nannten, als wären sie Marktschreier für Krawatten, noch dazu in Bühnenbildern, die aus einer zum Glück untergegangenen Zeit stammten, diese kleinen Geschichten konnten die Maler nicht rühren oder ihre Standfestigkeit, die eines Holzklotzes würdig war, erschüttern. Sie, die nichts weiter vorbereiteten als ein kommendes Jahrhundert. Man ging lieber in eins der Kinos auf der Rue de la Gaîté, weil der Film,

dessen hochtrabender Anspruch es war, das Leben zu verdoppeln, einen lebhafteren Rhythmus anschlug. Aber warum wurden auch hier diese dümmlichen Geschichten präsentiert? Es ist schon merkwürdig, dass diese moderne Erfindung die ganzen Belanglosigkeiten, die das Theater sich bemüht hat, im letzten halben Jahrhundert loszuwerden, wieder einführt: die affig-kindliche Sentimentalität, die das Mittelalter beraunende Poesie und so weiter. Aber manchmal erschienen auf der Filmleinwand gleißende Weißtöne, wie man sie auf keinem Bild je hätte denken können. Und die Kinofilme *zeigten* Wesen, Gegenstände in Bildausschnitten und Abfolgen, wie man sie bislang nicht hatte sehen können.

«Habt ihr diesen Fuß unter dem Tisch gesehen?», schrie Léger auf. »Das ist das erste Mal, dass man auf diese Weise einen Fuß zu sehen bekommt. Da ist er noch mal. Welche Bedeutung, was für eine Form, und vor allem, was für eine perspektivische Deformation! Aber nein: Das Objektiv gibt ihn wieder, so wie es ihn gesehen hat. Unser Auge hat sich zu sehr daran gewöhnt, nur noch den Vorgaben der konventionellen Zeichnungen zu folgen. Ah! Wenn man doch zeichnen könnte, ohne jemals eine Zeichnung in seinem Leben gesehen zu haben. Hm? Was meint ihr? So jemand würde uns eine Menge beibringen können.»

Haricot-Rouge lauschte begierig der Diskussion. Modru allerdings hörte mit wachsender Ungeduld zu. Manchmal drehte er sich zu ihr um und sah ihr in die Augen. Sie drückte dann seinen Arm noch etwas fester. Sie kehrten als kleine Gruppe zu Zboro zurück, gingen mitten auf der Straße, Léger in Pullover und Melone, Zboro seine Frau untergehakt. Houtrot hielt bei jeder sich bietenden Gelegenheit an, um ein paar Gläser im Stehen zu trinken.

Haricot-Rouge kam vor dem geschlossenen Lebensmittelladen ihrer Eltern vorbei und erzählte Modru von der Rue de la Gaîté:

«Diese Straße ist morgens die belebteste von allen in Paris: Ganz Montrouge, Vanves und Malakoff, die über die Avenue du Maine ins Zentrum strömen, sind gezwungen, hier entlangzugehen. Denn durch den Friedhof von Montparnasse gibt es hier einen Engpass und erst am Ende der Rue de la Gaîté spreizen sich die Wege fächerförmig Richtung Innenstadt auf. Es ist jedes Mal ein Fest zwischen sechs und acht Uhr morgens. Selbst die Sonne folgt der Bewegung und scheint zuerst auf die Bäume der Avenue du Maine und schließlich am anderen Ende der Straße auf die des Boulevard Edgar Quinet. Eine regelrechte Prozession ist das, wie man sie in keinem der anderen Faubourgs zu sehen bekommt. Abends ist das anders. Die Leute kehren langsamer und müde zurück, aber die Crêpes-Stände, die Weinschenken und die Cafés geben dem Ganzen wieder den Anstrich einer Kirmes. Sieh mal, fast alle Fenster dieser Straße der Fröhlichkeit, wie das ja übersetzt heißt, haben Bögen als Fensterstürze, wie in Italien. Und keine Straße in Paris hat so schöne Ladenschilder. Sieh dir nur die drei Cafés hier an: *A la Belle Polonaise*, Zur schönen Polin, *Aux Iles Marquises*, Zu den Markesas, und dann das *Café Javanais*. Und was du heutzutage hier nachts zu sehen bekommst, ist gar nichts. Du hättest hier sein müssen, als ich noch klein war, vor der Zeit der Kinos. Es gab drei Ballsäle und das *Gangloff* mit seiner riesigen Orgel. Und all die Cafés, in denen Musik gemacht wurde: *Bobino*, das zu der Zeit die Straße dominierte und hinten in seinem Biergarten Konzerte veranstaltete. Dann *Jamin*, das *Théâtre Gaîté-Montparnasse*, wo alle Literaten und Maler der Zeit Stammgäste waren. Lautrec kam häufig da hin, und Seurat hat diese Bühne als Motiv seines berühmten Bildes *Le Chahut* gewählt. Du weißt, es gibt dahinter noch dieses große Café, das auf die Avenue du Maine hinausgeht. Überall hängen da Bilder heute bekannter Sänger. Aber man sagt, die haben sie nur auf die Bilder von Lautrec, Seurat und Chéret geklebt. Die mussten die Inhaber zur Weltausstellung 1900 nämlich abdecken, trotz der Proteste von Goncourt und anderen. Da fällt mir eine schöne Geschichte ein: Der Skandalschriftsteller Jean Lorrain ging häufig da hin, mit Liane de Pougy, im offenen Zweispänner, von seinem Kutscher gefahren. Sie war immer weiß gekleidet, in langen wallenden Abendkleidern und riesigen Hüten, wie man sie trug zu der Zeit. Man erwartete sie jede Woche zur gleichen Zeit. Sie nahmen immer die rechte Loge. Er war mehr geschminkt als sie, ein üppiges kastanienbraunes Toupet schaukelte stets über seinen großen Augen, die von bleifarbenen Wimpern gerahmt wurden. Und jedes Mal wurden sie ausgepfiffen. Stell dir vor, die Leute pfiffen! Und er genoss das. Er grüßte die

Massen wie Präsident Sadi-Carnot seinerzeit, so hat mir zumindest mein Vater erzählt. Aber eines Abends hatten sie die fatale Idee, Kleingeld von oben ins Parkett zu werfen und denen vom *Milles-Colonnes* eine Salatschüssel Glühwein zu spendieren. Also das war was… Langweilt dich meine Geschichte?»

«Nein. Ich höre dir zu.»

«Sieh mal, hier, das kleine Trikotagengeschäft. Die vier, die um ein einziges Gaslicht herumsitzen, das auf kleinste Flamme gestellt ist. Der Alte ist über achtzig. Der hat noch den Italienfeldzug mitgemacht. Die gehen nie raus aus ihrem Geschäft. Seit mehr als fünfzig Jahren. Kannst du dir so was vorstellen? Sie haben noch nie die Straße überquert. Und als meine Schwester ihnen eines Tages vorgeschlagen hat, mit ins Konzert zu gehen, haben sie entsetzt geguckt, als wäre meine Schwester verrückt. Die Preisschilder sind alle von Hand geschrieben. Und weil der Alte nicht rechnen kann, steckt er in die Taschen der Schürzen oder in die Unterwäsche so viele Steinchen, wie die Kleidungsstücke in Franc gekostet haben. Das zählt er mit den Fingern zusammen und schlägt noch ein bisschen drauf.»

«Bist du glücklich?»

Sie sah ihn an. Eine Träne blinkte an seinen Wimpern. Er zog die Stirn in Falten, und sie lachten beide, rannten, um ihre Freunde einzuholen.

Und nach einer letzten Runde in *La Rotonde*, wo es immer noch zum Bersten voll und verqualmt war, Pianomusik oben, Pianomusik unten, zu der einige Amerikaner sangen, einige Polen über ihren Schachbrettern schliefen und einige Mädchen von Tisch zu Tisch gingen und überall ein paar Erdnüsse aus den Schälchen pickten, gingen sie nach langwierigem Händedrücken zurück zu Zborowski, wo Haricot-Rouge die Zeit, die Modru bei Afthalien malte, genutzt hatte, um alles in Ordnung zu bringen, von der Küche bis zum Bett. Richtige Bettdecken gab es noch nicht, auch keine Handtücher. Morgens musste man die Hände in die Sonne halten, um sie zu trocknen. Aber es gab jetzt Besteck und eine Teekanne.

Modru und Haricot-Rouge schliefen jede Nacht nebeneinander im gleichen Bett, aber es war ihnen bisher nicht in den Sinn gekommen, miteinander zu schlafen.

6

So verging der Juni. Zboro hatte in einem Büro einen Job gefunden, wo er Adressen abschreiben musste. Er bekam drei Franc für fünfhundert Adressen. Mehr schaffte er nicht an einem Tag.

Modrulleau war wütend.

«Lass das. Das ist keine Arbeit für einen Dichter.»

Zborowski gehörte zu der *Gruppe 41 Grad*, die in Tiflis gegründet worden war, sich über Russland und große Teile Europas ausgebreitet hatte, mit einem kleinen Ableger in Paris. Ähnlich dem Kubismus in der Malerei war das eine rein konstruktivistische Schule der Literatur, die ebenso ihre «Extremisten» hatte.

Alexis Krutchenik, der wichtigste zeitgenössische russische Dichter, hatte die Zahuminische Dichtung erfunden, was so viel bedeuten sollte wie eine Dichtung reinsten Geistes: Nicht auf den Sinn kam es an, sondern auf den Klang. Deshalb kursierte auch der Name «Klangdichtung».

Velimir Klebnikov hatte ein *Traktat über die Segnungen der Anstößigkeit* geschrieben, in Moskau auf Kosten des sowjetischen Staates gedruckt, das die «bürgerliche Moral» untergraben sollte. Die ersten fünf Gesänge dieser Schrift waren der Vergangenheit gewidmet und variierten das Thema «Ganz Russland fußte bislang auf nichts weiter als auf Vogeldreck».

Sovour hatte eine ironisierende *Bürgerliche Poetik* geschrieben, die den platten Kunstgeschmack der Mittelschicht auf die Schippe nahm.

Zborowski war ihre Nachtigall. Obwohl jedes seiner Gedichte die alte Dichtkunst und das alte Russland bekämpfte, beschworen sie gleichzeitig beides, wie mit einem untergründigen Bedauern über ihr Verschwinden. Er demolierte das städtische Leben, aber wie ein Goldschmied, der eine Krone auseinandernimmt, wog er lange jeden Stein, wendete ihn in der Sonne, wo er wie ferner Schnee golden zu glänzen schien. Aber im Hinterzimmer der *Rotonde* an ihrem Stammplatz kamen sie alle schnell wieder zu sich und bekräftigten ihr verheerendes Urteil über die vergangenen Jahrhunderte der russischen Geschichte, aber auch allgemein der Weltgeschichte, in denen Hunderte und Tausende Menschen Kälte und Hunger gelitten hatten, damit eine winzige Minderheit sich amüsieren konnte. Viel hatte sich für sie nicht geändert. Jeder von ihnen war nach wie vor gezwungen, für Brot und die Lumpen, die ihre Kleider waren, hart zu arbeiten. Der eine als Lampenputzer in Eisenbahntunneln, der andere als lebendes Werbeschild auf den Boulevards. Der Glücklichste von ihnen rührte in einem Labor chemische Rezepturen an, und auch Zboro hatte es gut mit seinem Job, bei dem er Adressen im Schein einer kümmerlichen Glühbirne abschrieb, während draußen der Sommer in schönstem Sonnenschein verging.

«Ich möchte, dass du das lässt», sagte Modrulleau ärgerlich. «Ich verdiene genug, um uns alle durchzubringen. Und zwar mit meinem eigentlichen Metier. Fünf Franc reichen doch aus, um uns alle zu ernähren, und von dem, was übrig bleibt, können wir sogar noch Farben und Pinsel kaufen und unseren Kaffee in der *Rotonde* bezahlen.»

«Aber Modrulleau.» Zboro insistierte. «Wir müssen trotzdem irgendwann mal Miete zahlen. Sonst werden wir noch rausgeschmissen. Ich kann auch, wenn dir das lieber ist, als dein Agent Bilder verkaufen.»

«Nein, ich habe meinen Vertrag mit Afthalien.»

«Aber er nutzt dich doch schamlos aus.»

«Ich bin sein Arbeiter. Er gibt mir meinen Lohn. Der Rest, der Traum, der dahintersteht – den leiste ich mir auf eigene Rechnung.»

Allerdings stimmte es, dass Afthalien Modru ausnutzte. Er gab Modru neuerdings wesentlich größere Leinwände und hatte sogar bei der Gelegenheit fallenlassen: «Du machst immer dasselbe. Ich hab schon einen Haufen Bilder, die alle gleich aussehen. Das reicht mir nicht. Ich will nur noch eigenständige Meisterwerke, verstanden?»

Meisterwerke! Modru erinnerte sich an einen seiner Besuche bei Derain, in einer Phase, als er mal wieder grundsätzlich an sich zweifelte. Derain war für alle so etwas wie ein großer Bruder. Insgeheim neigte Modrulleau schon damals zur Häresie bezüglich der strengen Religion des Kubismus. Derain war, obwohl er von allen Mitgliedern dieser jungen Schule hoch geschätzt wurde, ein wenig ins Abseits geraten. Er komponierte Bilder, die, ohne jemals Kopien zu sein, direkt von den großen Werken der Vergangenheit inspiriert waren, die er aber mit seiner brutalen und klaren Sensibilität eines Modernen in die Gegenwart übersetzte.

Modru war nach einigem Zögern zu seinem Atelier in der Rue Bonaparte, direkt gegenüber dem Hof der *Ecole Nationale Superieure Des Beaux-Arts,* gegangen. In einer schattigen Ecke des Ateliers stand eine dunkelhaarige Frau Modell. Ihr fehlte nur der fahle Myrthen- oder Lorbeerzweig im Haar, um die Figur eines Corot-Bildes zu sein.

Derain malte ihren langen Oberkörper, ihren muskulösen Hals, der sich aus einem grauen Wollpullover erhob. Auf ihrem Kopf saß eine alte Pilotenmütze.

Auf Modrus schüchtern vorgetragene Fragen antwortete Derain nichts. Er zeigte mit dem Finger auf das Band der Mütze: *Es ist verboten, mit dem Piloten zu sprechen*, stand da.

Modru war daraufhin aufgestanden und nach einem Blick auf die Bilder, die überall im Atelier ordentlich aufgereiht auf Stühlen standen, hatte er sich gerächt, indem er dem Maler zurief: «Du bist ein Meisterwerkfabrikant geworden.»

Afthalien wollte also das Gleiche aus ihm machen. Fünf Jahre nach der Begegnung mit Derain. Einen Meisterwerkfabrikanten. Sollte er kriegen!

Modru krempelte die Ärmel hoch, hielt seine Faust ausgestreckt vor die Leinwand und begann, sie in den Bildvordergrund zu zeichnen, ähnlich dem Fuß, den sie in diesem Film gesehen hatten. Die Faust geriet merkwürdig lebendig, so mitten in dem Bild, wo sie weniger ein anatomisches Detail zu sein schien, das getreu von einem Modell abgezeichnet worden war, als ein Gegenstand, der eine ganz eigene Kraft und Energie ausstrahlte. Am nächsten Tag malte er in ähnlicher Weise seinen Arm, dann sein Bein, dann das Knie, seinen Fuß. Alle diese wunderbaren Werke dieser Woche, über die sich noch heute die Kunstkenner unterhalten, brachten Afthalien derart in Rage, dass er schrie: «Du elendes Schwein! Farbe für acht Franc die Tube, und du machst dir nicht mal mehr die Mühe, sie mit dem Pinsel zu verteilen, weil du sie nicht bezahlen musst. Sieh dir doch mal an, wie dick sie hier aufgetragen ist! Wenn du ein Segonzac bist und fleißig in die Rente einzahlst, dann kannst du dir vielleicht leisten, dein Geld in das Material zu stecken. Du drückst die Farbe direkt auf die Leinwand, als wäre das ein Lavastrom, so sagt man doch neuerdings, nicht wahr? Aber im Augenblick... »

Afthalien konnte nicht weiterreden, denn Modru hatte ihm ins Gesicht geschlagen. Der Kunsthändler schlug zurück. Sie prügelten sich ohne Rücksicht auf das Mobiliar, bis Modrulleau schließlich den strampelnden Afthalien die Wendeltreppe hochschleifte und in seiner Galerie liegen ließ.

Afthalien sagte nichts mehr, aber er zog Modrulleau vom Lohn eine alte Vase ab, die zu Bruch gegangen war, und bezahlte das letzte Bild nicht mehr: einen riesigen Daumen, der eine Farbtube zerdrückt. Der Daumen war gemalt, die Tube an die Leinwand geklebt, was die Farben des Bildes noch mehr schimmern ließ.

7

An diesem Abend kehrte Modrulleau ohne Geld zurück. Bei Zboro war niemand zu Hause. Haricot-Rouge war gerade unterwegs, um einen Kochtopf zu kaufen, die anderen besorgten Medikamente. In der *Rotonde* war die übliche Mannschaft zum Kaffeetrinken versammelt. Man hatte sich allerdings gerade erst getroffen. Léger, Houtrot und einige andere hatten kaum einen Schluck getrunken, als Kisling, die Hände in den Hosentaschen, dazukam.

«Aufstehen, alle Mann. Ich nehm euch mit.»

«Wohin?»

«Überraschung.»

«O nein», Modrulleau kannte das. Hin und wieder warb so eine blonde Marquise die ganzen Aktmodelle an und lud sie mit den Malern zusammen für eine Nacht zu sich nach Hause ein, um sie abzufüllen. Oder man ging zu irgendeinem dieser verarmten Künstler hinter Vaugirard, musste seinen Fusel selber mitbringen und diskutierte dann beim Schein einer armseligen Kerze bis in die Morgenstunden. Schlimmer noch waren die Besuche bei einem dieser englischen Dichter in der Rue Jacob, die sich mit ihrem dreifach um den Hals geschlungenen Schal fast erwürgten. Das waren alles billige Kopien der Helden Oscar Wildes, Beardsley-Karikaturen, Gespenster in Gespensterhäusern. Meist bewohnten sie Ateliers mit einer Veranda, die nachts von Gaslichtern mit Lampenschirmen aus beigem oder grauem Tüll beleuchtet wurden, auf denen Tulpen oder Schmetterlinge im Stil der Bilder von Whistler dargestellt waren, ganz im Geschmack der kleinen Leute von heute.

Aber Kisling beharrte auf seiner Einladung, und offensichtlich hatte er Haricot-Rouge zugeflüstert, was sie erwartete, denn ihr Blick schien Modrulleau nach Kräften zu einer Zusage zu bewegen. Er gab nach.

Sie quetschten sich in ein Taxi, das Kisling herbeigerufen hatte und das sie quer durch Paris bis zur Rue Messine brachte, direkt in die Nähe des Parc Monceau.

«Meine Güte, das ganze Viertel hier ist ja bei Napoleon III. stehengeblieben! Eine veritable Reise in die Vergangenheit. Aber nicht schlecht, oder?»

Innen war das Wohnhaus, wo Kisling sie hinbrachte, ganz in Weiß gehalten. Zwei riesige Freitreppen trafen sich in einem Zwischengeschoss. Dort wurden sie von Dienern in Livree empfangen. Ohne sich das Geringste anmerken zu lassen, nahmen sie Kislings Helm und die schweißgetränkten Hüte der anderen entgegen.

Sie wurden durch eine Reihe hoher Zimmer, die abwechselnd rot, blau oder ockerfarben erleuchtet waren, geleitet, bis sie schließlich in einen riesigen Saal traten, der, obwohl auf dem schwarzen Teppich einige Lichter in verschiedenfarbigen Papierwürfeln brannten, schummrig dunkel war. Am Ende dieser langgezogenen Grabkammer flackerten die kleinen goldenen Flammen einiger Kerzen und Fackeln. Seit sie die Schwelle überschritten hatten, umhüllte sie eine Wolke schwerer Düfte, als wollte man die Mystiker in Entzücken versetzen und die Ungläubigen wenigstens zum Niesen bringen. Als die Augen sich langsam an das Dunkel dieser kolorierten Vorhölle gewöhnt hatten, unterschieden sie undeutlich Teppiche an den Wänden und Sessel, Diwane und Stühle auf einer Estrade. Das war also doch keine Freimaurerkapelle, nicht einmal deren Nachbau in einem amerikanischen Filmstudio. Auf den Diwanen ausgestreckt waren menschliche Formen erkennbar. Zigarettenglut leuchtete auf, der Schimmer von dunkler Schminke und glitzernder Schmuck. Eine dieser Silhouetten kam wie eine Nebelschwade auf sie zu, nahm langsam die Gestalt einer Frau an, die nichts weiter anhatte als ein dünnes amaranthfarbenes Musselinkleid. Kisling stellte ihr in würdevollem Ton seine Freunde vor.

«Meine liebe Isadora, das ist Modrulleau…»

«Freut mich, dass Sie mich mit Ihrem Besuch beehren. Seit heute früh besitze ich ein Bild von Ihnen.»

Sie zeigte auf eins der Porträts von Haricot-Rouge, das er bei Afthalien im Keller gemalt hatte und das nun in einem überbordenden Goldrahmen hing. Modru stellte Haricot-Rouge vor.

«Na so was. Das Bild lebt!»

Die Tänzerin hatte den Maler mit einem offenen Lächeln begrüßt, obwohl er nachlässig gekleidet war, ohne Weste, ohne Kragen und Krawatte, doch fiel es ihr offenbar schwer, die Kleine mit dem roten Gesicht und der bäuerlichen Kleidung zu grüßen. Sie bat die Gruppe zu den Liegemöbeln, wo bunt durcheinander Journalisten, Theaterleiter, Schauspieler, Kritiker, allesamt im Smoking und mit blütenweißen Hemden, saßen oder lagen und die Neuankömmlinge unverhohlen musterten. Modrulleau steckte die Hände in die Hosentaschen. Seine Kameraden taten es ihm nach. Die Frauen trugen hier alle oben wie unten tief ausgeschnittene Kleider und stellten dadurch ihre bleich geschminkten Brüste genauso zur Schau wie ihre in allen Farben bestrumpften zarten Knöchel, die von zierlichen, teils silbernen, teils goldenen Pumps, manche sogar mit Edelsteinen verziert, unmerklich verlängert wurden. Eine von ihnen saß auf einer Art Podest und musterte sie von oben herab durch ihre Lorgnette. Sie hatte sich einen Smaragd auf die Stirn geklebt. Auf ihrem Kopf schwankte eine riesige Straußenfeder. Ihre Nase war ungewöhnlich spitz, der Blick herausfordernd. Und der gedrungene Oberkörper, der mit teuersten Stoffbahnen in schrillen Farben umwickelt war, wirkte wie eine klobige Stele, auf der das Gesicht angebracht war, dessen beachtliche Kiefer sich nun öffneten.

«In der Tat kurios», schloss sie ihre Examinierung ab.

«Das ist die Cavalla von der *Comédie Française*», Isadoras Erklärung klang wie eine Entschuldigung.

Modru warf der hochmütigen Darstellerin, die auf Unschuld vom Lande spezialisiert war, einige furchtbare Blicke zu, doch die Tänzerin zog ihn am Arm fort.

«Das ist die Prinzessin de Laurence.»

Gemeint war eine hochgewachsene Person, deren zusammengebundene Haare in drei verschiedenen Blondtönen leuchteten, was dem Schopf über ihrem freigekämmten Gesicht den Eindruck einer Flamme verlieh. Ihre Augen waren sehr hell, die Nase war fein geschwungen, der Mund klein und drückte Verwöhntheit aus. Ihr Körper wirkte unglaublich biegsam in ihrem hautengen Kleid. Selbst der nackte und etwas füllige Arm, den sie Modrulleau entgegenstreckte, schien sich in Wellen fortzubewegen.

«Guten Abend», sagte sie. «Ich bin hoch erfreut, die Hand zu schütteln, die das Bild von sich selbst gemalt hat, das ich neulich gesehen habe, und von der ich hoffentlich noch andere sehen werde.»

Ihre Stimme war ähnlich biegsam wie ihr Körper. Die Hand, die sie ganz natürlich in der Modrus liegen ließ, während sie sprachen, erinnerte ihn daran, wie er als Kind einmal einen kleinen Vogel in seiner Faust gefangen gehalten hatte. Als sie die Hand zurückzog, blieb ein merkwürdiges Gefühl der Leere.

Sie hatte keineswegs von oben herab gesprochen wie die Schauspielerin der *Comédie*, auch nicht mit dieser übertriebenen Vertraulichkeit, die die sogenannten «guten Seelen» an den Tag legen, wenn sie mit bemitleidenswerten Geschöpfen reden müssen. Nicht eine Sekunde hatte ihr Blick von seinen Augen abgelassen, um etwa seine desolate Kleidung zu mustern. Und sie hatte ihren hochgestochenen Tonfall beibehalten, weil ihr offenbar bewusst war, dass sie sich nicht zu Modrulleau herablassen musste, um auf gleicher Ebene mit ihm zu verkehren.

Die andern waren weitergegangen und hatten in einer Ecke Kumpel aus der *Rotonde* getroffen, die alle auf einem riesigen Diwan herumlümmelten. Mit einem Mal wurde es dunkel. Modru blieb stehen. Er hatte sich vorgenommen, die Bewegungen der Tänzerin Isadora genau zu verfolgen, die ihre Kunst sicherlich so liebte wie diese Maler die Malerei. Sie hatte einmal behauptet: «Der Tanz ist die edelste Kunstform, weil er alle enthält. Und alles, was edel ist, ist Tanz: Ein schönes Gedicht ist Tanz. Eine Blume, die wächst, ist Tanz. Die Pferde auf dem Parthenon-Fries, das ist Tanz.»

Zwei rote Scheinwerfer trafen sich auf dem schwarzen Teppich, wo plötzlich graue Stoffsegel durch das glitzernde Licht zu flattern schienen. Manchmal leuchtete aus einer grauen Wolke wie ein Feuerschein ein Lächeln auf oder eine anmutige Handbewegung. Dann fing Isadora an, mit ihrem charmanten amerikanischen Akzent zu sprechen. Sie brachte ein paar theoretische Erläuterungen zum Tanz vor, so wie manche Maler das machen, bevor sie zu Werke gehen. Dann stellte sie vier Mädchen vor, die trotz ihrer eher griechischen Seelen und der eher helvetischen Statur flüchtige Kreaturen nach Botticelli spielen sollten. Sie bewegten sich auch in etwa wie die drei Grazien in der Allegorie des Frühlings, mit ineinanderverschlungenen Armen und wehenden, nahezu durchsichtigen Gewändern.

«Diese Musik der entstehenden Formen wird selbst die große Kunst von Schumann vergessen lassen.»

Isadora wies auf das schwarze Klavier, an dem beim Licht dreier Kerzen ein Virtuose saß, ein wahrer Meister seines Faches.

«Sie werden diese Mädchen hier tanzen sehen. Sie haben Beine und Arme, aber sie tanzen nur hiermit.»

Den Kopf auf ihre rechte Schulter gebeugt, hob die Tänzerin das linke Segel ihres Kleides. Ein Stück Haut, das sich mit der Atmung hob und senkte, wurde sichtbar. Sie wies ohne jede Laszivität darauf, mit derselben Geste, wie Johannes der Täufer bei da Vinci auf das Kreuz weist.

«Mein Herz tanzt schon...»

Aus dem Schatten traten nun die vier jugendlichen Schülerinnen. Die eine sah aus wie eine bauchige Vase, kleiner Kopf, schmale Schultern, aber ein üppiges Becken. Von der Zweiten sah man nur den ernsten Blick unter wilden Brauen. Die Dritte war ganz Zartheit und Anmut. Selbst wenn sie ganz nahe vorbeitanzte, ließen sich ihre Körperformen kaum bestimmen.

Die Letzte war bis zu den hervorstehenden Hüftknochen seltsam eckig gebaut. Nicht nur die Schultern, auch der nackte Rücken, der von zartem Flaum bewachsen war, warf scharfkantig das Licht zurück, das sie eigentlich nur zart umhüllen sollte. Sogar ihr Fuß ließ das Scheinwerferlicht, wenn es auf ihn traf, von sich abprallen wie ein Fels, auf den der Strahl eines Wasserfalls trifft. Aber so unterschiedlich sie auch waren: Mit den ersten Bewegungen verschmolzen sie miteinander. Jeder Schritt war so, wie es sich das Auge im Voraus erhofft hatte. Jede Haltung, jede Pose so, wie es sich der gewöhnliche Ästhetizismus, der durch tausend vergleichbare Vorführungen geschult war, vorgestellt hatte. Auf der breiten Estrade fanden die Zuschauer entsprechend vorgefertigte Worte des Lobes: «Idealtypisch, großartig, göttlich.»

«Alles Quatsch», grummelte Houtrot. «Das ist durch den Strumpf fotografiert, wie für liebeskranke Engländerinnen. Reiner Präraphaelitismus. Ich verstehe langsam, warum diese Idioten die Tänzerin der *Ballets Russes* im *Sacre du Printemps* ausgepfiffen haben. Weil sie nämlich in Rhythmus, Gestik und Ästhetik etwas geboten hat, woran diese Eselsaugen nicht gewöhnt waren. Seht euch doch diese Spieluhrenfiguren aus Zuckerguss an. Das ist ästhetische Unschärfe für kurzsichtige Fotografen. Aber dann kubistische Bilder im Schlafzimmer. Als wollte sie uns kompromittieren. Schnell mal einen Picasso mit fahlen Farbtönen, schnell einen Léger mit seinen geometrischen Formen in ehrlichen Farben, um sich von diesem Kitsch hier zu reinigen. Schnell einen Zadkine, um uns was Neues über Anmut zu erzählen.»

Währenddessen schüttelte die alte Dame aus der *Comédie* ihre Feder und verkündete lauthals: «Ich bin so was von ergriffen. Das ist wirklich im höchsten Maße *khünstlerisch.*»

Modru sah zu, hörte zu und sagte nichts. Aber andauernd wogte der schöne, grazile Körper der Prinzessin vor seinem geistigen Auge und schob sich vor die Bilder der Tänzerinnen. Er legte seine Hand an den Kopf. Als der Ballen die Stirn berührte, spürte er spröde Haut. Er, dem alle Frauen nachgesagt hatten, wie zart seine Haut sei. Die zum Tanz gespielte Musik war geradezu vulgär im Vergleich zu der Stimme, deren Modulationen er nur so kurz, aber so eindrücklich gehört hatte. Dieser offene und stolze Blick, der unverstellt bewundernd auf ihm geruht hatte, er ging ihm nicht mehr aus dem Kopf, egal, ob er die Augen schloss oder der Tanzdarbietung zusah. Diese weiche Körperzeichnung. Er sah sie vor sich, die Linien, die Simone Martini auf die Mauern von Siena in diesem gebrannten Gold gemalt hatte. Und alle diese Wahrnehmungen spielten in einen inneren Monolog über die Malerei hinein:

‹Léger hat heute vielleicht recht. Aber morgen wird seine Malerei genauso altmodisch und überholt sein wie die impressionistische Ästhetik dieser Isadora. Die Propheten haben sich noch immer geirrt. Und zwischen Léger und Isadora liegt der Augenblick, das Leben, in das man mit gierigen Zähnen beißen muss wie in die reife Frucht eines wunderbaren Gartens. Ein

Garten, in dem wir eines Tages leben werden, jeder nach seinem Geschmack. Der eine bevorzugt die Äste, ein anderer den saftigen Boden, ein Dritter die süße Frucht, andere die Farben, die Gerüche, die Blüten, den Reichtum des Sommers … ›

Die Prinzessin streifte an ihm vorbei. Es wirkte, als würden ihre Füße den Teppich nicht berühren. Und in der Tat, sie berührten den Boden kaum …

«He, Modru!» Die Vorstellung war beendet. Sie betraten einen riesigen Saal, wo sich auf vier niedrigen schwarzen Marmortischen Berge von Früchten, Süßigkeiten und Fleisch erhoben, jeder dieser Berge mehrere Meter hoch. Acht schwarze Bedienstete schleppten Leuchter herbei, trotz der gläsernen Würfel auf dem Boden. Isadora saß auf einer römischen Liege und goss jedem, der sein Glas hinhielt, Champagner aus einer riesigen Jadeamphore ein. Sie hatte ihr Haar und ihr Kleid geöffnet und forderte jeden auf, es ihr gleichzutun.

«Es ist ebenso unhöflich, bekleidet zu bleiben, wenn man in nackter Begleitung ist, wie wenn man in Begleitung Betrunkener nüchtern bleibt. Nicht wahr, Lord Jarrout?»

Der Angesprochene, in Hochwasserhose und schlottrigem Smoking, die nicht zusammenpassten, hatte sich Blumen um den Kopf gewunden und hielt in jeder Hand ein Glas. Zuvor hatte er die Leute, die er von der *Rotonde* mitgebracht hatte, mit Flaschen versorgt.

«Modrulleau, Modrulleau! Ein Glas für Sie? Stoßen Sie doch mit den anderen Künstlern an», bot ihm die Tänzerin an.

«Danke sehr, aber wenn das Künstler sind, dann lassen Sie mich da bitte einen Unterschied machen. Wir sollten uns lieber als Arbeiter ansehen, was wir doch auch sind, nicht wahr?»

Aber sie hatte ihre Aufmerksamkeit einem Diplomaten zugewandt. Kurz danach sprach sie mit einem Schauspieler, der ihr mit Austern garnierten Schinken reichte.

Modrulleau überredete seine Leute zum Gehen, während eine Jazzband zu spielen begann.

«Du hast ja recht, Modru», sagte Kisling, als sie draußen waren. «Das sind alles aufgeblasene Heinis. Die halten jeden Zeitungsschreiber für einen Kubisten, der sich von rohem Fleisch ernährt. Aber was soll's. Alle sind zufrieden. Und ich hab jetzt acht Franc in der Tasche, ich hab nämlich fünfundzwanzigtausend polnische Rubel bekommen. Ich gebe eine Flasche Weißwein aus, einen Schweinskopf und Sardinen im nächsten Bistro, an dem wir vorbeikommen. Aber nur für uns! Ohne Tänzerin oder Prinzessin…»

Modru legte zärtlich seinen Arm um Haricot-Rouge und drückte sie fest an sich.

8

In dieser Nacht schlief er tief und fest. Aber am nächsten Tag bei Afthalien konnte er sich nicht entscheiden, wo auf der leeren Leinwand er ansetzen sollte. Zwei Bilder überlagerten sich in seiner Vorstellung, was ihn einigermaßen ärgerte. Diese Frau, deren weiche Formen ihm nicht aus dem Kopf gingen, deren warmen Händedruck er immer noch in seiner Hand spürte, deren Parfüm er sogar am Morgen noch gerochen hatte, obwohl es ihm nicht aufgefallen war, als sie neben ihm stand. Er wusste genau, dass sie eine Sekunde nach dem Kompliment, das sie ihm als wohlerzogene und intelligente Frau gemacht hatte, nicht mehr an ihn gedacht hatte. Die Geschichten, in denen sich große Damen Hals über Kopf in einen Maler verlieben, sind kitschige Poetenphantasie. Es war ja nur zu gut zu verstehen, dass sie für ihre animalischen Gelüste höhere Tiere vorzog, die nicht gerade vor Schmutz starrten und die man anderntags wie wohlfrisierte Pudel ausführen konnte.

Aber ging es darum? Modrulleau wunderte sich, wohin seine Gedanken abschweiften? Offenbar hatte diese Frau bereits von ihm Besitz ergriffen. Zu ärgerlich! Es wäre ja auch ein Wunder gewesen, wenn ihn eine Frau mit dieser ungewöhnlichen Figur und Geisteshaltung, für ihn so neu in dieser raffinierten Perfektion, nicht aus der Bahn geworfen hätte. Er, dessen Nerven so empfindlich waren, dass manchmal sein ganzer Organismus zitterte, wenn er sich an ein Gefühl erinnerte, das er längst vergessen und verarbeitet zu haben glaubte. Komischerweise verspürte er keinerlei Gefühlsregung. Nicht einmal die leichteste Welle des Verlangens schwappte durch sein Bewusstsein. Der Maler in ihm war in Erregung versetzt und überrumpelt worden. Er hätte diese Frau sofort fallenlassen, wenn er seiner Lebensgefährtin damit Kummer bereitet hätte. Und doch war es wie seinerzeit, als sich das Gesicht von Haricot-Rouge seiner zeichnenden Hand aufgedrängt hatte. Die Bilder des Vortags waren zu lebhaft. Es war die Gestalt der Prinzessin, die sich auf die Leinwand drängte, als er dasselbe zu malen versuchte wie Wochen zuvor.

‹Gut! Dann male ich eben einen Mann›, dachte er und stellte einen Spiegel vor sich auf, den er in der Besenkammer gefunden hatte.

Weil es selbst im Kellerraum heiß war, malte er schon seit Tagen mit hochgekrempelten Ärmeln. Manchmal zog er sein schweißgetränktes Hemd aus und arbeitete wie ein Heizer mit nacktem Oberkörper. Das tat er auch jetzt und zeichnete seinen Torso. Weil er allein war, zog er sich aus wie ein Aktmodell in einer Akademie.

Er sah gut aus. Sein Körper war schlank, Arme und Beine waren kräftig, Ellbogen und Knie schmaler. Seine Haut war fein und hell getönt wie die eines dunkelhäutigen Italieners, der sich der Sonne nicht aussetzt. Das Spiel seiner Muskeln zeichnete geschmeidige Linien, die das Gesamtbild nicht störten. Sein Körperwuchs war langgliedrig, Hüften, Handgelenke und Knöchel waren schmal. Seine Hände fast ein wenig zu schmal für einen Mann. Und seine Füße waren wohlgeformt, gerade und biegsam. Man sah ihnen den lockeren Gang an.

Er brachte mit lebhaften Linien eine Vorzeichnung auf die Leinwand, die die Freunde des Akademischen zutiefst schockiert hätte. Dann kolorierte er die Hautpartien mit jenem leicht rötlichen Ton, der ihm immer besser gefiel, und sang dabei in seinem Kellerloch, glücklich über das, was da unter seinen Händen entstand. Plötzlich spürte er, dass jemand hinter ihm stand.

Er hatte nicht einmal Zeit, sich umzudrehen. Spitze Schreie ertönten. Man sah noch den Unterleib einer Dame oben auf der Wendeltreppe verschwinden, dann stammelte Afthalien oben eine Litanei von Entschuldigungen. Kurz danach tauchte der Kunsthändler im Keller auf.

«Du dreckiges Schwein!», schrie er Modrulleau an. «Sie geht zur Polizei. Eine große Dame, der ich zeigen wollte…»

«…welche wilden Tiere du im Keller hältst?»

«Nackt hier rumzulaufen! Das hast du absichtlich gemacht, als du sie die Treppe runtersteigen gehört hast. Aber das wirst du mir büßen. Eine Kundin zu vergraulen, die mir einen Haufen Lipchitz', Braques und Utrillos abgekauft hat! Du willst mich bloß ärgern. Raus mit dir. Verschwinde, du undankbarer Mistkerl. Für nichts und wieder nichts… Betrogen hast du mich!»

Modrulleau zog sich langsam wieder an. Als er fertig war, nahm er, ohne ein Wort zu sagen, die Leinwand unter den Arm.

«Was? Du willst das Bild mitnehmen? Ich hab's bezahlt. Eine Sechziger-Leinwand. Und garantiert vierzig Franc an Farbe.»

Modrulleau lehnte das Bild an die Wand und begab sich mit so bedrohlichem Blick zu Afthalien, dass der seine Beschimpfung erst wieder fortsetzte, als der Maler oben auf der Treppe verschwunden war.

«Ich hetz dir die Bullen auf den Hals. Ausgerechnet in die Hand zu beißen, die dich ernährt. Das mir, deinem Wohltäter. Dreckiger Schuft, Schweinehund… du elender… Maler!»

Draußen war es noch hell, das klare Blau eines Sommerabends. Statt an den Seinekais entlangzugehen, folgte Modrulleau den Boulevards. Er nahm keine Notiz von den Passanten, die ihm entgegenkamen. Als er an der Rue de la Paix vorbeikam, gingen gerade die großen rosigen Bögen der elektrischen Beleuchtung an, und er stand plötzlich in einer Art Feenzauber, den er nach den Tagen im Keller zum ersten Mal überhaupt zu sehen glaubte. Die leuchtende Aureole um die Oper machte aus ihr ein verwunschenes Schloss. Die erleuchteten Laternen des Boulevards zeichneten eine Linie rosiger Punkte, die wie ein Eselsrücken erst abstieg und dann wieder hinaufführte. In den Blättern schimmerten für ihn neue Farbreflexe. Aus der Rue de la Paix, an deren Ecke er sich befand, strömten Hunderte von Frauen und jungen Mädchen an ihm vorbei, alle nur leicht bekleidet und in frischen Sommerfarben. Es war wie ein Blütenblätterregen, der um eine Statue fällt.

Die schmalen Knöchel, die Unterschiede der Hauttöne, die Geschmeidigkeit von Seide, die Haare und Haarbänder, die freien Hälse, die aus den offenen Kragen ragten, alles war frisch, frisch, frisch. Das Lächeln, das Lachen. Die funkelnden Augen, die Insekten gleich durch das Licht schwirrten. Die Münder, deren Rot er trotz der bewussten Künstlichkeit schön fand. Selbst der Lack der Karossen glitzerte. Hinter den reflektierenden Glasscheiben sah man Luxusgeschöpfe vorüberfahren. Schmale Taillen bogen sich vor weißen Mauern, rosige Brüste gingen vorbei, von weißen Leinenkleidern verborgen, zarte Hälse, kräftige Hälse, geschwollen, glatt oder mit Flaum. Und dann die Nackenpartien mit den darüberliegenden Haaransätzen. Glatt, gelockt, mit der Brennschere gewellt oder geglättet, alle sorgfältig frisiert und gepflegt. Jeder Schopf eine Erfindung in Form und Geruch. Plötzlich fing er an zu laufen, die Avenue entlang, überquerte die Seine, erreichte schließlich die Rue Bara, rannte hinauf, küsste Haricot-Rouge und erzählte ihr und Zborowski den Zwischenfall bei Afthalien. Zboro sah ihn prüfend an:

«Das ist es aber nicht, was dich eigentlich beunruhigt. Hm? Da ist doch noch was anderes, oder?»

So was! Konnte man die Gedanken an diese Frau seinem Gesicht ablesen, obwohl er dachte, sie aus seinem Gedächtnis verbannt zu haben?

Sie aßen schweigend, wie fast jeden Abend, nachdem Haricot-Rouge ihm ihre Zeichnungen vom Tage gezeigt hatte.

«Wenn du viel Geld verdienst, Modru, dann werde ich, statt im Louvre zu kopieren oder hier zu zeichnen, in eine dieser kleinen Schulen in der Rue de Chevreuse gehen. Das fände ich schön. Ich hab mich heute Morgen in eine reingeschmuggelt. Sie ist am Ende eines Gartens voller alter kaputter Statuen, die völlig von Moos überwuchert sind. In einem großen Atelier sitzen alle da und malen, ohne ein Wort zu sagen, die Aktmodelle ab. Da sind jede Menge Ausländer aus allen möglichen Ländern. Aber fünfzehn Sous jede Sitzung! Stell dir mal vor. Ein Spaß für reiche Leute. Fünfzehn Sous, da könnte ich kein Essen mehr für alle machen.»

Modrulleau kniff sich mit den Fingernägeln ins Fleisch. Das Erste, worum Haricot-Rouge ihn bat, und er konnte es ihr nicht geben. Es sei denn, er aß nur noch alle drei Tage, jetzt, wo er nicht mehr bei Afthalien arbeitete.

Madame Zborowski räumte die vier Teller ab, von denen sie heute Abend Nudeln mit einer italienischen Sauce gegessen hatten. Zboro fragte sanft: «Gehen wir noch in die *Rotonde*?» Modru willigte ein.

Da war der Teufel los. Die Amerikaner hatten endlich mal das Klavier oben freigegeben, woran sie sonst klebten und den ganzen Tag irgendwelche Jazzsongs oder sonstige Ohrwürmer in die Tasten hieben. Sie hatten kleine bunte Kerzen angezündet und veranstalteten eine Polonaise quer durchs Lokal. Ein großer Typ mit roten Haaren und grünem Pullover, der für die amerikanische Zeitschrift *Gargoyle* Gedichte schrieb, brachte die Prozession zum Stehen, als er bei Modrulleau und seinem Grüppchen vorbeikam: «Hey! Ihr kommt mit zu den Neuankömmlingen aus New York, die heute eine Party für uns ausrichten. Alle Amerikaner von Montparnasse gehen heute Abend da hin. Und wir laden euch ein, weil Sie so eine Schnute ziehen, Mister Modrulleau, als ob's hier in der *Rotonde* nicht genug Whisky gäbe. Lacht doch einfach mal dekorativ und sagt: *‹Yes!›*»

Zum Erstaunen aller stand Modru nur auf und sagte: «Gut, gehen wir.»

Er nahm Haricot-Rouges Hand.

9

Die amerikanische Kolonie auf Montparnasse bestand aus etwa zwanzig Malern und Malerinnen. Sie entstammten weitgehend armen Familien und wohnten in New York vermutlich in jenen Hinterhofmietskasernen, die man in den Slapstick-Filmen immer zu sehen bekommt, wenn es um «arme Künstler» geht.

Sie hatten ein vergleichbares Gebäude in der Rue Campagne-Première gefunden, in dem vor ihnen schon Burne-Jones und James Tissot gewohnt hatten. Dem Inbegriff ihres poetischen Idylls jedoch entsprach ein kleines Hotel im Stil eines protestantischen Klosters in der Rue de Chevreuse, das im Schatten eines Spielzeugtempels lag, dessen Architektur einem Kaufmannsladen für Kinder alle Ehre gemacht hätte.

Was sie jedoch am meisten verzauberte, war das Leben auf den Terrassen der Cafés, die Freiheit des dortigen Lebensstils. Beides gab es so weder in London noch in irgendeiner Stadt des freien und sittenstrengen Amerikas: Auf der internationalen Kirmes der *Rotonde,* des *Dôme,* des *Parnasse,* wo man zu jeder Tages- und Nachtzeit malen, trinken, Klavier spielen konnte, selbst an Sonn- und Feiertagen, fühlten sie sich frei und glücklich. Man konnte hier mit Mädchen tanzen, die man nicht kannte, mit denen man aber leicht Bekanntschaft schloss, nicht etwa weil sie käuflich, sondern weil sie neugierig auf amerikanische Künstler waren. Das kostete höchstens mal ein Glas Milch, wenn die neue Bekanntschaft hungrig wurde oder zwei Schluck Alkohol, wenn sie sich langweilte.

Der Chef der Bande war der große Rothaarige. Er war Dichter und der Verfasser von *We have no black monkey faces,* von *Yo yo, one thousand miles*, von *The hair in the eye*. Dann gab es einen, der hieß Hopfer, ein blonder zeichnender Hüne, und einen Typen mit Walrossschnäuzer, den sie Levi nannten und der für Jazzbands Musik komponierte. Und dann gab es noch die Frauen: Da war diese extrem dünne, lange dunkelhäutige Frau, auf deren Schwanenhals ein schwarzer Lockenpompon wie ein kohlefarbener Puderquast saß. Sie gab zusammen mit ihrem Mann, einem umgänglichen Menschen, der immer zu boxen schien, wenn er sprach, die Zeitschrift *Gargoyle* heraus. Die Zeichnerin Nina Hamnett, eine Art Gibson-Girl des Viertels, die immer in Männerkleidern herumlief, in Schreinercordhosen mit Schlag und blauem Hemd. Und eine Unzahl junger Frauen mit Kurzhaarschnitt, braun oder blond, die von den Amerikanern selbst immer *flappers* genannt wurden: *«Young girls that flirt about and flirt, but will not go to bed with any one at any time.»*

Sie lebten in großen Wohnungen ohne anderes Mobiliar als ihre Überseekisten und Koffer. Kleider hängten sie an Nägeln auf. Manchmal wurde eine von ihnen gut zehn Tage mit durchgefüttert, wenn sie gerade *broke* war, also pleite bis zum Erhalt ihres nächsten Schecks aus Amerika. Kein Problem. Irgendwo fanden sich immer eine Matratze und ein Handtuch und mittags wurde der Teller Erbsen, morgens das Früchtefrühstück eben durch eine Person mehr geteilt. Sie wuschen ihre Wäsche in Abendkleidern, weil sie nur zwei Garnituren zum Anziehen hatten. Und selbst einkaufen gingen sie manchmal mit tadellosen Glacéhandschuhen, mit denen sie dann einen Liter Milch über die Straße nach Hause trugen. Sie waren sehr zufrieden mit diesem Leben.

Die ganze Bande ging zu Fuß bis zum Boulevard des Batignolles, wo sich das Atelier der Neuankömmlinge befand. Während des Spaziergangs hatte sich die Gruppe weit auseinandergezogen. Modru, Haricot-Rouge und Kisling gehörten zu den Ersten, die gegen halb elf das Treppenhaus betraten, das man mit Streichhölzern beleuchten musste, obwohl zwei Frauen im sechsten Stock ihnen gleich zuriefen: *«Hello, here. Houhou!»*

Sie empfingen die Gäste, indem sie ihnen Wangen, Schultern und Hände tätschelten. Wenn sie sprachen, sah es aus, als wären ihre Zahnreihen mit Kaugummi aneinanderklebt. Die eine war sehr dunkelhäutig, die andere eher blass. In ihrem Blumenhemd sah sie kränklich aus.

«Come in dears...», wurden sie warmherzig aufgefordert. Das Atelier ähnelte den anderen Ateliers von Amerikanern in Paris: Die Wände waren leer, kein Möbel stand auf dem staubigen Parkett. Es gab nur drei Matratzen,

auf die Pferdedecken gebreitet worden waren, und eine Kiste in der Ecke, auf der die einzige Lampe im Raum stand. Als Wandschmuck diente ein kleiner Spiegel, wie sie gewöhnlich in Dienstbotenzimmern hängen. Und in die Ecken waren Kordeln gespannt worden, auf denen Abendkleider, Unterröcke, Pelzmäntel, Bettwäsche und Mäntel hingen. Aber es gab ein Klavier und eine riesige Sprossenwand, die an der Fensterseite angebracht war.

Ein paar Amerikaner waren schon da. Alle wurden einander vorgestellt. Dann stand man im Kreis herum und wartete auf die anderen. Die kamen singend die Treppe heraufgestiegen, jeder mit einer Flasche unterm Arm.

«*Hello, hello, that's not for negroes... Hello Mrs. Silvers?*», erklang es im Treppenhaus.

«*Where are the others?*»

«*Downstairs...* »

Die Gruppe um Modru ging auf den Balkon. Unten auf dem Bürgersteig saß ein Grüppchen Amerikaner auf der Schwelle der Eingangstür. Sie sangen und klatschten den Takt dazu. Hopfer nahm eine seiner Flaschen, hielt sie am ausgestreckten Arm über den Balkon und ließ sie einfach die sechs Stockwerke hinunterfallen, wobei er «Montmerdre» schrie.

«*Hulla*», war die Antwort von unten. Dann standen sie auf und kamen ebenfalls nach oben. Das dauerte allerdings fast eine halbe Stunde.

Wieder wurden alle allen vorgestellt, jeder bekam dabei etwas zu trinken in die Hand gedrückt. Die Stimmung, die bis dahin eher verhalten gewesen war, stieg mit dem Alkoholkonsum merklich. Man betrank sich systematisch, zuerst einmal mit Wein. Die Frauen öffneten eine Flasche nach der anderen und gossen nach. Die Gäste tranken den Wein aus Teetassen, so als gälte die Prohibition auch in Frankreich. Bevor man zu den Schnäpsen wechselte, wurde getanzt.

Levi am Klavier spielte und sang dazu rau und laut wie ein schwarzer Jazzsänger. Der umgängliche Boxer schmiegte sich an seinen großwüchsigen Puderpinsel, die mit den Hüften wackelte und dazu ihr lautes Kreolinnenlachen erschallen ließ. Die andern taten sich mehr zufällig zu Paaren zusammen, drehten sich zur Musik und unterbrachen ihren Tanz nicht einmal, um

勉強
働け

die auf dem Boden wie an einer Pferdetränke aufgestellten Tassen zu schnappen und in einem Zug zu leeren. Sherry, Whisky, Champagner, Kümmelschnaps und Grenadinelikör, alles wurde wild durcheinandergetrunken.

Modrulleau tanzte gern. Er legte seinen Arm Haricot-Rouge sanft um die Taille und brachte ihr die Schritte bei, die er selbst nie gelernt hatte, die er aber aus dem Rhythmus instinktiv herausspürte. Sie versuchte mit wenig Geschick, sich ihm anzupassen, und lachte verlegen. Wie die anderen nahmen auch sie, wenn ihnen zu heiß wurde, eine Tasse im Vorübergehen, benetzten ihre Lippen und stellten sie dann zurück. Allerdings ohne es denen gleichzutun, die die Getränkereste an die Wand schütteten oder in andere Tassen, die andere Getränke enthielten. Wie die anderen hatte Modru sein Jackett abgelegt und tanzte ohne Weste und Krawatte. Selbst die Amerikaner hatten ihre Oberbekleidung und die Hosenträger ausgezogen, waren dazu aber – das gebot ihnen wohl ihr Schamgefühl – ins Bad verschwunden.

Die ersten Gäste torkelten bereits. Eine der kleinen *flappers* verschwand auf den Balkon, wo sie sich an der frischen Luft für einen Moment hinlegen musste. Eine Freundin hielt ihr dabei den Kopf. Ein paar Minuten später war sie wieder da, tanzte, drehte sich, schlürfte an den Tassen, bis sie erneut an die frische Luft musste. Keiner verlor ein Wort. Wer tanzen wollte, reichte seinem neuen Partner die Hand, wer trinken wollte, griff zu.

Mit jeder Minute kamen neue Gäste. Gegen ein Uhr nachts waren alle betrunken, trotzdem versuchte jeder, die gute Stimmung zu halten. Einige der Amerikaner fielen einfach um, ohne ihre Flasche loszulassen oder ihr Grinsen auf dem Gesicht zu verlieren. Sie rollten sich auf dem Teppich zusammen oder unter eine Decke und sangen sabbernd weiter. Die hochaufgeschossene Amerikanerin tanzte immer noch, ihre Bewegungen wurden mit jedem Schluck Alkohol enthemmter. Modru und Haricot-Rouge warfen immer wieder einen Blick hinüber. Sie war derartig beweglich, dass man Mühe hatte, die herumwirbelnden Teile ihres Körpers einer Person zuzuordnen. Bei jeder Tanzbewegung strebten der Kopf mit dem breiten orangen Haarband, Hals, Brüste, Bauch, Hüften und Schenkel scheinbar in einander entgegengesetzte Richtungen. «Sie streichelt die Lüfte wie der aufsteigende

Dunst des Golfstroms», hatte der amerikanische Dichter mit den roten Haaren mal über sie geschrieben. In der Tat erinnerte ihr Tanz an die Melancholie der warmen amerikanischen Landstriche. Man dachte an Florida, Texas, an Bananenstauden und Baumwollplantagen. Zwei- oder dreimal hatte sie Modrulleau mit einer Geste ihres schönen braunen Arms zum Tanz aufgefordert. Vergeblich.

«Das ist nett von dir», meinte Haricot-Rouge. «Du tanzt nur mit mir.»

«Ich will mich nicht auf andere Körper einlassen. Und ich liebe nur dich.»

Während er diese Worte sprach, hielt er entsetzt inne. Inmitten des Gewimmels hatte er die Kanadierin entdeckt. Sie tanzte volltrunken mit dem umgänglichen Boxer und warf Modru dabei mit schweren Gesten Kusshändchen zu. Er konnte sich unmöglich aus dem Staub machen. So wie ihm die Blicke dieser voluminösen Frau folgten, blieb ihm nichts anderes übrig, als abzuwarten, was passieren würde.

Einer der Betrunkenen war auf eine Leiter geklettert und machte einen amerikanischen Volksredner nach, indem er wild mit der Faust vor dem Gesicht herumfuchtelte. Die Leiter schwankte gefährlich. Hopfer machte sich einen Spaß daraus, die elektrischen Glühbirnen mit Tassen auszulöschen.

«Bitte lächeln… schön dekorativ, bing!»

Die Damen des Hauses stellten Kerzen auf den Fußboden, woraufhin sich einige der Tänzer die Waden verbrannten. Offenbar das neueste Vergnügen in Übersee. Die Kanadierin kam auf ihn zu.

«Komm, tanz mit mir.»

«Nein.»

Der schwere Arm der Kanadierin beschrieb einen vagen Halbkreis und ihre flache Hand landete in Modrulleaus Gesicht. Sie wiederholte: «Komm jetzt, tanzen!»

«Nein.»

Diesmal bekam Haricot-Rouge, die sich vor Modrulleau gestellt hatte, den Schlag ab.

«Du wagst es, Modrulleau anzufassen. Du wagst es…»

Die Kleine war der grobschlächtigen Betrunkenen ins Gesicht gesprungen, hielt sich an ihren Ohren fest. Die Kanadierin versuchte sie abzuschütteln, aber Haricot-Rouge, die sich wie eine Dogge an diesem Tiger festgebissen hatte, ließ nicht los. Das Kleid der Kanadierin war aufgegangen. Sie verfing sich in einem Stofffetzen. Beide gingen zu Boden.

Um sie herum zog die Orgie weitere Kreise. Der Mann mit der Leiter war schließlich doch umgekippt. Die Leiter hatte ein paar Scheiben mitgenommen. Der Glühbirnenzerstörer hatte sein Werk erfolgreich beendet und suchte sich nun ein neues Betätigungsfeld. Die Säufer sangen und grölten, die *flappers* kotzten reihenweise über die Balkonbrüstung. Frauen lagen auf dem Boden und versuchten Nasen und Mund in die noch nicht geleerten Tassen zu stecken.

Die Kanadierin richtete sich halbnackt wieder auf, stemmte sich dabei keuchend auf ihre dicken roten Schenkel, von denen die Reste ihrer Oberbekleidung baumelten. Ein Idiot, der betrunken herumschrie, fasste Haricot-Rouge an ihren Zöpfen. Sie bekam die Scherben einer Tasse ins Gesicht. Das Blut floss ihr in die Augen. Modrulleau stand da wie versteinert.

Die Kanadierin versuchte, ihre schwarzlackierten Fingernägel tief in Haricot-Rouges jugendliche Brüste zu rammen. Doch Haricot-Rouge war so in Rage, dass sie ihre Gegnerin trotz des Schmerzes und des Säufers, der immer noch an ihren Zöpfen hing, an die Wand drückte. Sie hatte sich an den Ohren der Kanadierin festgekrallt und schlug deren Kopf nun mit aller Kraft einundzwanzig Mal gegen die Mauer, bis diese bewusstlos zusammensackte und mit entblößten Brüsten liegen blieb.

Haricot-Rouge nahm Modrulleau am Ärmel, holte ihm sein Jackett und zog ihn ins Dunkel des Treppenhauses, wo sie über die Leiber singender Betrunkener stolperten, die auf den Stufen lagen und Jazzlieder sangen.

Unten auf der Straße bat sie Modrulleau: «Wisch mir bitte das Blut ab, für den Fall, dass wir einem Streifenpolizisten begegnen.»

«Hast du sie umgebracht?»

«Keine Ahnung.»

«Wenn nicht, wird sie wiederkommen.»

«Nein. Frauen sind anders. Sie haben vor Männern keine Angst, aber vor anderen Frauen. Weil sie genau wissen: Die andere weiß, wie ich ticke. Die fällt auf die üblichen weiblichen Tricks nicht rein. Nein, sie wird uns in Ruhe lassen. Sie wird zu viel Angst vor mir haben.»

Sie gingen Richtung Stadtzentrum. Die Beine waren ihnen schwer, Haricot-Rouges Wunde brannte und Modru begann in seinem nassen Hemd zu frieren. Auf dem Boulevard setzten sie sich kurz auf eine Bank, um zu verschnaufen. Sie schliefen dort bis in den Morgen hinein.

10

«Das ist doch nicht möglich! Unfassbar!»

Zboro stürmte in Modrulleaus Zimmer. Er hielt einen Brief in der Hand und schüttelte den Kopf. Modru sah besorgt auf, aber Zboro beruhigte ihn.

«Nichts Schlimmes, im Gegenteil. Du bist ein Glückspilz.»

Modrus Gesicht verfinsterte sich noch mehr. Zborowski hielt ihm den Brief hin.

«Lies. Du sollst nach Rom fahren.»

«Willst du mich auf den Arm nehmen?»

«Nein, echt. Nach Rom. Lies doch selbst.»

Der Brief war von Picasso, der mit den *Ballets Russes* in Italien gastierte. Man arbeitete dort an einem neuen Stück, *Parade,* nach der Musik von Erik Satie. Picasso sollte das Bühnenbild entwerfen. Er brauchte dringend ein paar seiner Bilder für eine Ausstellung, die Djagilew, der berühmte Leiter der Balletttruppe, organisiert hatte. Der entdeckte bei seinen jährlichen Europa-Tourneen mehr junge Musiker- und Malertalente als neue Tänzer. In seinem Brief bat Picasso seinen zuverlässigsten Freund Modrulleau, die benötigten Bilder aus seinem Haus in Montrouge zu holen und nach Rom zu bringen. Den Schlüssel, hieß es, würde er im Lauf des Tages per Einschreiben erhalten. *Wenn du einverstanden bist*, schrieb Picasso, *bekommst du bei Muelle, dem Kostümbildner der Balletttruppe in der Rue de Victoire, fünfhundert Franc ausgehändigt. Djagilew bittet dich, ihm noch zwei Kartons voller Tutus mitzubringen. Der Kostümbildner wird sie dir zum Bahnhof bringen.*

«Nach Rom!»

«Genau, aber Picasso erwartet von dir, dass du noch heute Abend fährst. Er hat zwei Briefe vom italienischen Konsulat beigelegt, damit du eine Einreiseerlaubnis bekommst. Ich kümmere mich drum, auch um diese Kartons...»

«Nein», sagte Modrulleau.

«Was? Du willst nicht fahren? Wegen Haricot-Rouge?»

«Ja.»

«Aber ihr könnt doch beide fahren. Mit fünfhundert Franc – dritte Klasse. Das geht locker. Dann seht ihr euch Rom zusammen an.»

Die Augen von Haricot-Rouge leuchteten.

«Bist du sicher?»

«Ich rechne das genau durch. Jetzt lass uns erst mal das Geld holen.»

«Ich hol mit Haricot-Rouge die Bilder in Montrouge.»

Frau Zborowski brachte ihnen den Grießbrei, den es jeden Morgen gab, wenn die Finanzen es zuließen. Sie aßen und redeten nur noch von der Reise. Zboro war richtig aufgeregt.

«Erinnerst du dich, Modru? Als du mich in der Rue Bonaparte getroffen hast? Ich stand da und hab mir, glaub ich, ein Foto von der Villa Pamphili in Rom angesehen. Über eine der Terrassen hinweg sah man den Petersdom durch die Zypressen im Morgenlicht. Ich hatte mir gerade vorgestellt, ich wäre in diesem Garten, auf dieser Terrasse. Ich hatte total vergessen, dass mir zwei Minuten zuvor dieser Bäcker kein Brot mehr auf Pump geben wollte. Modru! Du wirst das im Original sehen können!»

«Ja.»

«Und die Vatikanischen Museen», sagte Haricot-Rouge, «die Sixtinische Kapelle.»

«Und die Bilder von Raffael!»

Die Sonne schien, nur kleine weiße Schäfchenwolken zogen vorüber. Der Schlüssel kam. Modru nahm ihn an sich. Dann rannten er und Haricot-Rouge wie Schulkinder die Avenue d'Orléans hinab, bis sie die Rue Victor-Hugo erreichten. Vor dem Einfamilienhaus mit den geschlossenen Fensterläden blieben sie stehen.

«Man wird uns für Einbrecher halten…»

Im Erdgeschoss, oben, in jedem der spärlich möblierten Zimmer lehnten Dutzende Bilder an den Wänden. Auf dem Boden standen afrikanische Holzstatuen.

«Und welche Bilder sollen wir jetzt nehmen? Er hat nichts gesagt.»

Sie sahen sich um, ohne die Fensterläden zu öffnen. Modru blieb vor den älteren Bildern stehen. Sie zeigten einige naiv gezeichnete und gemalte bäuerliche Szenen. Alle in Lokaltönen gehalten, in einer Frische und Solidität der Farben, die nicht ahnen ließ, dass eine «analytische» kubistische Phase folgen würde, die sogenannte Lautrec-Phase, die rosa Periode, die blaue, nicht die des «Neoklassizismus». Sie waren noch aus der Phase, wo er, zusammen mit Braque, die bekannten Perspektiven auseinanderzunehmen begann, um dabei neue zu finden.

Haricot-Rouge war bei den Bildern hängen geblieben, in denen der Maler seine ganze Erfindungsgabe darangesetzt hatte, Harlequins in Stücke zu zerlegen und wieder neu zusammenzusetzen. Wobei er die Körperteile nicht etwa akkurat abbildete, sondern durch eine entsprechende Oberfläche oder einen Gegenstand darstellte.

«Das würde ich nehmen und das…»

«Nein», widersprach Modrulleau. «Das ist das erste Mal, dass die Italiener Picasso zu sehen kriegen. Wir müssen Bilder aussuchen, die seine Entwicklung zeigen. Warum hat er bloß nichts gesagt?»

Sie wählten eines der älteren Bilder aus, ein blaues und zwei andere, einen Harlequin aus aufgeklebtem Papier, Glas und Stoff zwischen farbigen Linien, eine Gitarre, die scheinbar willkürlich über einen Tisch verteilt war, dessen Gleichgewicht zwar optisch überzeugte, aber statisch nicht nachzuvollziehen war. Damit kehrten sie in die Rue Bara zurück. Als sie den Place du Lion de Belfort überquerten, sagte Modru zu Haricot-Rouge: «Wie wär's, wenn wir in Rom heiraten würden?»

«Warum heiraten?», versetzte Haricot-Rouge. «Liebst du mich nicht genug?»

«Einfach, damit du meine Frau wirst, meine wirkliche Frau. Sieh mal, ich bin Maler. Und mit meiner Malerei lege ich es darauf an, von denen verhöhnt, verspottet und verbrannt zu werden, die niemals verstehen werden, was ich da mache. Weiter geht meine Revolte nicht. Wir Maler haben die Pflicht, gegen all die Vorurteile in der Malerei anzugehen. Aber als Individuen dieser Gesellschaft können wir nicht zu zweit gegen zwei- bis viertausend

Jahre sozialer Vorurteile kämpfen. Das ist nicht unser Ding. Du kannst über die Heirat denken, was du willst. Aber lass uns heiraten, um nicht unglücklich zu werden unter der Last dessen, was die Menge noch gegen uns vorbringen wird. Es ist doch so einfach: Wir gestehen ihnen diese bürgerliche soziale Geste zu und bleiben darum umso unerbittlicher bei unserer ästhetischen Linie. Und denk doch mal…»

Sie sah ihn an.

«Wenn wir ein Kind bekämen. Gezeugt unter dem Himmel Roms, unter dem Eindruck all der schönen Dinge, die wir sehen werden, vom Himmel der ewigen Stadt bis zu den ewigen Meisterwerken, die sie beherbergt…»

«Der, der da kommen wird? War es das, was du an dem Abend gemeint hast, als ich mit euch mitgegangen bin. Deshalb…? Du bist wirklich ein unverbesserlicher Träumer. In Rom heiraten… Das kann man doch gar nicht an einem Tag hinkriegen. Es sei denn, wir bitten um eine noch viel schönere Vermählung…»

«Wie meinst du das denn?»

«Wir werden den zu sehen bekommen, der unter den heute lebenden Malern der Größte ist, den wir alle am meisten bewundern, mehr als jeden Priester, der im Namen eines Gottes spricht, den wir eh nicht kennen. Wenn er bereit wäre…»

Zboro tauchte vor ihnen auf. Er zog aus seiner Tasche vier Hundert-Franc-Scheine.

«Behalt die bis zum Bahnhof», sagte Modru.

«Meine Frau ist noch in der Botschaft. Die zwei Kartons sind schon am Bahnhof. Mann, ist das heiß heute.»

«Sag ehrlich, Modru: Mach ich dir keine Schande, wenn ich dabei bin?»

Die abgetragene Bluse von Haricot-Rouge war bei dem Kampf mit der Kanadierin eingerissen und nur notdürftig geflickt worden. Der Kratzer, den sie von der Scherbe davongetragen hatte, war noch gut zu sehen. Ihre Mütze aus falschem Otterfell war an einigen Stellen blank.

Er antwortete nicht. Aber sie betrachtete ihn aufmerksam.

«Es ist noch nicht Mittagspause. Vor dem Essen wasch ich noch schnell dein Hemd. Das ist bei der Sonne schnell wieder trocken.»

«Und wir kaufen dir ein paar Schuhe», fand Zboro außerdem.

«Und wovon?»

Zboro klopfte mit seinen Händen auf die Hosentasche.

«Das Geld ist nicht von uns. Sollen wir das ausgeben, bevor wir losfahren?»

«Ein Teil ist für dich. Aber du hast natürlich recht. Schuhe sind teuer. Ich schlag euch was vor. Du nimmst meine, und ich kauf mir neue Leinenschuhe. Ist das was? Reg dich nicht auf: Ich leih sie dir nur.»

Modrulleau willigte ein. Sie gingen in die Rue de la Gaîté und kauften Zboro ein Paar Sommerlatschen und sogar noch ein paar Socken. Dann bekam Modru Zboros Schuhe.

«Ich möchte mir eine kleine eitle Albernheit leisten, von der ich schon lange träume.»

Sie folgten Modru in einen Hemdenladen, wo er ein Paar weiße Manschetten kaufte, zu denen ihm der Händler noch zwei Knöpfe aus Horn schenkte. Er war glücklich. Er betrachtete seine Hände von allen Seiten, die jetzt aussahen wie merkwürdige rosa Blüten, die aus einer grell leuchtenden Porzellanvase emporwachsen.

«Siehst du. Ich muss bloß mein Jackett zuknöpfen, und schon kann man sich vorstellen, dass ich darunter eine goldbetresste Weste trage.»

Als sie beim Mittagessen saßen, kam Kisling vorbei. Man bat ihn zu bleiben, aber er war zu aufgewühlt, wollte nur das Telegramm zeigen, das er gerade bekommen hatte. Er musste dringend zu seiner Mutter nach Polen, die im Sterben lag.

«Habt ihr Geld?», fragte er. «Wie soll ich sonst da hinkommen?»

Modru wurde bleich, bleicher als sein Hemd, das draußen in der Sonne zum Trocknen hing.

«Du hast welches?» Kisling sah ihn an wie im Fieber.

«Nein», erwiderte Modru und wurde noch bleicher.

Er hätte Rom sausen lassen, um Kisling seine Reise zu ermöglichen. Aber das Geld gehörte ihm nicht. Und wenn er auf die Reise verzichtete, hätte er Picasso das Geld trotzdem wieder zurückgeben müssen.

«Nein», wiederholte er. Kisling ging.

«Hör mal», sagte Haricot-Rouge zu Modru, als sie fertig gegessen hatten. «Ich habe eine kleine Bitte. Nicht für meine Eitelkeit.»

Modru zog sich sein von der Sonne steifes Hemd wieder an und ging mit Haricot-Rouge auf die Straße hinunter. Sie blieb vor der Auslage von Castellucho, einem Laden für Malerbedarf, stehen.

«Das», sagte sie und wies auf einen winzigen Aquarellkasten. Er war nicht größer als eine Hand und kostete sicher nicht mehr als fünf Franc.

Modru kaufte den Aquarellkasten, dazu einen Skizzenblock im Taschenformat und zwei Marderhaarpinsel.

«So werde ich Rom zurückbringen, wie ich's gesehen habe.»

Als sie wieder hochgingen, trafen sie Kisling.

«Ich hab das Geld. Libion leiht es mir.»

Libion war der Inhaber der *Rotonde.* Er kannte seine Pappenheimer gut und vergaß schon mal, ein Croissant oder einen Kaffee in die Registrierkasse einzugeben, wenn der eine oder andere einfach nicht zahlen konnte. Es gibt ja noch die reichen Amerikaner und Schweden, sagte er sich immer. Aber das war nur vorgeschoben, denn auch denen schenkte er auf Pump aus oder lieh ihnen Geld. Während des Krieges war sein Safe bis an den Rand voll mit Pässen gewesen, die man ihm als Pfand zurückgelassen hatte. Geld hatte er bei diesen Transaktionen trotzdem nie verloren.

Diesmal hatte Kisling allerdings ein paar hundert Franc von ihm haben wollen, und Libion hatte sich schlicht geweigert. Aber nur, bis er sah, wie geknickt Kisling davonstapfte. Da hatte er sich ganz nach seiner Gewohnheit besonnen.

«Ist ja gut. Komm her, Schätzchen. Ich will ja nicht, dass du schlecht von mir denkst. Aber beeil dich. Wir holen das aus der Kasse, bevor die Chefin runterkommt. Und versprich mir, dass du das Geld nicht in einem anderen Laden versäufst. Einverstanden?»

«Wann fährst du?», fragte Modrulleau.

«Sobald ich meine Papiere habe.»

«Gehst du schon mal nach oben?», bat Modru Haricot-Rouge. «Ich möchte noch mit Kisling unter vier Augen sprechen.»

Er nahm seinen Freund am Arm.

«Hör mal, was ich noch sagen wollte... » In diesem Moment grüßte sie einer der Malerkollegen über die Straße. «Grüß den bloß nicht zurück», meinte Kisling. «Dieses feige Stück macht eine Ausstellung! Und malt wie die Impressionisten in Pastell, und als Sujet nimmt er Blumen. Als ob die Malerei nichts mit Drama zu tun hätte, mit Farbschlacht... Und er malt Blumen in Pastelltönen... »

«Hör mal», setzte Modrulleau erneut an. «Was ich dir raten wollte: Du fährst nach Polen, um deine Mutter zu sehen, die im Sterben liegt. Sprich mit ihr auf keinen Fall über Malerei. Wir wissen, was du meinst. Sie nicht. Ich werde dir erklären, warum ich dir das rate. Es ist schon eine Weile her, seit ich wie du jetzt, in mein kleines kaltes Heimatdorf im Jura zu meinem Vater gerufen wurde. Er war Arbeiter, einer von denen, die ihr bäuerliches Leben für eine Fabrikanstellung aufgegeben haben. Ich weiß, er liebte mich, wie mich nie jemand lieben wird. Weil, als Vater... Wie auch immer. Er empfing mich mit offenen Armen. ‹Mein lieber Sohn. Es ist noch nicht zu spät›, sagte er. Seine Stimme war schon schwach. Er drückte mich an sich und beschnupperte mich, wie ein Tier den Geruch seiner Nachkommen einsaugt. ‹Mein lieber Sohn, bist du glücklich?›, fragte er mich. ‹Ich mach mir nämlich Sorgen um deine Zukunft. Deine Malerei... › Ich versuchte ihn zu beruhigen und schwindelte ihm vor, meine Zukunft sei bereits gemacht und gesichert, denn ich wollte, dass er ruhig stirbt. Als er damit rausrückte, dass er immer daran gezweifelt habe und eigentlich wollte, dass ich Priester werde, ließ ich mich hinreißen. Ich verbreitete mich darüber, was die Malerei für uns ist, eine Art Überreligion, die uns den Himmel auf Erden verspricht, aber einen, den wir immer wieder neu gestalten. Als ich mich ihm wieder zuwandte, bemerkte ich, dass er während meines Monologs gestorben war. Er war tot, und ich weiß nicht mal, bei welchem Wort er gestorben ist. Ich habe ihn am Tag danach mit ein paar mir unbekannten Freunden von ihm begraben. Ich erinnere mich genau. Wir fuhren ihn in einem Kremser, wie er seinerzeit auch als Bus verwendet wurde, zu dem kleinen Friedhof. Die Kutsche war mit Grünzeug ausgeschlagen wie eine Gartenlaube. Also... Wenn deine Mutter deine Malerei in Frage stellt, belüg sie, sag ihr irgendwas, nur nicht, was du denkst...»

11

Dann saßen sie tatsächlich beide im Zug und sahen, nachdem die Banlieue hinter ihnen lag, aus dem Abteilfenster, als gäbe ihnen das Aufschluss über die wichtigen Fragen im Leben.

Zborowski hatte ihnen etwas zu essen in Papier eingewickelt. Reisbällchen, Brot und Schinken, und als einmaligen Luxus frische Äpfel. Das war auch schon ihr ganzes Gepäck. Mehr als drei Tage würden sie ja nicht in Rom bleiben. Im Augenblick war ihnen auch das egal. Sie diskutierten über die sich stetig verändernde Leinwand, die über den Fensterrahmen gespannt schien, und die Bilder, die dort vorüberzogen.

«Sieh doch mal, wir haben einfach recht», meinte Haricot-Rouge. «Die Telegraphenmasten oder diese Hütte da, das Straßenschild. Wir kriegen hier auf einen Schlag drei Seitenansichten dieser Objekte geboten, die wir auf der Leinwand bestenfalls nebeneinander zeigen können.»

«Man lebt aber leider nicht immer im Zug.»

«Kann sein, aber die Gedanken sind schneller als jeder Zug. Man müsste alle vier Seiten gleichzeitig zeigen können oder die sechs Seiten eines Würfels und noch das, was in ihm drin ist.»

«Mit der Dämmerung verlieren die Dinge ihre Körperlichkeit, findest du nicht? Sie werden richtig flächig.»

«Aber wir wissen doch…»

«Entscheidend ist, was wir sehen. Heute Abend sieht das wie ein billig gemachter, kolorierter Farbdruck aus, diese verwischten Weiden und diese undefinierbaren Schatten.»

«Finde ich nicht. Wir nehmen das nur so wahr, weil die schlechten Farbdrucke uns daran gewöhnt haben, die Dinge so zu sehen. Aber wenn unsere Bilder den Blick verändert haben werden, dann wird man die Landschaften und Menschen nur noch durch unsere Bilder sehen.»

«Unsere Bilder sind also gewissermaßen für die nachfolgenden Generationen so was wie der Neorokoko des Fin de Siècle für uns, und die Wahrheit in der Kunst wird in zwanzig Jahren davon abhängen, wie dann die Maler malen?»

«Modru, was ist los?»

«Ich finde diese Selbstverleugnung schrecklich. Sich einer fixen Idee zu opfern… Wenn ich das täte, was ich am liebsten machen würde, dann würde ich schöne Formen und Linien malen, in schönen Farben. Aber derzeit erstickt mich dieser verdammte Kubus-Unfug und ich baue meine Bilder von Tag zu Tag schwerfälliger auf.»

«Aber der Kubus ist die schöne Form, der schöne dreidimensionale Körper.»

«Mein Verstand gibt dir recht, aber mein Temperament entfernt sich davon. Ich würde am liebsten weglaufen… »

«Was erzählst du da? Ein großer, talentierter Maler darf sich von nichts anderem rühren lassen als von der Anmut, die er neu erschafft. Wirf die Tradition über Bord, an die sich dein Blick von Kindheit an gewöhnt hat. Du hast doch selbst die Maler, die nichts erneuern wollen, mit dem Opernpublikum verglichen, das immer die gleichen altbekannten Melodien hören will. Willst du jetzt genauso werden? Modru, du gehst doch all jenen in deiner Generation voran, die nach einer bislang unbekannten Schönheit streben, die daran glauben, dass dereinst einer die Flammen aller bündeln und damit die Welt erhellen wird. Weg mit den überholten Schwächlichkeiten. Wir müssen mit der Geschwindigkeit eines Zuges voranschreiten, und wenn wir nicht selbst die Lokomotive sein können, dann lass uns wenigstens Gleise schmieden, Bahndämme aufschütten, Kohle fördern… Gib mal das Buch.»

«Das wäre was. Derjenige zu sein, der die Kunst erneuert. Selbst wenn man jung sterben muss… Aber du hast recht: Wir sind noch nicht so weit. Wir tasten uns noch mühsam voran. Hier, das Buch.»

Die Nacht war hereingebrochen. Die Sitznachbarn hatten sich in den Speisewagen begeben oder rauchten im Gang. Nur ein magerer alter Priester schlief auf der Sitzbank. Haricot-Rouge las Modru aus dem Buch vor, dem einzigen, das Zborowski jemals herausgegeben hatte und das er zum Proviant gepackt hatte: *Von den Klassikern zu den großen Kubisten*. Sie las die unterkühlten Abhandlungen von Severini, Gleizes und Metzinger; die paradoxen oder begeisterten Anfeuerungen von Apollinaire und André Salmon.

Von Paolo Uccello, Masaccio, Domenico Veneziano, Signorelli bis Leonardo da Vinci und Dürer gibt es einen kontinuierlichen Schlagabtausch, einen atemberaubend schnellen Aufstieg, auch wenn er mehrere Jahrhunderte gedauert hat, hin zu einem Kulminationspunkt, von dem aus der Niedergang begann, der uns zu dem heutigen Abgrund geführt hat. Es ist an uns, wieder hinaufzusteigen, von den Anfangsgründen ausgehend, allerdings nicht auf den Stufen, die unsere Vorgänger benutzt haben, sondern auf Treppen, die wir uns selbst mit unseren Knien und Stirnen erst mühsam graben müssen …

… Die Kunst besteht in der Verwirklichung idealer Proportionen. Sie nimmt aber heute nicht mehr den menschlichen Körper als Ausgangspunkt, wie man das seit den Griechen gemacht hat, sondern das gesamte Universum und alle seine Formen. Dabei spielt die Realität dessen, was wir wissen oder denken können, genauso eine Rolle wie die Realität dessen, was wir sehen …

… Die überkommenen Proportionen sind genauso falsch, wie die Proportionen, die wir für richtig halten, falsch erscheinen werden, wenn wir nur die Gegenstände so wiedergeben, wie wir sie kennen, und nicht, wie sie unseren Blicken erscheinen …

… Es ist beispielsweise von unentschuldbarer Naivität, zwei Linien parallel zu zeichnen, nur weil wir wissen, dass sie in der Realität parallel verlaufen, und wir sie unter dem Vorwand, nur der Wahrheit zu dienen, so darstellen …

… Eine Farbe, Orange zum Beispiel, kann im Auge des Betrachters ein Bild zu dominieren scheinen, auch wenn dieses Orange überhaupt nicht darin vorkommt. Man muss in dieser Hinsicht nach den Regeln vorgehen, die wir erst nach und nach aufdecken, nach denen wir bis heute erst acht oder zehn Körperformen komponieren können. Alles andere sind Umwege, Unschärfen, Geschwätz und nicht etwa wohlüberlegte Arbeit, Disziplin und regelhaftes Vorgehen …

«Die Regel! Ich hör immer nur Regel.»

«Was sonst? Der Kubismus geht eben nicht willkürlich, sondern wissenschaftlich vor.»

«Und wer sagt dir, dass Wissenschaft und Disziplin überhaupt irgendwas mit Kunst zu tun haben? Ist doch wahr! Die Leute da können doch keinen Pinsel mehr in die Hand nehmen, ohne vorher seitenweise algebraische

Formeln berechnet, ohne ihre Farbe vorher aufs Gramm genau abgemessen und ihre Leinwand inklusive der Winkelmaße auf den Millimeter genau vermessen zu haben. Und was kommt dabei raus? Kalter Kaffee. Kennst du Dürers *Melancholia*? Lässt sie nicht den Kompass fallen, während sie verzweifelt zu den Sternen sieht?»

«Aber gerade die Sterne erreicht man nicht ohne Mathematik.»

«Mag sein, aber was hat Mathematik mit Anmut, mit Ekstase und mit unserem Traum zu tun?»

«Sie begeistert genauso, nur auf andere Art. Sie schafft eine neue Schönheit, einen größeren Traum.»

«Aber einen genau berechneten. Dieses ständige Messen! Das und nichts anderes wird doch auf diesen achthundert Seiten über die Malerei gefordert. Egal, wo du das Buch aufschlägst, die drücken dir lieber den Kompass der Melancholia in die Hand als einen Pinsel. Statt dieser scharfsinnigen Erläuterungen würde ich lieber etwas lesen, das mit sicherem Instinkt geschrieben ist. Etwas Lebendiges, das Herz und Verstand gleichermaßen anrührt. Dafür würde ich jeden Rechenfehler verzeihen.»

«Sagst du das alles auch Picasso, wenn du ihn siehst?»

«Er ist doch sowieso der Einzige, der nicht ständig theoretisiert, sondern malt.»

«Modru. Jetzt mach keinen Rückzieher. Du, wir alle, wir bereiten das Kommende vor. Das weißt du. Das ist ein undankbarer Job, zugegeben, und der Kompass in der Hand fühlt sich kalt an. Aber das ist nun mal unser Auftrag. Der, der da kommt, wird die Flammen zusammenführen…»

Der dünne Priester hatte zuletzt, ohne sich zu rühren, mit respektvollem Erstaunen der Unterhaltung gelauscht. Er blickte interessiert zu ihnen herüber und fragte: «Fahren Sie nach Rom? Ich nämlich auch. Für mich ist es das erste Mal. Ich werde da von Monsignore Grulliard empfangen, in Saint-Louis-des-Français. Er wird mich zum Petersdom begleiten. Dann fahr ich wieder zurück. Ich habe leider nicht viel Zeit. Aber was für eine Freude. Mein ganzes Leben werde ich dran denken, dass mich Monsignore empfangen hat und ich die Gelegenheit hatte, den Petersdom zu sehen…»

«Wollen Sie sich kein Museum ansehen?»

«Das ist nichts für mich, obwohl man mir gesagt hat, dass es da ein paar schöne Bilder geben soll. Sie sind Schauspieler, nehme ich an?»

«Nein, wir sind Maler», sagte Modru.

«Und diesen Messias, von dem Sie gesprochen haben, den suchen Sie für die Malerei, aber Sie meinen das gar nicht im Sinne des christlichen Glaubens, nicht wahr? Sie haben mit solcher Inbrunst, solcher Überzeugung gesprochen. Ich dachte gar nicht, dass ein anderer Glaube als der an Gott einen so beseelen kann. Ich sag das ganz ohne Vorwurf, nur aus der Sicht des Abteilgenossen. Die einzige Sünde, der ich mich immer wieder schuldig mache, ist meine Neugierde. Deshalb meine Frage...»

«Wir glauben an die Erneuerung der Kunst. Ein Glaube ist nur dann von Bedeutung, wenn er ein Kampf ist, ein von glücklichen Funden und ständigem Zweifel begleiteter Aufstieg. Ohne Zweifel ist kein Glaube groß...»

Die Diskussion zwischen dem Priester, der nach Rom fuhr, um Monsignore Grulliard in Saint-Louis-des-Français zu sehen, und den Malern, die den *Ballets Russes* eine Kiste voll Tutus und ein paar Bilder mitbrachten, ging die ganze Nacht hin und her. Sie wurde leidenschaftlich geführt, allerdings ohne Ergebnis. Dabei galt die eigentliche Leidenschaft der beiden Maler der bevorstehenden Begegnung mit Picasso. Und sie fragten sich, was Rom ihnen geben würde. Insgeheim hofften sie, dass diese Fahrt ihnen in vielerlei Hinsicht Klarheit verschaffen würde.

12

Beppe, der florentinische Diener von Herrn Djagilew, erwartete sie am Ende des Bahnsteigs. Er hatte sie schon an den Körben erkannt. Draußen schien die Sonne und trotz ihrer Müdigkeit waren die beiden bester Laune.

In der Nähe von Modane waren sie früh am Morgen aufgewacht. Vor dem Abteilfenster hatte Schnee gelegen. Von da an hatten sie hinausgestarrt und gehofft, den einen oder anderen italienischen Dom wiedererkennen zu können. In Pisa hatten sie immerhin von weitem den Turm gesehen, der ihnen aber grau vorgekommen war, umgeben von hohen Fabrikmauern und Schloten.

In einem der vielen kleinen Bahnhöfe in Italien hatten sie sich an einem der Stände voller glänzender Früchte und Wurstwaren eine kleine Flasche Chianti gekauft. Der Wein, den sie gleich aus der Flasche getrunken hatten, hatte sie erhitzt.

Nun fuhren sie in der alten Droschke, die Beppe herbeigewunken hatte, über die Piazza Esedra, den Platz, der heute Piazza della Repubblica heißt und der direkt vor dem Bahnhof liegt. Die eine Hälfte des Platzes, die an das Thermenmuseum grenzt, war rot gepflastert, die andere Hälfte säumten weiße Säulengänge. In der Mitte, auf einer kleinen begrünten Insel, spien Bronzefiguren Wasser in die Luft, das in den Sonnenstrahlen glitzernd zerstäubte: ein Fest des Lichts und des Wassers, das die Straße, die Spaziergänger, das üppige Grün der Verkehrsinsel benetzte, aber auch das brüchige Leder der Kutschsitze, auf denen sie wie Paschas thronten, während Beppe auf dem Notsitz Platz genommen hatte.

«Wir nehmen den Weg über die Via Nazionale ins Zentrum. Das ist die schönste Straße Roms», meinte er.

Sie betrachteten die breite Straße mit ihren modernen Häusern, die in der Sonne ein wenig zu weiß und zu neu aussahen. Das war nicht Rom, zumindest nicht das Rom, das sie suchten. Sie fuhren durch einen riesigen gekachelten Tunnel, den man unter den Gärten des Quirinal gegraben hatte. Große, von Bogenlampen beleuchtete Werbeplakate schmückten die Wände. Das Geräusch der Straßenbahnen war unerträglich laut.

«Die Nord-Süd-Bahn! Die Nord-Süd-Bahn», witzelte Haricot-Rouge in Anspielung auf die zu dieser Zeit noch neuen Pariser Metrolinien.

«Hört sich in der Tat so an. Ich mag dieses lebendige Rom, das von heute.»

«Keine Angst, wir werden auch durch das alte Rom fahren», meinte Beppe. »Wenn es Ihnen recht ist, fahren wir nicht sofort zu Herrn Djagilew, sondern zu einem Maler, der außerhalb der Stadt wohnt. Ein Futurist, von dem unser Chef das Bühnenbild für das nächste Stück haben will.»

Die Kutsche bog nun in eine kurvenreiche schmale Straße, deren Häuserfassaden alle den Ockerton des römischen Travertin hatten, aus dem damals die ganze Stadt gebaut worden war. Modru jubelte, und Haricot-Rouge rief aus: «Das ist deine Farbe! Modru, sieh doch mal. In allen Schattierungen, auf allen Mauern. Die Farbe des Kalksteins spiegelt sich dank der Sonne sogar auf der Straße wieder.»

Die Straße, die hier keinen Bürgersteig hatte, wand sich um immer neue Kurven, stieg an und senkte sich, stieg wieder an, senkte sich erneut. Immer vorbei an Geschäften voller Früchte, Wurstwaren oder Möbel. Hinter jeder Kurve gab es eine neue Überraschung. Sie fuhren an einer Kirche vorbei, die in die Straße hineinragte und deren Fassade mit überbordenden, in Stein gemeißelten Girlanden und Blumenmustern versehen war. Heilige aus rotem Sandstein schmückten das Portal. Dann kamen sie an einem Brunnen vorbei, aus dem Tritonen das Wasser bis auf die Straße spuckten, an Ruinen von Säulengängen, die nur nachlässig umzäunt waren. Über allem leuchtete dieser unbeschreiblich blaue Himmel, dessen Farbe die Kontraste der anderen Farben nur noch verstärkte.

Immer wieder zwickten sie sich in die Arme, als wollten sie sich vergewissern, dass sie wirklich in Rom waren. Ja! Sie waren in Rom. Und sie verdienten es auch mehr als viele andere, die es sich eher leisten konnten. Es war nur so unerwartet zustande gekommen und so unglaublich schön.

Sie hielten vor einer heruntergekommenen Werkstatt, die auch in einem Pariser Vorort hätte stehen können. Beppe ging ihnen voraus in eine Halle. Ein verdreckter Junge lag auf dem Boden und schlief. Beppe weckte ihn: *«Dov'è Depero?»* Der Junge lief seinen Bruder holen.

Die beiden sahen sich um. Von der Decke der Halle hingen, an Fäden aufgehängt, unzählige Pappräder in allen Farben und Größen. Es mochten gut zweitausend sein.

«Das ist das Bühnenbild, das Herr Djagilew bei ihm bestellt hat», erklärte Beppe. «Er hat den Auftrag aufgrund eines Entwurfs bekommen, der mit dem, was Sie hier sehen, nur sehr wenig zu tun hat. Aber der arme Teufel, der gerade mal die Klamotten besitzt, die er am Leib trägt, ist offenbar verrückt geworden, als er plötzlich ein paar hundert Lire Vorschuss in der Hand hatte. Keine Ahnung, was ihm durch den Kopf gegangen ist. Außerdem ist er immer noch nicht fertig. Wir werden das vermutlich nie verwenden können.»

Depero kam, und er sah noch deutlich abgerissener aus, als Modrulleau es in seinen schlimmsten Zeiten gewesen war. Er empfing Beppe mit einem breiten Grinsen. Und sofort ging eine Diskussion auf Italienisch los, in deren Verlauf der arme Maler sich auf den Boden warf, heulte, wie ein Wahnsinniger davonlief, wiederkam, an den brillanten Verstand des Dieners zu appellieren versuchte, der bloß sagte, er könne nur das wiedergeben, was sein Chef ihm aufgetragen habe.

Modrulleau verstand so viel, dass Depero Tag und Nacht gearbeitet hatte, sogar in absoluter Dunkelheit. Er war schwer krank geworden. Die Nachbarn hatten ihn mit Gewalt aus der Halle zerren müssen, damit er nicht an seiner Arbeit zugrunde ging, weil er weder gegessen noch getrunken, noch geschlafen hatte.

Depero zeigte Beppe seine rissige ausgetrocknete Haut und riss sich Fetzen davon herunter. Er hatte sich in ganz Rom verschuldet, um diesen Auftrag auszuführen. Djagilew würde ihn doch wohl jetzt nicht hängenlassen. Beppe zeigte allerdings wenig Verständnis dafür, dass Depero nicht das ausgeführt hatte, was anhand seines Entwurfs vereinbart worden war.

«Dein Meister weiß doch, was es bedeutet, ein Maler zu sein. Ich habe diesen Entwurf einfach weiterentwickelt, ihn verfeinert, perfektioniert!»

«Aber das ist doch fürs Theater vollkommen unbrauchbar! Wo sollen sich denn die Tänzer zwischen all den Rädern bewegen? Und die Scheinwerfer müssen doch auch irgendwohin leuchten können.»

«Das ist mir egal. Ich bin Maler. Ich schulde niemandem Gehorsam außer meinem Maler-Ich.»

«Dieser Herr hier ist übrigens auch Maler», sagte Beppe und wies auf Modrulleau.

Nun wandte sich Depero an Modrulleau. Der hörte ihm bewegt zu, als Depero seine Theorien entwickelte. Für ihn musste alles aus der Kugelform entwickelt und wieder zu ihr zurückgeführt werden: Die Erde, das Universum, das menschliche Auge, waren das nicht Kugeln? Das Denken, war das nicht auch, wie alle abstrakten und konkreten Formen, kugelförmig? Das Licht, das Denken, die Freude?

Er zeigte auf die Pappscheiben, von denen einige durch die Feuchtigkeit in der Halle bereits wellig wurden. Andere waren durch die Sonneneinstrahlung ausgebleicht. «Sehen Sie da die Scheibe der Freude? Da ist die des Lichts, hier die des Tanzes, da die der Musik. Und die vielen kleineren stellen sämtliche Gefühle und menschlichen Ziele dar. Was braucht man da noch Tänzer, frage ich Sie? Oder Musik? Eine Viertelstunde Vorführung dieser Scheiben in vollkommener Stille, und ich garantiere Ihnen, die Leute geraten in absolute Verzückung angesichts dieses Balletts, das viel schöner ist als alle Tanzdarbietungen, die man für gewöhnlich zu sehen bekommt!»

Der Mann redete sich in Rage. Sein unterernährter Körper zuckte. Er nahm Farbe auf seine Finger, um sie liebevoll auf seine Scheiben zu streicheln und hier und da einen Ton zu verstärken, während er über die Bedeutung der Scheiben redete.

‹Armer italienischer Bruder›, dachte Modrulleau. ‹Unser Schicksal ist wohl weltweit das gleiche, wenn man gradlinig ist, egal ob man sich dabei nun irrt oder richtig liegt.›

Unterdessen begann Beppe, unruhig mit der Gerte auf seine Stiefel zu schlagen.

«Ich werde mit Herrn Djagilew sprechen», versprach Modru dem Künstler, als er in die Kutsche stieg.

«Machen Sie das bloß nicht», warf Beppe ein. «Erstens mischen Sie sich da in was ein, was ich Ihnen überhaupt nicht hätte zeigen sollen, und außerdem bringt ihn das nur auf die Palme. Wir haben diesem Spinner schon viel zu viel Geld in den Rachen geworfen. Erst verspricht er, etwas zu liefern, und dann behauptet er, seine Künstlerseele hätte ihm befohlen, etwas vollkommen anderes zu machen. Wir hatten schon mal so ein Fiasko mit dem Futuristen Balla, der mit den Metallkrawatten. Der sollte uns das Bühnenbild für *Le Feu d'Artifice* von Strawinsky entwerfen. Djagilew hat ihm unbeschränkte künstlerische Freiheit zugesichert. Das schien auch kein Risiko zu sein. Balla hat ja als einer der ersten Maler versucht, dynamische Elemente, also Bewegung, in die Malerei einzuführen. Wir haben farbige Strahlenbündel vor uns gesehen, die mit großer Geschwindigkeit aufeinanderfolgen. Aber von wegen. Er hat uns drei lausig bemalte Pyramiden auf die Bühne setzen wollen... Jetzt sind wir übrigens auf dem Corso und da vorne ist auch schon die Schreibmaschine.»

Was Beppe «die Schreibmaschine» nannte, war ein riesiges Marmordenkmal, das zu Ehren von Vittorio Emmanuele II. errichtet worden war. Modru schien zumindest der Standort gut gewählt. Jetzt, um die Mittagszeit, war der Corso voller Menschen. Die alte Droschke streifte immer wieder Passanten, die das aber gelassen hinnahmen, und sie verfehlte immer wieder nur haarscharf die Tische der Straßencafés, die hier bis auf die Straße gestellt waren. Dort saßen die Kaffeetrinker mit der Zeitung in der Hand und diskutierten die Tagesereignisse.

Sie kamen zur Piazza Colonna und hielten vor einem großen mit weißem Marmor verkleideten Haus im Renaissance-Stil, wo der Direktor der Balletttruppe logierte.

«Ist Picasso eigentlich da?», wollte Modru von Beppe wissen.

«Er müsste eigentlich zum Mittagessen kommen. Normalerweise nimmt er jeden zweiten Tag daran teil.»

«Und wann erwartet man uns?»

«Na, auch zum Mittagessen. Wir sind pünktlich.»

«Ah!», sagte Modru und sah Haricot-Rouge an.

«Dann bis später», beeilte sie sich zu sagen.

«Sie können doch mitessen», meinte Beppe. «Na klar. Es ist immer für zehn oder zwölf Personen gedeckt, und wir sind nicht selten nur zu fünft oder sechst.»

«Nein, auf keinen Fall», erwiderte Haricot-Rouge entschieden. Sie verglich offensichtlich das feudale Haus mit ihrer Garderobe.

«Dann werde ich mit dir essen», beschloss Modru.

«Auf keinen Fall! Du gehst mit den andern essen. Immerhin bist du ausdrücklich eingeladen und sollst ihn sehen. Du weißt genau, dass du mich unverlangt mitgenommen hast und eigentlich niemand wissen soll, dass ich überhaupt hier bin. Geh schon. Das muss so sein. Du willst doch dieses Treffen, um dir Gewissheit zu verschaffen. Und sieh mal, es ist noch eins von den Reisbällchen übrig. Ich verspreche dir, ich kauf mir auch Obst. Jetzt geh schon, sonst bereue ich noch, dass ich mitgekommen bin. Ich schau mich in der Zwischenzeit um. Du glaubst gar nicht, wie ich mich darauf freue! Wir treffen uns später auf der Bank, hier am Brunnen. Ich setz mich da in die Sonne und warte auf dich. Und dann zeig ich dir alles, was ich entdeckt habe…»

Modru folgte Beppe die breite, weiße Treppe hinauf, dann in ein Badezimmer, wo ihn eine alte dunkelhäutige Angestellte abbürstete und ihm Wasser zu trinken gab. Er wusch sich zufrieden in einem riesigen Porzellan-Waschbecken und musste lachen: Seine neuen Manschetten, die er seit gestern Abend trug, waren im Zug schwarz geworden. Er hatte sie viermal umgeschlagen, vergeblich. Haricot-Rouge hatte schließlich die Idee gehabt, mit Aquarellfarbe Rauten darauf zu malen, damit man den Schmutz nicht so bemerkte. Doch das Gemisch aus Dreck und Farbe, die zu verlaufen begann, hatte die Manschetten endgültig verdorben. Modru ließ sie einfach in einer Ecke des üppigen Badezimmers liegen, als Beppe ihn holen kam.

«Gehen Sie bitte schon mal in den Salon. Ich glaube nicht, dass Sie lange warten müssen.»

Er durchquerte ein mit Marmor ausgeschlagenes Vestibül, dann noch eine Vorhalle, ebenfalls üppig ausgestaltet, schließlich betrat er einen großen quadratischen Raum, dessen vier hohe Fenster den Blick auf die Piazza Colonna freigaben. Die Decke wölbte sich über ihm wie das Dach einer Kathedrale. Die Wände waren über und über mit wunderbaren alten Teppichknüpfereien bedeckt. Aber die Sessel, die zierlichen hölzernen Beistelltischchen, selbst das Klavier gingen völlig unter in einem unglaublichen Durcheinander von Stoffmustern, Verpackungen, Kisten, Kartons, Tanzschuhen, Skizzen und Skizzenblöcken, unfertigen Kostümen, Partituren und Kleiderpuppen.

Vier Personen waren bereits im Saal und redeten miteinander, ohne vom Neuankömmling Notiz zu nehmen. Modru nutzte die Gelegenheit, einige Zeichnungen zu begutachten, die mit Reißnägeln an die Wand geheftet waren. Aktdarstellungen, Tänzerinnen im Tutu, allerdings mit leicht verdickten Gliedmaßen, Wurstfingern und heraustretenden Augen, alles mit einem bestürzenden Realismus gezeichnet trotz des dünnen und einfachen Strichs.

«Was für erstaunliche Bilder von Degas», entfuhr es Modru.

«Degas?», sagte eine Stimme in seinem Rücken. «Was haben Sie denn Vergleichbares von Degas gesehen, bitte sehr? Dieser armselige Degas ist es nicht wert, dem die Stiefel zu binden, der das gemalt hat.»

«Und wer ist das?»

«Na, er hier.» Und Modru sah Picasso hereinkommen. Picasso, so wie er immer mal wieder in der *Rotonde* auftauchte, ein kleiner, vergnügt lächelnder Mann mit einer Strähne überm Auge, stets in einer Art Sträflingshemd, die Uhrkette in eines der oberen Knopflöcher seiner Weste eingehakt.

«Das überrascht dich, was? Im Augenblick zeichne ich wie Ingres», sagte er mit rollendem R und spanischem Akzent, streckte Modru die Hand entgegen und stellte ihn den anderen vor.

«Aber du kennst doch Djagilew, Modru. Oder?»

«Ach, Sie sind das. Wunderbar. Sie essen doch mit uns, nicht wahr?» Djagilew war ein korpulenter Hüne mit schmalem Schnurrbart und dicken Lippen, die sich nun, als er Modru entgegenging, zu einem Lächeln formten.

Seine Nase war eher klein, die Augen blickten klar und listig unter einer breiten Stirn hervor. Die weiß und grau melierten Haare waren kurz geschnitten. «Hatten Sie eine gute Reise? Wie gefällt Ihnen Rom?»

Aber bevor Modrulleau antworten konnte, war Djagilew schon mit neuen Ankömmlingen beschäftigt, unter anderem einem Theateragenten, der mit ihm über Honorare sprechen wollte. Modru beachtete ihn aber nicht weiter, denn eine ungewöhnliche Erscheinung betrat den Saal, ein Mann, der seiner spitzen langen Nase zu folgen schien, auf der ein Binokel saß, und mit schnarrender Stimme sprach: «Ich sterbe vor Hunger. Los, Sergej, zu Tisch.»

Beppe öffnete die Türen zum Speisesaal, der dem Salon ähnelte, aber schmaler und länger war. Es war für zwölf Personen in wunderschöner italienischer Fayence gedeckt. Zahlreiche Flaschen, Karaffen und Kristallgläser standen auf der Spitzentischdecke. Die Mitte des Tisches nahmen zwei ausladende Platten ein, die eine voller dampfender Nudeln in Safransauce, um die herum gut zwanzig noch heiße hartgekochte halbe Eier wie eine Krone aus lauter kleinen Sonnen drapiert waren. Auf der anderen wuchs eine wirre Skulptur aus kleinen Vögeln empor, die mit einem duftenden Likör übergossen und deren in die Luft ragenden Krallen mit Bändern umwickelt waren.

«Zuerst unserem Gast», sagte Djagilew und ließ Modru auftun, der gleich an Haricot-Rouge denken musste, die jetzt irgendwo auf der Straße an ihrem Reisbällchen knabberte. Aber dann hörte er, wie der Mann mit der langen Nase und dem Binokel beim Namen genannt wurde: Strawinsky. Was? Das war der Mann, der die Musik neu erschaffen hatte, der Komponist von *Feuervogel*, *Petruschka* und *Sacre du printemps*, das seinerzeit in einem Pfeifkonzert untergegangen war und heute von nahezu jedem namhaften Symphonieorchester gespielt wurde? Picasso stellte ihm Modru vor.

«Sind Sie zum ersten Mal in Rom?», fragte Strawinsky mit ernster Stimme. «Waren Sie schon in einem der Bordelle hier?»

Modrulleau musste grinsen. Er wusste, dass viele große Künstler, meist die Puristen ihres Fachs und bekannt für den subtilen Umgang mit ihrem

ROMANIN

schwierigen Material, die Neigung besaßen, sich regelmäßig in die Niederungen des menschlichen Lebens zu begeben. Nicht so sehr wegen des romantischen *épater le bourgeois*, als vielmehr aus dem Wunsch heraus, sich immer wieder zu erden. Oder einfach, um sich zu vergewissern, dass es ein einfaches Leben für sie noch gab. Modru wäre es trotzdem lieber gewesen, wenn man ihm diese Frage nicht gestellt hätte. Er war nach Rom gereist, wie man zu einer Kirche pilgert: Er hatte sogar die Chance bekommen, sich zwischen die Oberpriester zu setzen, und nun hoben die nicht etwa an, ihm die Messe zu lesen, nein, sie wollten ihn zu einem billigen Besäufnis mitschleifen.

«Da müssen Sie als allererstes hingehen», fuhr Strawinsky fort. «Dort ist die Seele eines Volkes zu Hause, wenn ich so sagen darf, auch wenn man in den Bordellen vor allem Frauen aus dem Ausland findet. Aber in Rom sind die Bordelle auf der Straße. Sie müssen nur mal den Corso entlangschlendern. Das ist lehrreicher als jedes Museum. Sie bekommen da junge dicke Weiber geboten, die von ihren fetten und ehrenwerten Puffmüttern durch die Gegend kutschiert werden, während die ehrbaren Leute zu Fuß gehen müssen. Das ist noch wie unter Napoleon III. Ist das nicht rührend? Und der Kutscher ist darauf gedrillt anzuhalten, sobald Sie nur einen Blick in die Richtung dieses rollenden Schlafzimmers werfen. Meistens sind das die Väter oder Brüder. Was ist dagegen einzuwenden? Ich hoffe, ich schockiere Sie nicht. Aber warum trinken Sie nichts? Sehen Sie sich doch mal die Farbe dieses moussierenden Aleatico an. Ich finde diesen Muskatwein feiner als roter Champagner. Ein bisschen zu hochprozentig, aber so muss offenbar auch die Kunst heutzutage sein.»

Modrulleau ließ sein Glas nicht noch einmal auffüllen. Er musste an Soutine, Krémègne und die übrigen armen Maler aus der *Rotonde* denken, die immer nur Wasser tranken und wie Moslems keinen Wein anrührten. Nicht aus Askese oder religiösem Abscheu, sondern um sich nicht an etwas zu gewöhnen, was sie sich ja doch nicht leisten konnten. So, hofften sie, würden sie beim Anblick eines gefüllten Wasserglases den Wein nicht vermissen.

«Stell dich nicht so blöd an», sagte Picasso und füllte sein Glas nach.

«Nur wenn dir der Wein nicht schmeckt, sollst du es lassen. Ansonsten trink. Das ist Tintoretto für den Gaumen.»

«Ich hab deine Bilder mitgebracht. Sie sind drüben im Salon. Ich habe mir erlaubt, eine Auswahl zu treffen…»

«Schon gut. Solange Djagilews Tutus angekommen sind. Die sind viel wichtiger.»

«Nein, auf keinen Fall», widersprach Djagilew. «Aber Sie essen ja gar nichts. Beppe, leg Herrn Modrulleau noch was nach. Wir haben den besten Koch von ganz Rom unter Vertrag. Ich habe ihn von der Marchesa Casati losgeeist. Er macht eine wahnsinnige Vitello-Creme mit Haselnüssen, Sorghumhirse und irgend so einem Fisch, den Namen hab ich vergessen. Seine Erfindung.»

«Kennst du die Casati nicht? Die meistgemalte Frau Italiens? Das ist eine feine Dame. Die ist hier in Rom und Venedig und in allen Palästen der Welt zu Hause. Sie hat die Bäume in ihrem Garten blau und ihre Haare rot färben lassen. Wenn du heute zur Vorstellung kommst, wirst du sie sehen. Sie hat viel italienischen Esprit, ansonsten ähnelt sie der Prinzessin de Laurence, du weißt schon, die, die immer bei Basler und Afthalien den Laden leer kauft.»

Djagilew unterbrach. «Ach, da fällt mir ein: Es wird für Sie vielleicht eine traurige Nachricht sein, aber ich muss Sie bitten, schon morgen früh wieder zurückzufahren, um dem Grafen von San Martino, der sich übermorgen nach London begibt, ein Bild von Picasso für die Frau Gräfin mitzubringen. Ich habe ihm das versprochen.»

Er zeigte auf ein Bild, das ein hübsches, fast akademisch gemaltes Gesicht zeigte, rosig und braun mit klarer Zeichnung.

«Das haut dich um, was?» Picasso grinste.

«Aber was ist… mit dem Kubismus?», stotterte Modru.

«Sag mal, glaubst du, ich male für die Typen aus der *Rotonde*? Bist du verrückt? Die treten doch auf der Stelle und trampeln dabei nur den eigenen Mist immer platter. Seit es Leute gibt, die meinen Stil kopieren, bin ich raus aus dem Spiel.»

«Wer kopiert dich denn?»

«Nenn sie meinetwegen meine Schüler. Aber diese Schüler können mich mal. Das interessiert mich nicht. Nur die Meister zählen. Die sind wirklich schöpferisch. Und die drehen sich nicht mal um, wenn man ihnen auf die Hacken pinkelt.»

«Aber der Raffael von morgen? Den du mit vorbereitest, den wir alle vorbereiten?»

«Kommt, wenn er kommen muss. Und erst recht, wenn wir uns weiterentwickeln, wenn wir nicht stehen bleiben, sondern mit dem arbeiten, was unser Herz uns sagt, und nicht bloß darauf warten, was unser Kopf so meint.»

«Pablo, Pablo! Wenn das nicht bloß ein Scherz von dir ist, rettest du mich...»

«Raffael hat Carpaccio gerettet. Mit einem dezenten Tritt in den Arsch. Er hat ihn aus den Fängen der Geometrie, der Schuldoktrin befreit, aus dem Schmerz, mit dem ihn Michelangelo von Kindesbeinen an getriezt hat. Er schwebt über allem in reiner Heiterkeit.»

«Etwas Vergleichbares gibt es leider in der Musik nicht», warf Strawinsky ein. «Beethoven hat sich kein bisschen von der Wissenschaftlichkeit Bachs befreit. Er bleibt ganz deutsch, ohne jede Spontaneität. Wir sind immer noch Schüler von Mozart und den ersten Italienern. Die waren spontan wie die Primitiven in der Malerei. Spontaneität ist die einzige Wahrheit der Kunst. Ich stehe da noch ganz am Anfang und bin eigentlich nur unbewusst einigermaßen spontan.»

«Und diese Weiterentwicklung, die hört auch nicht auf, wenn du dich nicht mehr als Arbeiter fühlst, sondern als Meister. Glaub mir, der Messias, von dem wir hoffen, dass er kommt, das ist ein Meister, der seinen Instinkt frei gebraucht und mit den Regeln bricht, die uns in Ketten legen. Und wenn der Preis sein Leben ist.»

«Ja», bestätigte Djagilew. «Meister ist der, der über sich hinauswächst. Eine Bewegung ist nur dann großartig, wenn sie ein bisschen über das hinausgeht, was nötig gewesen wäre. Ein Charakter genauso. Zu wissen, wann man aufhören muss, das ist das, was die Franzosen mit dem blöden Begriff

‹Geschmack› bezeichnen. Der Impressionismus war nur eine kleine Bewegung, weil keiner dieser Maler wirklich groß war. Aber wenn ein großer Maler kommt und sich meinetwegen darauf verlegt, nur noch, sagen wir, Pendel zu malen, dann werden eben nicht Kathedralen, sondern Pendel die wichtigsten Kunstwerke von morgen sein. Theorien erfüllen sich nur durch die Leistung einzelner Individuen. Es bleibt jedem unbenommen, sich bedeutend zu fühlen. Und wenn er's wirklich ist und ein großer Künstler, dann setzt er keine Schüler in die Welt, sondern weitere Meister. So wird der sein, der da kommt. Und wo wird er geboren? In welcher neuen *Rotonde*? Aus dem Bauch welcher Dienerin oder Herzogin? Keine Ahnung.»

Modru hob erregt sein Glas, in dem sich, trotz der orangen Stores, die man heruntergelassen hatte, die Sonnenstrahlen brachen. Die ganze Tafel war in lebhaftes Licht getaucht.

Bei all dem, was er vernahm, musste er nach Luft ringen. Bereits als der Name der Prinzessin de Laurence fiel, hatte ihm das einen Schlag in die Magengrube versetzt. Er hatte sich eingebildet, diese Frau vollständig vergessen zu haben. Doch nun erschien vor seinem inneren Auge die große, schlanke Gestalt erneut. Aber wie viel eleganter waren die Linien ihres Antlitzes, die ihm so gut gefielen, als die neuen, ganz auf Zeichnung setzenden Bilder von Picasso. Seine Einbildungskraft wurde von der Atmosphäre von Gold und Parfüm, von Freude und Reichtum, die sie umgab, beflügelt. Es war ein Reichtum, den er sich nur in der Malerei erlauben konnte.

«Meine Herren. Es tut mir leid, aber ich muss Sie verlassen», sagte Djagilew und schüttete den Rest seines Sorbets auf ein Silbertablett. «Und ich muss Picasso gleich mitnehmen, der Sie, Herr Modrulleau, sicher gern in die Loggien der Vatikanischen Museen begleitet hätte und Ihnen mit seiner Pfeifenspitze garantiert den einen oder anderen Raffael gezeigt hätte. Aber es ist vielleicht besser, wenn Sie allein hingehen. Darf ich Ihnen diesen Umschlag für den Grafen von San Martino anvertrauen? Vielen Dank noch mal…»

Damit ging er. Die anderen ließen sich nicht aus ihren Gesprächen reißen.

13

Modrulleau wurde fast von der Sonne erschlagen, als er auf die Straße trat. Er blickte sich nach Haricot-Rouge um und fand sie eingeschlafen auf der steinernen Bank neben dem Brunnenbecken, das am Fuß eines Obelisken stand. Modru betrachtete ihr von der Hitze gerötetes Gesicht, ihre Hand, die fast im Brunnen hing, ihre nahezu runden Formen, wie auf dem Bild von Picasso, das er heute bei Djagilew gesehen hatte. Er blieb einfach stehen und sah sie an. Das Gespräch hatte ihm das Herz leicht gemacht.

‹Du bist›, setzte er in Gedanken und mit einem Anflug von Poesie an, ‹meine Gussform und mein Modell, du bist meine Wissenschaft und das Ventil für mein Fieber, für mein ganzes Leben. Du bist schön, du bist da. Und wenn die alten Sprüche noch einen Sinn haben, dann lege ich hiermit den Schwur ab, dich zu ehren und zu lieben, was auch immer geschehen mag, du, die du die Reinste bist und treu wie ein Fels den Stürmen trotzt und den Einflüsterungen des Lichts.›

Sie wachte mit einem breiten Lächeln auf. Er hob sie hoch, küsste sie und trug sie in seinen Armen davon.

«Stell dir vor: Ich bin überhaupt nicht spazieren gegangen. Ich hab Angst gehabt, mich zu verlaufen. Ich wollte dich nicht verlieren. Aber ich hab herausgefunden, wo die Straßenbahn zum Petersdom fährt. Es ist drei Uhr, wir haben noch ungefähr eine Stunde.»

Er hätte ihr am liebsten zugerufen: «Ich brauche den Petersdom nicht mehr zu sehen, auch nicht Raffael oder die Sixtinische Kapelle. Aber genauso gut kann ich sie mir ansehen, mit den Augen eines Mannes, der seinen Weg kennt. Ich bin von diesem Klotz am Bein, vom Kubismus, befreit. Ich bin wieder Künstler. Ich werde … nein, kein Meister sein, das Wort zieht ja schon die sklavischen Nachahmer nach sich, und die Grausamkeiten der Sklaverei liegen mir nicht. Auch dich werde ich nach und nach vom Irrglauben des Kubismus befreien, aber ohne dir den Spaß an der Bewunderung zu nehmen.»

Sie stiegen zusammen in die kleine Straßenbahn. Die Mitreisenden hatten die Sonnenrouleaus heruntergelassen. In dieser Stadt, fiel Modru ein, sagt man, dass sich nur Hunde und Fremde freiwillig der Sonne aussetzen. Später auf dem Rückweg würden sie sich alle Zeit der Welt lassen, den Fluss entlangflanieren, den der Sonnenuntergang blutrot einfärben würde, vorbei an der Engelsburg und der Tiberinsel.

Die Straßenbahn hielt in der Nähe eines ziemlich heruntergekommenen Straßenmarktes. Reisende Flickschuster, Vogelhändler, Geldwechsler und Händler für Bettdecken und Laken versuchten die Aufmerksamkeit der Marktbesucher auf sich zu ziehen. Sie bogen um die Ecke und sahen plötzlich durch schier endlose Säulengänge den Petersdom.

Sie hatten ein weißes, freistehendes, feierliches Bauwerk erwartet. Stattdessen waren die riesige Kirche wie die Säulengänge aus dem gleichen ockerfarbenen ausgewaschenen Stein, aus dem alle Häuser in Rom bestanden, die, ob groß oder klein, bis an die Kirchenmauern herangebaut waren und die massige Kuppel in dem Durcheinander an Dächern, Dachgärten und Fenstern fast untergehen ließen. Sie gingen durch den Säulengang, in dessen Schutz Bettler schliefen, und betraten den Petersplatz, über dessen hartes Pflaster Droschken rumpelten. Sie durchquerten den Portikus und gelangten in das riesige Kirchenschiff mit seinen gewaltigen Säulenbögen. Ein eisiges Leichentuch schien sich über sie zu legen.

«Ist das hässlich», rief Modrulleau aus.

«Allerdings», bestätigte Haricot-Rouge.

Ein Wärter machte sie auf die *Pietà* aufmerksam. Modru geriet in Zorn, weil man die Statue Michelangelos mit einer Krone und vergoldeten Blumen versehen hatte, ließ sich dann aber doch zum Grabmahl des heiligen Petrus führen.

«Für eine Lira geht hier über Ihnen die Glühbirne an, für zwei Lire…»

«So eine Scheiße», rief Modrulleau.

«Es fehlt Ihnen offenbar an Respekt am heiligsten Ort der Welt», zischte der Wärter.

«Weniger als dieser blöden Glühbirne.»

Der Mann stutzte kurz, dann zog er sie zu einem Basrelief von Canova.

«Die beiden Engel hier sind nackt. Die Engländer streichen dem linken Engel immer über den Po, weil das angeblich ...»

«Mein lieber Freund», unterbrach ihn Modrulleau, «würden Sie uns jetzt bitte schnellstmöglich zur Sixtinischen Kapelle bringen?»

«Die ist nebenan, in den Vatikanischen Museen. Sie haben noch ungefähr eine halbe Stunde. Wenn Sie rausgehen, halten Sie besser die Hand vor die Augen, wegen der Sonne. Wenn Sie unter dem Bogen des Baptisteriums durch sind, müssen Sie einmal um die Kirche herum Richtung Sakristei. Das ist ganz schön weit.»

Der Weg war gepflastert, Gräser wuchsen zwischen den Steinen. Ein langer Weg voll von architektonischem Zauber. Sie bogen um zahllose Ecken, hinter denen jedes Mal neue Giebel und Fassaden mit noch feinerer Linienführung und zarterer Färbung auftauchten. Bögen, Friese, Kirchen, Kuppeln, Säulen mit Kapitellen, die wie aufwändige Frisuren aus dem Stein gehauen waren, und Balkone, alle in einem dieser vielen Ockertöne und wie herausgeschnitten aus dem strahlend blauen Himmel.

So kamen sie zu einem schnurgeraden, gepflasterten, ansteigenden Weg. Von den Gärten linkerhand sah man nur einzelne Zypressen oder Kakteen, die über die Mauer ragten. Dahinter befand sich in schier endlosen Sälen die Gemäldegalerie. Sie bezahlten mit französischen Münzen ihr Eintrittsgeld, und weil ihnen nicht mehr als eine Viertelstunde blieb, durchquerten sie die wunderbaren Säle im Sturmschritt, ohne sich umzusehen.

«Wir haben keine Zeit», erklärte Modrulleau. «Doch die Intensität, mit der wir jetzt gleich die Bilder Michelangelos sehen und verstehen, die zählt für unser ganzes Leben, glaube ich.»

Sie folgte ihm schweißgebadet die Treppen hinauf. Sie ließen den Hof und die Skulpturengalerie links liegen. Er konnte es sich allerdings nicht verkneifen, wie ein hungriges Tier vor dem berühmten *Torso von Belvedere* herumzutanzen: «Sieh dir das an. Jeder Muskel ist ein Körper für sich, und die ganze Körperlichkeit ist Muskulatur.»

Oben kamen sie zu den Loggien.

Die Loggien... Da waren natürlich die bekannten Ornamente, die inzwischen jeden Friseursalon zieren, aber auch die ganze biblische Geschichte auf verschiedene Deckengemälde verteilt. Es war ein Genuss, sie anzusehen. Kleine Himmel taten sich auf, deren Kraft vom Leuchten unbekannter Farben rührte.

«Komm...»

Sie folgten den Pfeilen *Sixtinische Kapelle*, stiegen über eine kleine Treppe in den Keller hinab, während ihnen die anderen Touristen entgegenkamen. Und plötzlich, nachdem sie einen Flur entlanggelaufen waren, wurden sie vom Anblick des unglaublichen Gewölbes fast erschlagen. Massen nackten gemalten Fleisches schienen auf sie herabzustürzen.

«Prego, signori, si chiude.»

«Lassen Sie uns das noch sehen, bitte.»

Das *Jüngste Gericht* war leider mit rotem Samt verhängt worden. Aber darüber, an der Decke, thronte das ewige Gespräch der Götter, von einem einzigen Mann geschaffen. Propheten, Adam und Eva, Gott selbst waren festgehalten in unbeschreiblichen Gesten.

«Kaum zu glauben, dass dieser Gewitterhimmel der Vorgänger von Raffaels heiterem Sommerhimmel ist. Michelangelo legt es darauf an, uns zu erschüttern. Raffael bringt uns zum Schweben. Modru, halt mich fest. Mir wird schwindlig. Diese Sibyllen, die sich über den Rand der Decke beugen, Gott in der Kuppel, die Propheten und die Menschen. Und keiner davon in einer konventionellen Pose. Alle sind neu, lebendig, sprechend, großartig.»

«Si chiude.»

«Ich habe Angst, weiter hinzusehen. Ich kann nicht mehr.»

Sie wurden von der Menge hinausgedrängt, von den Museumsführern, die unentwegt weitersprachen, von deren Zuhörern, die mit der Nase in der Luft langsam rückwärtsgingen. Sie fanden sich in dem Kellerflur wieder, keuchten die Treppenstufen hinauf und rannten dann weiter, um wenigstens noch einen Blick in die Stanzen zu werfen, die päpstlichen Gemächer, die Raffael gemalt hatte. Keuchend und Hand in Hand hielten sie inne. «Wie die Deutschen», spottete Modru, aber die besondere Atmosphäre des Augenblicks übertrug sich durch diesen Händedruck.

«Chiuso.»

Ihr Blick war offenbar derart bittend, dass der Wärter sie noch für eine kurze Minute eintreten ließ. Sie murmelten hastig eine Dankesfloskel, dann versanken sie in die Betrachtung. Nicht ekstatisch, sondern gierig und gefräßig verschlangen sie mit ihren Blicken, was sie sahen. Er mit zusammengepressten Fäusten, sie mit der Hand auf dem Bauch. Ergriffen betrachteten sie *Die Vertreibung Heliodors, Die Messe von Bolsena*, den *Parnass* und natürlich *Die Schule von Athen*, wo sich zwischen den berühmten antiken Gelehrten wie unter ihresgleichen eine weißgekleidete Gestalt befindet: Raffael selbst.

Modru fielen die bekannten Aussagen zu diesem Bild wieder ein: «Alles ist göttlich an diesem Raffael. Der kleinste Zipfel Leinwand, dieses Stück Stiefel genauso wie die Perspektive des Akademiegebäudes. Was für ein Vergnügen muss es Raffael bereitet haben, ausschließlich schöne Geschöpfe zu erschaffen. Und man weiß gar nicht, woher diese Schönheit kommt, diese Leichtigkeit, dieses Leben. Das hier ist freudig bewegt, singt, und steht doch ganz für sich allein. Und dabei ist alles Ordnung, Euphorie, Fröhlichkeit und Farbe in einem. Der Mensch wird doch zu etwas Höherem, wenn er so was sieht. Vor diesem Bild fühlt man sich gleichzeitig nackt und wie ein Gott.»

«Und was ist mit Michelangelo und Leonardo?», gab Haricot-Rouge zu bedenken.

«Bei Michelangelo spürt man immer die dahinterstehende Absicht. Michelangelo, das ist mächtig, aber Raffael, das ist Anmut und Grazie. Michelangelo drängt sich auf, Raffael lächelt und bleibt charmant. Er war gläubig, und trotzdem ist er selbst ein Gott, zumindest ein Engel. Da Vinci war einfach zu intelligent, um gläubig zu sein. Er versucht immer nur, so zu tun, und spielt mit geheimnisvollen Blicken und Haltungen. Das ist aber genau die Mystifikation, von der wir die Kunst befreien müssen. Sieh dir dagegen Raffael an, wie ehrlich er ist. Seinen Bildern glaubt man, vom ersten Blick an. Er verspricht einem nicht den Himmel auf Erden, wie da Vinci. Er zeigt ihn, er gibt ihn wieder. Es gibt noch ein paar andere, die anmutig malen konnten, aber die versuchen immer gleich, himmlisch zu sein. Perugino zum Beispiel. Der ist keineswegs ein Gott. Nur Raffael trägt diese Bezeichnung zu Recht. Er vollendet, was fünf Generationen vor ihm vergeblich versucht haben. Er ist einzigartig, wie Picasso heute: Er fasst Perugino, da Vinci, Bartolomeo zusammen. Er verkörpert alle diese Maler, aber er zieht sie zu sich hoch, verwandelt sie, denn er legt in sie den Zauber seiner Göttlichkeit. Und nur Raffael ist ein Gott.»

Sie waren unter diesem Gespräch nun schon wieder draußen angelangt. Sie sahen sich an, immer noch beeindruckt von dem, was sie gesehen hatten.

«Wann werden wir noch einmal hier sein?»

Sie überquerten den Petersplatz, schlugen den Weg durch eine der schmutzigen Marktstraßen ein. Und während sie am Tiber entlangschlenderten, berichtete Modrulleau über die Gespräche beim Mittagessen.

«Weißt du, was sie noch gesagt haben? Es gibt keine Schulen, sondern nur große Gegenbewegungen, die immer schneller aufeinanderfolgen. Wenn es zwei Jahrhunderte Klassizismus gab, dann folgten darauf fünfzig Jahre Romantizismus, was wieder fünfzehn Jahre Realismus und Impressionismus nach sich gezogen hat. Das gilt für die Malerei wie für Musik und Literatur. Und im Augenblick folgen die Reaktionen derart schnell aufeinander, dass selbst im Leben eines Menschen mehrere Richtungswechsel erfolgen. Sieh dir Strawinsky oder Picasso an. Mir bleibt also gar nichts anderes übrig, als mich weiterzuentwickeln oder unterzugehen. Der Kubismus ist für mich endgültig gestorben. Mein Bauchgefühl war richtig. Haricot-Rouge», sagte er pathetisch, «es lebe der vom Kubismus befreite Modrulleau! Es lebe der kommende Messias der Kunst, der anders sein wird, als wir vorhersagen können, es sei denn, wir wären es selbst. Meinst du, wenn Raffael heute wiedergeboren würde, er würde noch malen wie damals? Sieh dir doch diese Stadt hier an. Er würde die Straßenbahn malen, die über die Brücke mit den roten Statuen fährt, die vom Wasser rot gespiegelt werden. Er würde dieses Bild nach heutiger Art überhöhen, indem er das Geschehen auf der Leinwand wie elektrisiert aufladen würde!»

Sie kamen an der kleinen roten Insel vorbei, die wie die Pariser Ile de la Cité auf beiden Seiten spitz zuläuft, überquerten den Tiber und näherten sich dem Vesta-Tempel. Lange, dünne Säulen trugen ein spitzes, rundes Tempeldach, das wie ein griechischer Schäferhut in Falten gelegt war.

Vor dem Tempel malte ein Mensch mit seinen Armen Kreise in die Luft. Es war Depero. Er sah die beiden und kam sofort auf sie zu.

«Kommen Sie morgen in mein Atelier.»

«Wir fahren morgen früh schon wieder. Was müssen wir denn noch sehen in Rom, bevor die Sonne untergeht? Das Forum?»

«Nein, das ist sentimentaler Kitsch à la Hubert Robert, oder was für die Archäologen. Mir hat mal eine Hure die Augen geöffnet, die sagte, sie ziehe die Tanzlokale jeder Sehenswürdigkeit vor. Sie hat recht. Man muss die untergegangenen Kulturen mit Gewalt herbeizitieren, wenn man von alten Steinen ergriffen werden will. Wir sind doch Leute von heute …»

Der verlotterte Maler stand barfuß vor ihnen. Seine Hose war aus zwei Hosenresten zusammengenäht, ein Bein schwarz, das andere grau. Und doch sprach er mit großem Selbstvertrauen.

«Das Automobil. Genau da liegt doch die Poesie von heute. Das genießen die Künstler genauso wie die Mädels auf dem Strich. Das heißt für mich Poesie. Am besten, Sie gehen in ein Kaufhaus, wo alle Annehmlichkeiten des modernen Lebens versammelt sind. Das ist die Poesie von heute. Das macht das Leben schön.»

Er zuckte die Schultern. «Aber geht dort entlang. Da kommt ihr zu einer Stelle, von der aus man Rom auf eine Weise sehen kann, die auch romantische Seelen wie euch zufriedenstellt. Und nicht vor diesen elenden Antiquitätenläden stehen bleiben. Die werden wir anzünden, wenn die Zeit reif ist. Genauso wie die Museen und die überkommenen Wörter, damit endlich neue aus diesem Feuer hervorgehen. Die, die man landläufig gebraucht, haben keinen Wert mehr. Sie sind wie Münzen, auf denen durch den vielen Gebrauch die Gesichter abgenutzt sind. Was bedeuten denn noch Worte wie ‹Liebe›, ‹Vaterland›, ‹Menschlichkeit›, ‹Ehre›? Man muss sich ja geradezu den Kopf verrenken, um noch einen Sinn darin zu finden, egal ob alt oder neu.»

«Das würde ich dir schenken, wenn ich Geld hätte.» Modrulleau blickte in das Schaufenster eines Antiquitätengeschäftes und zeigte Haricot-Rouge eine Lorbeerkrone, wie sie zu Hochzeiten als Brautschmuck üblich war. Die feinen Silberblätter waren abwechselnd blank und matt gearbeitet. Wie betrunken gingen sie in der träge dahinschlendernden Menge weiter. Die Sonnenstrahlen wurden bereits schwächer.

«Seht mal», sagte Depero und zeigte auf eine Kirche mit zwei quadratischen Türmen, die oberhalb von zwei riesigen Freitreppen stand. «Das ist die Trinità dei Monti, die in allen Romanen von D'Annunzio vorkommt. Ihr müsst nur die Treppe hochgehen, dann nehmt ihr oben den ansteigenden Weg, der an der Villa Medici vorbeiführt, und ihr seid fast so schnell auf dem Pincio wie die Karossen der feinen Damen. Von da oben seht ihr Rom von der Piazza del Popolo bis zum Aventin. Aber vorher lasst uns noch ein Glas trinken, am besten Wein aus den Castelli Romani. Mit dem können sich sogar alte Leute ohne Angst vor einem Kater betrinken.»

Die Abendsonne schien auf die beiden ockerfarbenen Türme der Kirche. Auf fast jeder Stufe der Freitreppen hatten Blumenhändler ihre Vasen aufgestellt. Dazwischen standen rote Sonnenschirme, mit denen die Nelken und Rosen vor dem Verdorren geschützt wurden.

Sie setzten sich auf die Piazza d'Espagna und Depero holte für Haricot-Rouge einen Blumenstrauß. Modru bestellte erst eine, dann noch eine Flasche Wein. Der Wein war süß wie Honig.

«Davon kann man saufen, bis man in den Ohren die Bienen summen hört», meinte Depero und bestellte noch zwei Flaschen.

Nachdem auch diese geleert waren und Depero gegangen war, gingen die beiden über den Platz. Es war ihnen sehr leicht zumute, sie fühlten sich glücklich. Und als sie die Treppe hinaufstiegen, begann ein zauberhaftes Schauspiel. Die Sonne, die zwischen den beiden Türmen hindurchschien, brannte nicht mehr, sondern ihr Licht schmiegte sich in rosigem Schein an die Steine, die dadurch unter dem immer noch blauen Himmel warm und fast hautfarben schimmerten.

Auf dem ersten Treppenabsatz stand eine Palme, die ganz golden leuchtete. Tausende von weißen Margeriten schienen aus ihrem Stamm emporzuwachsen. Links ragte aus einem Oleandergehölz ein Eukalyptusbaum hervor, auf dessen Ästen zahlreiche Vögel ihr Abendkonzert gaben. Unter die Vogelstimmen mischte sich ernste und zarte Musik, von Instrumenten gespielt, die sie nicht erkennen konnten. Sie stiegen im Rosarot der untergehenden Sonne weiter hinauf und blickten zu den Kirchtürmen.

Die Nischen, Balkone und Bögen schienen Modrulleau zu einem derart harmonischen architektonischen Ensemble vereint, dass er wie hypnotisiert weiterging. Der Anblick nahm ihn fast noch mehr ein als die Bilder Raffaels am Nachmittag. Eingehüllt in diesen Himmelsfarbton, gefangen genommen von dieser Treppe, den Türmen, den rosa leuchtenden Steinen, leuchtend, als wären sie von einem überbordenden Gefühl, von Leidenschaft getrieben, fühlte er sich auf fast lächerliche Weise wie im Paradies, an das er nicht mehr glaubte.

«Wenn es das Paradies gibt, dann ist es hier», sagte er.

Die ernste Musik mischte sich nun stärker in das Vogelkonzert. Die Luft streichelte ihre Wangen, während sie weitergingen, und am Fuß der Türme bogen sie, wie ihnen Depero gesagt hatte, in eine ansteigende Straße ein, die zum Pincio hochführte. Schöne Kutschen wurden hier von edlen Pferden hinaufgezogen, deren Zaumzeug mit bunten Troddeln besetzt war. Hübsche, sehnsüchtig blickende Italienerinnen in hellen Abendkleidern und mit großen befransten Sonnenschirmen lächelten ihnen aus den Wagenschlägen zu. Sie lächelten zurück. Rechts verlief die Mauer der Villa Medici, in deren Nischen kleine Brunnen standen, überdacht von dichtbelaubten Eichen. Links, jenseits des Abhangs und des Gebüschs lag – Rom! Getaucht in einen Sonnenuntergang, schöner als auf jeder Postkarte. Die Strahlenkränze der Sonne reichten bis zum Zenith. Der Himmel wirkte wie aus einem Stück gegossen, wie die Goldfassung auf den Bildern der Primitven der Sieneser Schule. Und alle die Kutschen, die Straße, die Bäume badeten in schimmerndem Gold.

Sie beeilten sich, um noch rechtzeitig den Pincio zu erreichen, und wurden gerade noch durch das Gartentor hineingelassen. An jeder Kurve der Wegbefestigung war ein Brunnenbecken eingelassen, in dem sich der Himmel oder die Liebenden spiegeln konnten. Unter einer Eiche sahen sie drei blinde Musiker sitzen: Deren Musik war es, die sie die ganze Zeit aus der Ferne gehört hatten. Eine ernste Musik, tiefsinnig und doch zart und leicht. Ein Sänger wurde von einem Cello und einer Querflöte begleitet.

Mordulleau gab ihnen etwas Geld, obwohl er kaum noch welches hatte. Rechts, in den Gärten der Villa Borghese, tranken auf einer erhöhten Terrasse mit Säulenumgang wohlhabende Römer Tee zum Anblick des Sonnenuntergangs über Rom. Je weiter sie hinaufkamen, desto mehr tauchte links von ihnen die Stadt auf, die sich nun ganz unter ihnen ausbreitete. Zwischen den Palmen und Zypressen erkannte man die riesige Kuppel des Petersdoms und ihre Laterne oberhalb der Vatikanischen Gärten. Aus dem Häusermeer ragten Dutzende viereckiger Türme empor und zahlreiche Kuppeln kleinerer Kirchen.

Der Himmel war oberhalb des goldenen Scheins noch immer blau, ein paar rosa Wölkchen schwebten wie die geblähten Wangen von Putten in der klaren Luft.

Am Ende des Anstiegs verbreiterte sich der Weg, die Bäume traten zurück. Sie standen genau oberhalb der Piazza del Popolo, die von hier aus wie ein in den Fels gegrabener römischer Circus aussah mit Obelisk, Löwenbrunnen und Amphitheater. Rundherum Gärten, die sich von der Porta Flaminia bis hin zu den beiden spiegelbildlich gebauten Barockkirchen erstreckten, zwischen denen die Achse beginnt, die sich in der Via del Corso fortsetzt, dann zur Schreibmaschine führt und schließlich zum Kolosseum. Um in den gepflasterten Circus hinunterzusteigen, den die Straßenbahn durchquerte, hätte man hundert kleine Treppen nehmen können, die an zahlreichen Balkonen und Brunnen mit Grotten, Tritonen und von Kaskaden überspülten Bronzegöttinnen vorbei nach unten führten.

Die riesige Terrasse des Pincio beherrschte den Platz mit ihrer steinernen Balustrade, die parallel zum Horizont Roms zu verlaufen schien. Unter den kurzgeschnittenen Bäumen bis hin zu den Gärten der Villa Borghese war reger Betrieb. Modrulleau und Haricot-Rouge, die nur auf den phantastischen Sonnenuntergang achteten, gingen weiter, an den geparkten Kutschen vorbei, deren wohlhabende Insassinnen ihnen immer wieder unter ihren bunten Sonnenschirmchen freundlich zulächelten. Denn die beiden wirkten arm, aber unerschrocken, und Italien ist generell von einem großen Mitgefühl für arme Leute erfüllt.

Keiner dieser umschatteten oder sehnsüchtigen Blicke der dunkelhaarigen Schönheiten brachte Modrulleau aus der Fassung, obwohl er im Stillen die ganze Zeit dachte: ‹Es scheint, als ob alle diese schönen Römerinnen, ernst wie die Porträts auf Kameen, einen Lorbeerkranz um die Schläfen trügen und Liebesverlangen in den Augen.›

Das Bild einer anderen großen Dame, ihr selbstbewusster und doch nachsichtiger Blick kamen ihm wieder in Erinnerung. Schnell sah er zu Haricot-Rouge hinüber, die vor Vergnügen strahlte, schön und rot leuchtend wie auf einem Bild von Renoir.

Er zog sie weiter. Oberhalb der Hangbefestigung war noch mehr Betrieb. Touristen und junge Verliebte aus der Stadt, die Frauen mit unglaublichen Frisuren, gebräunten Nackenpartien, nackten Armen und in leichte Sommerkleider in Rosa, Weiß oder Mauve gekleidet. Alle blickten sie auf das Naturschauspiel. Jenseits der Piazza del Popolo, die inzwischen in bläulichem Schatten lag, lagen die Kuppeln, Türme und Bögen Roms, dahinter die heiligen Hügel und darüber der Sonnenuntergang.

Auf der Kuppe des Monte Mario sah man das jahrhundertealte Panorama der Schirmpinien. Die Sonne versank langsam zwischen ihnen, noch immer glühend wie eine goldene Kugel, die einen flammenden Schweif hinter sich herzog, der die Stadt erleuchtete, ihre Kirchen, ihre Gärten.

«Ist das nicht phantastisch? Nicht ein Detail, nicht ein einziger Schornstein stört das Bild. Man sieht nur ein wenig Grün zwischen den flachen Ziegeldächern, die wie auf einem Silbertablett dem Himmel alle ihre Kirchen, Kuppeln und Glockentürme darbieten, die ganzen Vögel und den ganzen ätherischen Duft der Kiefern. Das ist so schön, dass nicht mal die blöden Touristen stören.»

Ausnahmsweise dachte tatsächlich niemand daran, die Stadt wortreich in ihre geographischen Wegmarken zu zergliedern, unbedingt hier oder da irgendein Monument erkennen zu müssen. Man sah einfach dem Sonnenuntergang zu. Haricot-Rouge antwortete deshalb bloß: «Wir sind hier, weit weg von da, wo wir sonst sind. In Rom unter einem goldenen Himmel. Und da steht eine Zypresse, hier ein Brunnen, und der Himmel und wir…»

Sie schwieg, weil ihr auffiel, dass sie keineswegs erhabene Gestalten in diesem wunderbaren Schauspiel waren. Der Schweiß hatte die ausgebleichten Stellen ihres Kleides geschwärzt. Ihre Füße kamen ihr in den Köhlerstiefeln heiß und geschwollen vor. Das Hemd von Modrulleau, vom Ruß der Eisenbahn gesprenkelt, klebte ihm an der Haut. Aber vor dem harten Blattwerk der Zypressen aneinandergeschmiegt, wirkten sie wie zwei Bäumchen, die zur gleichen Zeit gekeimt haben und nun zum ersten Mal ein für sie unwahrscheinliches Azurblau zu sehen bekommen. Mit der Anspannung aller ihrer Muskeln waren sie dieser altehrwürdigen Stadt zugewandt, diesem Horizont im goldenen Licht einer Apotheose, die ihre Augen zu vergrößern schien, das Herz zu weiten. Sie sagte: «Es hat sich für uns ausgezahlt. Gut, wir haben in genug Notsituationen gesteckt, aber es hat sich ausgezahlt, unser ganzes bisheriges Leben hat sich wegen heute gelohnt. Dieser Tag wird auch für unser zukünftiges Leben alles wettmachen.»

Mit ihren großen schmutzigen Fingern hielt sie Modrulleaus fleckige Weste fest, der ebenfalls vom Augenblick ganz verzückt war. «Sieh mal!»

Das Gold hinter den Pinien schien nun in Brand zu geraten. Wie bei einer Explosion zerstob es in kleine glühende Teilchen und verlor langsam den Kampf gegen das Rot des Höllenfeuers, das, wie jeden Abend, den letzten Sonnenschein schließlich mit sich nahm.

Die Stadt wurde allmählich in eine violette Staubwolke gehüllt, die sich auf die ockerfarbenen Straßenzüge legte, bis knapp vor den Höhenkamm mit den Pinien. Der ganze Himmel schien wie eine rote verwundete Brust zu zucken. Dann war es auf einmal still. Die Schwalben hatten aufgehört zu schreien. Breite parallele Farbbänder in Violett und Grün sanken wie Schleier vom Himmel herab und deckten alles liebevoll zu. Ein goldbrauner Dunst senkte sich auf den Aventin, an dessen Abhängen einzelne Lichter angingen. Unbeeindruckt von alledem thronte der Petersdom mit seiner Bleilaterne über der Stadt und sorgte für einen letzten weißen Schimmer. Über ihnen war der Himmel nun in ein sattes Lila getaucht.

Ein Trommler schlug. Die Gruppen unter den Bäumen verließen ihre Aussichtsplätze und verschwanden im Dunkeln. Modru und Haricot-Rouge waren nahezu die Letzten, die, an eine Zypresse gelehnt, dem letzten goldenen Schimmer an den Dunsträndern des Horizonts nachsahen.

«Komm.»

Die Carabinieri riefen überall, dass nun der Garten geschlossen würde.

Sie stiegen über die in einen künstlichen Fels gehauene Treppe herunter, blieben allerdings an einer Zypresse stehen, um mit Blick auf die mehrstufige Terrasse, die im Halbdunkel wie ein Märchenschloss dalag, die Nacht zu erwarten. Die Vegetation schien durch das Dunkel zu wachsen, vor ihnen ragte schwarz der Speer einer Minerva aus den Kakteen hervor. Das helle Lied der Brunnen wurde lauter, während das Violett des Himmels wie auf einer Aquarellmalerei mit den Hügeln und den Schirmpinien verlief.

Als die Carabinieri vorbeikamen, versteckten sich Haricot-Rouge und Modru im Unterholz, direkt hinter einer Magnolie, deren Duft sie schwindlig machte. Der Mond ging auf. Die Tore des Parks wurden geschlossen. Zu ihrer Rechten war ein kleiner Brunnen mit einem Satyr, der Wasser aus einem Bockshorn blies. Die Geräusche des römischen Straßenverkehrs drangen gedämpft zu ihnen herauf. Die Zypressen sahen nun wie mit Samt bekleidet aus, der Himmel war glatt und dunkel. Die Stunden schlugen, und es hörte sich jedes Mal wie ein Befreiungsschlag an, wie die Heilung von schwerer Krankheit. Der Magnolienduft nahm ihnen die Sinne. Sie sahen sich an, das Herz erfüllt von ungekannten Gefühlen. Es schien ihnen, als ob in ihrem Kopf eine Melodie gesungen würde, die nur sie wahrnehmen konnten. Das ganze Elend ihres bisherigen Lebens, des Lebens aller um sie herum, der ganzen Welt, schien von ihnen abzufallen. Ein außerirdisches Glücksgefühl erfüllte sie, ob es nun ein Traum war oder die Wirklichkeit, sie wussten es nicht. Sie glaubten vom Himmel zu kosten, der, von den Ästen sanft gefiltert, wie ein Regen ewiger Glückseligkeit auf sie herniedersank. So schliefen sie ein, aneinandergeschmiegt, mit weiter Brust und von allem erleichtert. Eine frische wohlriechende Feuchtigkeit hüllte sie ein.

Haricot-Rouge wurde wach, als die wärmenden Morgenstrahlen herabschienen. Ihr Blick fiel auf ein seltsames Wesen: Modrulleau, der nackt, nass und rot neben dem Satyr im Brunnen stand, wo er sich gewaschen hatte. Und auf den Blättern, auf denen sie in der Nacht gelegen hatten, liebte er sie, in der Glorie des morgendlichen Roms, zum ersten Vogelzwitschern und zur Heiterkeit der ersten Glockentöne.

‹Mit all unserer Lust wollen wir›, ging es ihm durch den Kopf, ‹den schaffen, den wir alle erwarten.›

Und sie wandte sich ihm zu. «Ja, lass es uns tun, im Namen Raffaels, im Namen Jesu Christi und in deinem, Modru.»

14

«Sag nichts, Zboro!», hatte Modru schon am Bahnhof ausgerufen, als er an dessen aufgeregtem Gesicht sah, dass der Pole ihnen etwas mitzuteilen hatte. Sie hatten die Rückfahrt nahezu mit geschlossenen Augen hinter sich gebracht, einander so nahe wie nie zuvor. Sie wollten so lange und so stark wie möglich das Glücksgefühl und den Eindruck der Schönheit in sich bewahren, die ihnen das Schicksal so kraftvoll, aber auch so sparsam zugeteilt hatte. Je näher sie Paris kamen, desto mehr hatte sie die Rückkehr eingeschüchtert, als ob ihnen mit der Entfernung von Rom auch ihr großer Traum Stück für Stück genommen würde.

Beim Mittagessen hatte Modru dann ein paar Fotografien auf den Tisch gelegt, die er Zborowski mitgebracht hatte. Er sagte nur: «Hier waren wir und da auch ...» Und seine Augen blitzten dabei vor Fieber und einer wilden Wut. Der sanfte Pole hörte zu, ohne etwas zu sagen. Und als er dem Grafen von San Martino das ihm von Djagilew zugedachte Bild brachte, erwähnte er hinterher nicht, dass der Graf sich entschlossen hatte, erst eine Woche später abzureisen, und die beiden vier weitere Tage hätten in Rom verbringen können.

Sie machten einen Spaziergang zu zweit durch den Jardin de Luxembourg und lehnten sich an die steinerne Balustrade, die dort die Terrasse umgibt, dicht neben einer Heckenrose und mit Blick auf den Teich. Sie schlossen die Augen. Sie warteten darauf, dass ein Vogel zu singen oder ein Wasserstrahl zu glucksen anfinge. Haricot-Rouge sagte leise: «Unter uns ist die Piazza del Popolo, mit der Pyramide, den Arkaden, dem Tor mit den drei Bogendurchgängen und da vorn die zwei gleichen Kirchen mit ihren Kuppeln, am Ende der Via del Corso. Ganz hinten sieht man die Schreibmaschine und auf der rechten Seite den Engel der Engelsburg, der seine Flügel ausbreitet, dahinter die etwas zu flache Krone auf der Kuppel des Petersdoms, davor fließt der Tiber ... Rühr dich nicht, damit Depero dich nicht sieht. Und der Himmel ist von einem Blau und Weiß, wie auf einem Bild von Raffael, und er wird später von einem Gold erfüllt sein, wie auf den Bildern von

Fra Angelico. Die Schirmpinien scheinen vor diesem Hintergrund in den Himmel zu wachsen…»

«Sprich nicht weiter», sagte Modru.

Aber errötend fügte sie hinzu: «Guck mal, da ist unser kleiner Brunnen und die Zypresse oberhalb der Magnolie.»

«Sprich nicht weiter.» Er legte seine feurige Wange an ihre frische. Und mit immer noch geschlossenen Augen ließ er sich wie ein Blinder von ihr nach Hause führen. Erst bei Zboro öffnete er sie wieder und sah die Fotografien, die Zboro an die Wand geheftet hatte. Ganz Rom lag vor ihm, der Petersdom, die Villa Borghese und die beiden schönen Kirchtürme im flammenden Sonnenuntergang.

Dann schüttelte er sich. «Lass uns ins Leben zurückkehren. Und zwar mit der gebotenen Freude, denn ich habe aus Rom etwas Besseres als einen Traum mitgebracht: nämlich meine Befreiung.»

Und gleich zogen schöne Formen vor dem inneren Auge dieses außergewöhnlichen Malers und feinsinnigen Genießers vorbei: helle, glückliche Bilder mit großartiger Linienführung und reicher Farbigkeit. Und manchmal dachte er dabei auch an seine Geliebte und wie sie in Rom miteinander geschlafen hatten.

«Zboro, gibst du einen in der *Rotonde* aus?»

«Du willst da hin?» Zboro freute sich. «Und du fragst nicht mal, warum ich das auf einmal kann? Willst du das gar nicht wissen?»

«Später. Ich hab dir auch was mitzuteilen. Es wird dich und Haricot-Rouge umhauen.»

«Mich auch?»

«Los, lasst uns gehen.»

Man gehorchte ihm. Madame Zborowski trug ein schönes grünes Kleid, das die beiden noch nicht kannten. Und sie hatte ihre Haare nach der Mode des Empire gelockt und zusammengebunden, was ihren matten Teint wunderbar betonte.

Die rosige Beleuchtung und das brodelnde Leben auf der Café-Terrasse erfrischten Modru. Er, der sonst immer vorbeiging, ohne mit der Wimper zu zucken, begrüßte freundlich die Amerikanerinnen mit ihren langen Stolas, die Engländerin, die sich immer in irgendwelche Jahrmarktsringer verliebte, den schwedischen Kapitän, der ein-, zweimal im Jahr zwei ganze Tage im Café verbrachte. Immer fuhr er gleich vom Bahnhof hierher und brach von da direkt zu einer neuen Fahrt auf. Dann die adlige Dänin, deren Geschichte sehr rührend war. Sie hatte ein Jahr in Reichtum gelebt, die Aktmodelle in der *Rotonde* geschnitten, stets nur Champagner getrunken und jede Woche ihre silbernen Bürsten und die Korallenohrringe gewechselt wie andere ihre Hemden. Weil sie mit irgendjemandem aus der königlichen Familie verheiratet werden sollte, war sie in ihr Land zurückgekehrt. Aber nach drei Monaten hatte sie es dort nicht mehr ausgehalten und war zu ihrem angestammten Platz in der *Rotonde* geflohen, diesmal allerdings ohne jeden Sou, mit offenem Haar und abgetragenen Schuhen. Sie weigerte sich, in ihre Heimat zurückzugehen. Ihren Schwiegervater, der gekommen war, um sie zu holen, hatte die Montparnasse-Seuche ebenso erfasst. Er schlief auf einer Bank neben der kleinen Kreolin, und ließ sich von einer alten italienischen Sängerin aushalten.

In diesem phantastischen Irrenhaus waren heute auch ein englischer Clown, zwei oder drei ehemalige Pastoren, eine Gruppe Spanier und so viele Frauen, wie man wollte, oder auch nicht. Aus aller Herren Länder, mit allen Mentalitäten, glücklich, hier zu sein, weil sie hier die bizarrste und treueste Familie, die man sich denken kann, gefunden hatten, und ihnen, sobald sie das Haus verließen, alles nur fad und ohne jedes klare Ziel erschien.

Modru, die beiden Zborowskis und Haricot-Rouge stießen gleich zum Tisch der Maler vor, wo Kisling Vorträge hielt. Seine Mutter war bei bester Gesundheit, und auf dem Rückweg hatte er in Berlin noch eine wilde Nacht verbracht. Vom Erzählen waren seine dicke Nase, seine vollen Lippen, seine Ohren und seine Stirn schon ganz rot.

«Berlin! Das ist zugleich gequirlte Scheiße und eine künstliche Blume der Extraklasse, liebe Freunde. Aber man amüsiert sich prima da. Antoine, bring mir einen ordentlichen Cognac. Das brauch ich, wenn ich weitererzählen soll. Wo soll ich anfangen? Am besten die ganze Geschichte … Also, als ich ankam, bin ich in ein Hotel, hab den Preis ausgemacht, meine Koffer abgestellt und bin los, um was zu essen. Als ich später hundemüde war und zurückwollte, fiel mir der Name des Hotels nicht mehr ein, nicht mal die Straße. Ich fang an zu lachen und sag nur: ‹Muss ich wohl bei 'ner Nutte übernachten.› Davon gibt's *en masse*, und wie die mich alle angebettelt haben. Na ja. Eine fiel mir besonders auf, in der Nähe des Tiergartens. Die wirkte noch stolzer als die anderen: großgewachsen, ganz in Schwarz gekleidet, mit Bändern an der Schulter, die hatte Stil. Sie sieht mich an, ich schau zurück, ohne die Hände aus den Hosentaschen zu nehmen. Wir kommen ins Gespräch. Ich frag sie nach dem Preis.»

«Ein Dollar?»

«Nicht schlecht geraten. Die Puffs da kennen als Währung nur Dollars, wie in Warschau. Und was für hübsche Hühner haben die in Warschau. Die ganzen Schuppen von Rio und Janeiro sind da abgemalt. Und was da für drei Franc fünfzig alles drin ist, bei diesen Cocos und Cucus, Kaffee inklusive… Aber zurück zu Berlin. Ich lass mich also durch die Gegend führen. Wir kommen in so ein protestantisch schmuckloses Zimmer, eisig kalt. Egal. Sie zieht sich aus, ich helf ein bisschen mit, froh, mal wieder ein paar aristokratische Gliedmaßen anzutatschen. Auf einmal bleibt meine Hand an was hängen. Ich fluche auf Polnisch. ‹Ach, du bist auch Pole?›, sagt sie. Ich: ‹Mag sein, aber du bist auch ein Mann.› Wir kommen ins Gespräch, machen unsere Witzchen. Sie, also genauer gesagt, er schlägt mir, weil ich Maler bin, vor, mit einem Kumpel in ein Café zu gehen, Kaffeehaus heißt das bei denen. Ich sag, o.k.

Wir gehen also durch irgendwelche Hinterhöfe, steigen ein paar dunkle Treppen hoch und klopfen an eine Tür. Plötzlich Rauch, Licht, eine Jazzband, Tänzer, und nachdem wir drin sind, sieht man auch einen langgestreckten Saal, wo Pärchen trinken und tanzen.

‹Hallo, Titi, Lulu, Toto, Lolo.› Damit stellt mir mein neuer Kumpel seine Freunde vor und küsst mich dabei auf den Mund. Ich wisch mir die Lippen ab, guck mir das Ganze aber erst mal an. Alle diese gertenschlanken Frauen in Schwarz, die Frau von Pompadour und Fräulein Linden sind eindeutig von der gleichen Fraktion wie mein neuer Kumpel, der sich Sonja nennt.»

«Auweia! Bist du Sonja in die Finger geraten», unterbrach einer der Gäste.

«Aber wie», fuhr Kisling fort. «Ich setz mich also zwischen zwei fette deutsche Pärchen, ungefähr vierzig, fünfundvierzig. Klassische Biertrinker, die sich die ganze Zeit wie russische Politiker auf den Mund küssen. Wie übrigens auch das Pärchen gegenüber und das neben mir, genau genommen all die fetten Pärchen auf den Bänken, die knutschen, sobald sie nach 'nem ordentlichen Schluck ihr Bier absetzen. Vor mir stehen plötzlich ein Bockbier und eine Streichholzschachtel, für die ich einen Wahnsinnspreis hinlegen soll. Weil jeder so eine Schachtel vor sich hat, sag ich erst mal nichts und zahl. Aber als ich sie öffne – von wegen Streichhölzer! Da war weißes Puder drin. Gut, meinetwegen. Ich steck das Zeug in die Tasche und schieb 'nen Tango mit Sonja. Dann bitte ich sie, mich woandershin mitzunehmen. Wir haben dann jeden Nachtclub abgeklappert: das *Bayreuth-Kaffee*, modern, ganz in Lila, an den Tischen lauter redende Kohlköpfe mit schwarzen Bändern: Theaterleute. Der Sohn von Schaljapin singt da. Tiefer Bass, wenn du mich fragst, ein bisschen sehr tief, und sehr fett ist der auch. Aber hier hängen zwei der berühmtesten und elegantesten Gestalten Berlins ab: Graf Franz von Montgelas, der preußische Fouquières, schwarzes Hemd und jede Menge Weiber im Schlepptau. Dann Asta Nielsen, Typ Vorkriegskanadierin, lang, blond, mit weißem Windhund, weißer Krawatte und goldener Taschenuhr in der Westentasche. Fünf Minuten Taxifahrt und wir sind im *Blauen Vogel*. Tja, ihr Lieben, kleine Tische, kleines Spektakel, schwarze Wände, schwarzes Parkett, schwarze Gläser, die einem von irgendwelchen grotesken Zwergen serviert werden, die man wohl auf den Jahrmärkten aufgelesen hat, wo sie als Beweisstücke für die fiesen Folgen des Inzests ausgestellt werden. Sie erzählen einem irgendwelche angelernten oder wirklich erlebten Lebensgeschichten, alles Larven, alles Phänomene… Und genau in diesem Laden habe ich dann die ganze ehemalige Mannschaft getroffen, die vor dem Krieg hier in Montparnasse unterwegs war. Zehn Mann hoch. Sie kamen vom *Romanischen Kaffee*, weil die Polizei da ein bisschen zu oft vorbeischaut. Rudolf Levi, der ehemalige Laufbursche und Eintreiber von Matisse, der Dichter Friedrich Eisenlohr, der damals immer an der kleinen Yvonne geklebt hat, ihr wisst schon, die, die am Ende im Irrenhaus gestorben ist. Und Fiori, der italienische Bildhauer, der zu den württembergischen Fliegern gegangen ist, Andreiewa Gorki, Archipenko und der Astrologe Artaval. Die sind regelrecht über mich hergefallen. ‹Mensch, Kis, wie geht's der Concierge bei euch, und der kleinen Lebensmittelhändlerin und André, dem schulde ich ja immer noch hundert Franc. Was ist mit dem *Dôme*? Apropos, was kostet so ein Café crème eigentlich im Moment bei euch? Stimmt es, dass sie überall am Boulevard neue Bäume pflanzen? Meinst du, wir schaffen es noch mal nach Paris? Ach, wenn du wüsstest, was dieser kleine Fleck in Paris für uns bedeutet hat, mit der abgewanzten Apotheke gegenüber … Darf ich dir übrigens Georg Kroll vorstellen, der mit dem Regisseur des *Caligari* zusammenarbeitet und gerade eine Verfilmung des *Idioten* von Dostojewski vorbereitet. Wir könnten dich ja heute mal mitnehmen, Kis.›

Sie tuschelten kurz miteinander. Ich hatte 'ne Menge Zeugs getrunken und wirkte wohl vertrauenerweckend, denn drei von denen schleppten mich in einer geschlossenen Kutsche in den *Club der Laster*, wo's Schwimmbäder mit erotischem Geruch gibt, und Opiumsäle, Kokserklausen, Räume, wo man seinen Rausch austoben kann und mit ultravioletter Strahlung vollgeknallt wird, damit es einem auch ordentlich schlechtgeht.

Holf musste ich versprechen, mich an nichts zu erinnern, was ich zu sehen bekäme. Heute Abend sollte nämlich eine ganz außergewöhnliche Vorführung laufen. Wir bekamen alle irgendwas gespritzt, was so'n metallisches Körpergefühl gab, wahrscheinlich Adrenalin mit irgendwas drin. Dann ging es in einen Keller runter, wo man uns Tonmasken übers Gesicht zog, die wie venezianische Karnevalsmasken aussahen, aber platte Nasen hatten. Da waren nur zwei kleine Löcher für die Augen drin und zwei, um Luft zu bekommen. Aber man hätte uns nicht mal schreien gehört da unten. Wir wurden dann, aufgekratzt wie wir waren, im Halbkreis in beleuchtete Glaskästen gestellt, so dass wir alle uns sehen konnten. In der Mitte war ein leerer, schwarzer Platz, der aber bald von einem Scheinwerfer von oben beleuchtet wurde. Ich hab schon ein paarmal von diesen Vivisektionen an jungen Männern gehört, die angeblich wohlhabende Söhne armen Bauern abkaufen. So werden die ihre Knechte oder sogar die eigenen Söhne los, wenn sie missraten sind. Denen wird ein schönes Leben in einer reichen Familie versprochen, und im Kellerraum, wo's außer dem Aufzug keinen Ausgang gibt, steht dann so ein Kerl mit glänzend rot angemaltem Gesicht oder einer Tonmaske, pumpt sie mit Kokain voll und tötet sie ganz langsam mit dem Schwert. Wenn man die nicht ordentlich unter Drogen setzt, sehen sie das auch noch starr vor Entsetzen mit an, wenn man sie mit Lachgas betäubt, lachen sie sich auch noch halb kaputt dabei. Je schlimmer die Schmerzen, desto mehr Gelächter, zum Beispiel wenn der ‹Zahnarzt› einen Gesichtsnerv auseinandernimmt oder wenn man dem armen Schwein das Blut aus den Arterien ablässt. Wie auch immer. An dem Abend war es der blanke Horror. Da hatten sie nämlich nicht irgend so einen Bauerntrottel, sondern einen meiner Kumpel, Holf, glaube ich, in der Mangel! Er hatte sich auf die Knie geworfen, aber unter der Maske hörte man seine Schreie nicht. Und man sah auch nicht seinen Gesichtsausdruck. Man zerrte ihn in die Arena. Und langsam merkte ich, was für Drogen das waren, die uns so kirre machten. Das waren nämlich keine Analgetika, sondern Hyperästhetika. Meine ganze Haut fühlte sich an, als wäre sie dauernd in Bewegung, und sie war so empfindlich geworden, dass ich von der bloßen Berührung dieser dämlichen Maske vor Schmerz mit den Zähnen knirschte. Holf stand jetzt in der Mitte des Kreises im Scheinwerferlicht. Und als man ihn auf so eine Art Stuhl geschnallt hatte, aus dem nur sein Kopf rausguckte, kam der Chirurg, oder was das da war, mit einer elektrischen Fräse, wie ich die mal während des Krieges bei Schädeloperationen im Einsatz gesehen habe. Der fing dann an – doch, es war Holf, den sie da hatten, ausgerechnet der empfindliche Holf, jetzt erinnere ich mich wieder – der fing dann an, Holf eine Art Krone aus dem Schädel zu sägen, während er unter Strom gesetzt wurde, genau so dosiert, dass das arme Schwein nicht das Bewusstsein verlor. Ich bin jedes Mal bei dem Knirschen der Fräse zusammengezuckt. Man sah den Knochen als feinen Staub oder in

FRAGILE

Splittern durch die Gegend fliegen. Am Ende war die Kalotte aufgesägt wie eine Konservenbüchse und aus Holfs Augen regnete es Blut wie aus 'ner Gießkanne. Die Hirnhaut wurde ganz vorsichtig abgedeckt. Als das Gehirn da so im Freien lag, das übrigens viel rosiger ist, als ich dachte, ging die Folter erst richtig los. Der Chirurg erhöhte die Stromspannung, nahm die beiden Pole in die Hand und machte sich daran, in der Zirbeldrüse das Zentrum der Persönlichkeit zu bearbeiten. Da ging die Post ab, das könnt ihr mir glauben... Aaaaah! Aaaah! Aaaaaaaah!»

Kisling war auf einen Tisch geklettert. Er sprang wie ein Verrückter herum, als hätte seine Haut Feuer gefangen. Und seine Augen schienen kurz vor dem Platzen zu sein, wie zwei Blutblasen. Man holte ihn mit vereinten Kräften vom Tisch herunter.

«Ich hätte euch besser was über die Malerei erzählen sollen, was?», meinte Kisling zwei Tage später, als Modru in sein Atelier auf den Speicher kam, um nach ihm zu sehen. Das Atelier war ganz in rotem Samt gehalten, wie eine Kirche im alten Italien. In einer Ecke saß der auf wundersame Weise wiederauferstandene Holf und rauchte gemütlich seine Pfeife. «Also, in Deutschland findest du an jeder Ecke mieseste kubistische Plakate, selbst Häuser werden jetzt nach diesen Prinzipien gebaut. Bäckerläden, die wie ihre eigene Karikatur aussehen. Daran sind übrigens die Russen schuld, die damit angefangen haben, ihren deutschen Modernismus überall hinzukleistern. In Berlin leben zweihunderttausend Russen, die auf dem Weg der Emigration ihre Europareise schon hinter sich haben: Petersburg, Moskau, Konstantinopel, Italien, Paris, Berlin. Die meisten schmuggeln sich über die freie Reichsstadt Danzig ein. Am besten würde man die gleich nach Petersburg zurückschicken, aber gut. Vorwiegend gutsituierte Bürger, die den ganzen Westteil der Stadt okkupiert haben. Es gibt ganze Straßenzüge, zum Beispiel die Metzer Straße, wo's anscheinend nur noch Russen gibt.»

«Aber was ist mit den Malern?»

«Die russischen Maler? Die nehmen sich eine Perspektive und wringen sie wie ein Handtuch aus, so lange, bis man nichts mehr erkennt. Wie

Soutine. Springen mindestens hundert von denen da rum, von de Presco, Repin und Kiselew bis zu den letzten kubistischen Modernisten in München. Kannst du dir das vorstellen? Die römische Kunst auf Quader runtergebrochen, ohne Sinn und Zweck, nur weil es gerade Mode ist? Puni, Tutcherski, Tatlin, Ekster, Gontcharova und Larionow. Daneben gibt's eigentlich nix an Malerei, außer was aus Frankreich kommt. Ein paar dieser Marie Laurencins, kleine Vögelchen im Gewitter…»

«Aber was ist mit den deutschen Malern?»

«Wir sind keine Nationalisten. Aber eins musst du dir merken: Keiner kann seinem Land entrinnen. O.k., du sagst jetzt sicher: Die Kunst kennt kein Heimatland. Gut. Aber für die Kunsthändler ist so ein Volkscharakter praktisch. Und für die Maler…? Also, ich weiß nicht. Charakteristischer noch als alle Manifeste oder psychologischen Romane ist doch die deutsche Kunst für den Geisteszustand dieses Landes. Wie das ganze Land ist sie begeisterungsfähig, kämpferisch und will sich von allem losmachen. Aber sie findet einfach kein Gleichgewicht. Ob das nun Kokoschka und seine Expressionistenbande sind oder diese verfluchten Pferdemaler vom Blauen Reiter, oder was weiß ich was für Spinner. Kleine Parenthese: Hast du von Bollander gehört, diesem Monster, der nur Monster malt oder, noch schlimmer, der die schlimmsten Ausnahmeerscheinungen für anatomische Museen festhält? Der kniet vor einer voll ausgebildeten Elephantiasis nieder wie andere vor einer wunderschönen Frau. Für den ist ein Adenom, eine Riesentitte voller Venen, ein Ulkus oder eine Warze mit einer Oberfläche wie getrocknete Rosinen ein Wunder der Natur. ‹Nur die Monster sind wirklich interessant!›, soll er ausgerufen haben. Der hat sich so an diese entsetzlichen Anblicke gewöhnt, dass er jetzt mit einer Frau mit drei Brüsten zusammen sein soll, deren Gesicht von irgendeinem ekligen Geschwür zerfressen wird. Er behauptet, es wäre so unendlich reich an einander widerstreitenden Farbtönen.

Außerdem sind sie da alle in erster Linie antideutsch. Und die wichtigste Tendenz ist die, alles Methodische hinter sich zu lassen. Genau das also, was ohnehin vor kurzem an der Marne schon mal gründlich schiefgegangen ist. Aber ihr Volkscharakter ist genau daran zu erkennen: Die gehen noch methodisch vor, wenn sie das Methodische hinter sich lassen. Man sieht ja, wohin das führt. Nimm dir eins von diesen neuen ‹expressionistischen› Bildern von Kokoschka: Absichtliches Ungleichgewicht der Bildelemente, aber bitte mit deutscher Gründlichkeit ausgeführt. In einer Ecke für zwei Sous Bonnard, in der anderen für einen Franc van Gogh. Hier eine groteske Imitation Cézannes, dort eine fette Farbspur wie bei Segonzac. Und überall ein paar Buchstaben frei nach Léger. Ach, ich sag dir, mehr als je zuvor bin ich davon überzeugt, dass wir uns an den strikten, sauberen Kubismus halten müssen. Jenseits des Kubismus gibt es kein Heil, nur die dreckige Anarchie, den gärenden Brotteig ohne Form, den Keller, wo einem das Hirn zermartert wird. O ja! Diese Reise war mir eine Lehre und eine wahre Pilgerfahrt...»

Modru stand auf. Zum ersten Mal schwieg er. Kein Wort über seine eigene Pilgerfahrt, bei der er keineswegs die Hölle, sondern den Himmel gesehen hatte.

Als er Kisling verließ, beschloss er, noch einen Umweg durch den Park zu machen, und setzte sich unter einem riesigen Baum, dessen Blätter im Wind rauschten, auf eine Bank mit Blick auf einen Brunnen, dessen Wasserstrahl auf die Reste einer Statue fiel und von dort als glitzernder Schleier, der im Sonnenlicht von Regenbogenfarben durchzogen wurde, zu Boden ging, was er mit kindlicher Freude betrachtete. Die Trümmer der Statue wurden von seinem inneren Auge zu sizilianischen oder kretischen Statuen ergänzt, alle von prächtigen Haarzöpfen, wie sie Haricot-Rouge trug, bekränzt. Sie schienen ihm in der Sonne zuzulächeln, ganz erfüllt von ihrem gemeinsamen großen glückvollen Geheimnis. Die Sonne umspannte die Statue mit goldenen Stickereien, und wenn er die Augen schloss, sah er einen Mantel aus jenem dunklen Purpur, in die Mantegna und Carpaccio ihre Figuren gekleidet hatten.

«Ja, Raffael, das ist der befreite Carpaccio. Aber schon Carpaccio bekleidete die Marien- und Kurtisanenfiguren seiner Bilder gleichermaßen mit großer Pracht, egal, wie geometrisch er sie malte. Kunst, dass ist Freude, also Reichtum an Linien, Farben und Orten. Es lebe Rom, das golden erstrahlt, von einem glücklichen Himmel überwölbt, blau, kraftvoll und heiß, im Gegensatz zu den grauen Ebenen des Nordens, den armseligen Himmeln dieser Breiten. Es lebe der Reichtum!»

Er musste lächeln, eines der wenigen Male in seinem Leben, den Kopf auf die Rückenlehne der Bank gelehnt, den Blick zum Himmel erhoben, wo er zwischen den sich nur wenig bewegenden Ästen der Kastanie und ihren glänzenden Blättern goldene, irgendwie verheißungsvolle Wölkchen sah. Er atmete berauscht die Gerüche des feuchten Gartens ein, sein Hemd halb offen über der sich heftig hebenden und senkenden Brust. Er fühlte, wie sich seine Kräfte sammelten. Er würde die Himmel und die Götter des Glücks schaffen, auf riesigen Leinwänden, die er sich alle diesen Gärten zugewandt vorstellte. Und er sprang auf und seine Sohlen, mit denen er die glückliche Erde Italiens berührt hatte, knirschten auf dem Kies. In den Schuhen waren seine Füße nackt, wie die der Schäfer im Umland Roms.

15

Wieder zu Hause, gab er Haricot-Rouge einen Kuss. Ihr Gesicht begann sich zu verändern. Goldene Schimmer leuchteten in ihren Augen unter den Wimpern, die sich immer weiter zu öffnen schienen, wie die Schwingen eines vor Glück übermütigen Vogels.

«Jetzt spuck's endlich aus, Zboro, was ist los?», forderte ihn Modru auf, als sie sich zum Mittagessen setzten.

«Es ist… Also der Verbrecher aus der Rue La Boétie ist hier gewesen. Er hat da auf dem Stuhl gesessen.»

«Afthalien? Du hast ihn hoffentlich rausgeschmissen.»

«Er wollte alles von dir, Leinwände, Entwürfe…»

«Hast du ihn die Treppe runtergeschmissen oder nicht?»

«Ich hab tausend Franc verlangt, da ist er natürlich von sich aus abgedampft», sagte Zborowski und fügte leise hinzu, «aber er ist wiedergekommen.»

«Und?»

«Was heißt, und? Ich habe zwölfhundert, dann fünfzehnhundert verlangt. Er hat sie mir gegeben. Er wollte sogar die Tür mitnehmen, auf die du Haricot-Rouge gemalt hast. Aber ich hab ihm gesagt, die kriegt er nicht für zehntausend.»

«Das war gut… sehr gut…»

«Da steckt irgendeine feine Dame dahinter, die deine Bilder will. Sie ist reich und hat offenbar ihre ganzen Räume voll mit deinen Sachen. Die Prinzessin de Laurence…»

«Was?»

Die Stirn von Modrulleau legte sich in Falten. Und sein Herz begann wie verrückt zu schlagen, als ob es ihm aus der Brust springen wollte.

«Ich hab also den Widerling, als er hier war, quatschen lassen…»

«Schweig!»

«Er hat…»

«Schweig! Ich will überhaupt nicht wissen, was aus meinen Bildern geworden ist. Es ist unser Los, für unsere Arbeit wie Handwerker bezahlt zu werden, wie die allerersten Freskenmaler, wie die unbekannten Bildhauer, die im Mittelalter Engelsköpfe und Basilisken, die Wasserspeier an den Kirchen, geschaffen haben. Gut so, wenn andere die Sachen für Millionen verkaufen. Ihre Freude, sich das Geld in die Tasche zu stecken, reicht nicht an die heran, die wir empfinden, wenn wir die Bilder malen.»

Aber während er das sagte, musste er an etwas ganz anderes denken. Vergeblich versuchte er die Erinnerung an den aristokratischen biegsamen Körper, die sich ungewollt einstellte, zu verscheuchen. Ihre weichen Hüllen aus Seide, die von Falte zu Falte in wärmeren und geheimnisvolleren Farben zu leuchten schienen und ihn an die schönen und ernsten Römerinnen erinnerten, die ihnen auf dem Pincio begegnet waren. Er sah zu Haricot-Rouge.

«Aber jetzt hör doch mal zu», sagte sie.

«Eben», setzte der Pole fort, der nun mit einem gewissen Fieber sprach. «Alle möglichen Persönlichkeiten haben deine Bilder gesehen, und es hat sich so eine Art Komitee gebildet von Leuten, die dir und deinen Freunden zu Ehren bei ihr ein Abendessen geben wollen. Du sollst dem Abendessen vorsitzen.»

«Da geh ich nicht hin», sagte Modru mit halberstickter Stimme.

«He!» Zboro erlaubte sich das erste Mal, seit sie sich kannten, Modrulleau am Arm zu packen und zu schütteln. «Das Spielchen kennen wir jetzt zur Genüge. Modru, der Menschenfeind, der Höhlenbär, der Eremit, der Degas der Legenden. Im Grunde waren alle diese sogenannten ‹unabhängigen› Künstler unglaubliche Angsthasen. O ja! Und was für armselige. Die hatten einfach Schiss, sich in der Gesellschaft nicht angemessen bewegen zu können. Nur weil sie sich von schönen feinen Damen eingeschüchtert fühlten, meinten sie, sie müssten denen ins Gesicht furzen, um sich da rauszuhalten. Lebend begraben in ihren Kämmerchen, blieb ihnen am Ende nichts anderes übrig, als ihre Dienstmagd zu heiraten. Du hast doch wohl nicht auf einmal Angst, das Leben beim Schopf zu packen, oder? Ich hab dich letztes

Jahr gesehen. Da hast du nobler als der spanische Botschafter, verächtlicher als jeder Jude reagiert, als dir dieser Abgeordnete ein Kompliment wegen deiner Ausstellung gemacht hat… Haricot-Rouge zeigt dir jetzt erst mal was.»

Sie ging in das Zimmer der Zborowskis und kam mit einigen Hemden aus feinstem Stoff wieder, mit Lackschuhen und einem schwarzen Anzug mit offener Weste, fast wie ein Smoking geschnitten.

«Ich kleide dich ein», sagte sie. «Ich möchte nämlich, dass du schön aussiehst am Abend deines Triumphes. Man muss doch deinen Ruhm ein bisschen pflegen, jetzt, wo deine Bilder verkauft werden. Oder möchtest du nicht, dass ich auch mal eines Tages ein schönes Kleid tragen kann?»

«Du bringst die Sachen zurück und kaufst dir selbst was dafür.»

«Das geht leider nicht, Modru. Und für dich sind die Sachen viel wichtiger. Die werden an dem Abend alle möglichen Bilder bei dir bestellen. Und mir kannst du immer noch Kleider kaufen, und Ohrringe, die unter meinen Zöpfen blinken, und ein Granatkollier, das meine ganze Haut in Brand zu setzen scheint.»

16

Die Prinzessin de Laurence war eine charmante und intelligente Frau. Ihre Kunstsinnigkeit war von einer Empfindsamkeit, wie sie viele nur der Religion entgegenbringen. Sie ging zu Konzerten und versuchte sich ohne Snobismus an den Zeitgeschmack zu halten. Und als immer wieder Personen ihres Umfelds sagten, dass sie den Maler gern kennenlernen würden, dessen eigenwilliges Bild sie besaß, hatte sie schließlich eingewilligt, umso lieber, als sie mit dem Maler die Erinnerung an ein gutaussehendes stolzes Wesen verband, das sie seinerzeit bei Isidora Duncan getroffen hatte. Man besprach sich und entschied sich schließlich für ein Diner, zu dem man, wie das manchmal die Prinzessin Murat tat oder eine der aktuellen Modepäpstinnen, einen Haufen wilder Kubisten als Staffage einzuladen beschloss.

Die Prinzessin zog eine Schnute. Sie erinnerte sich noch sehr deutlich an eine furchtbare Orgie bei einer Dame aus dem niederen Adel, wo man den Versuch unternommen hatte, Menschen verschiedener Schichten bewusst miteinander zu vermengen. Die jungen Mädchen aus den gehobenen Schichten waren in der Gegenwart der Maler erst verängstigt gewesen, hatten am Ende allerdings den strengen Brunstgeruch der Künstler lustvoll eingesaugt, der ihnen anfangs den Atem verschlagen hatte, ganz wie man das in einer Menagerie wilder Tiere sieht.

Das wollte sie auf keinen Fall. Sie wollte auch ganz sicher keine bolschewistischen Manierismen zu Stopfleberpastete und Perlenkolliers. Also schlug man ihr vor, einen Kubisten im Speziellen ganz gediegen zu feiern, wie einen Meister unter seinesgleichen. Man würde den Namen einfach aus einem Hut ziehen, also ganz zufällig bestimmen. Am nächsten Tag wäre er dann berühmt, dank entsprechender Berichte im *Figaro*. Oder wenn nicht per Zufall bestimmt, dann nähme man eben den, von dem die Prinzessin dieses Bild besaß, einfach weil sein Name zuerst gefallen war.

Monsieur de Belanges, der Organisator aller mondänen Partys, kannte sogar einen charmanten Weltmann namens Lord Jarrout, der sich in diesem Milieu bestens auskannte und das nötige zusätzliche Personal zusammenstellen würde.

Die Prinzessin ließ natürlich ausrichten, sie war ja Prinzessin. Und wie sie sich für ein Abendessen gewöhnlich ihrem Chefkoch und ihrem Verwalter anvertraute oder für karitative Veranstaltungen einer der üblichen Damen mit entsprechend gutem Ruf, so empfing sie nun Lord Jarrout. Monsieur de Belanges hatte ihn empfohlen, weil er mit Jarrout seit ewigen Zeiten durch irgendwelche unsauberen Provisionsgeschäfte verbunden war. Und Jarrout hatte natürlich lachend seine ganzen Freunde angeworben. Die Prinzessin hatte sich nur um eins kümmern müssen: Wie sie rechtzeitig weitere Bilder von Modrulleau erwerben konnte.

Die Gäste sollten nämlich gleich in der Eingangshalle durch zwei Reihen Staffeleien hindurchgehen, auf denen seine Bilder standen.

Als er dann auftauchte, feierlich und unnahbar, ließ er sich nichts anmerken, als er Jarrout und dessen Freunde unter den Eingeladenen erkannte. Er schwebte über den Dingen. Und das setzte sich über seinen prachtvollen Auftritt hinaus fort. Gut gekleidet, frisch rasiert und frisiert, trat er vor die, die zu sehen er sich die ganze Woche insgeheim gefreut hatte, viel mehr als auf die Ehrungen, die man ihm hier entgegenbringen würde.

Er sah, wie sie ihm entgegenschwebte, mit jedem Schritt schien sie weniger von dieser Welt zu sein.

«Monsieur, ich bin sehr froh, Sie hier empfangen zu können.»

Auch wenn er spürte, dass sie ihm mit geschliffener Höflichkeit begegnete, war diese Begrüßung für ihn wie eine Salbung. Er durfte die feingliedrige Hand dieser feingliedrigen Person in seiner, wie ihm schien, schweren Pranke halten, und diese besondere Zärtlichkeit versetzte für ein paar Sekunden das ganze Haus um ihn herum in Bewegung. Wie beim Besuch eines Königs hatte sie ihn keinen Moment warten lassen. Und nachdem er die angemessene Geste ausgeführt hatte, die dargebotene Hand zu küssen – genauer gesagt, diesen Kuss nur anzudeuten –, nahm sie seinen Arm und führte ihn an die Tafel, wohin ihnen gut zwanzig geladene Gäste folgten. Sie setzte sich zu seiner Rechten.

Ihm unbekannte Blumen waren, offenbar wegen ihrer transparenten Blütenblätter, um die venezianischen Motive an den Wänden angeordnet worden. Das Porzellan der Teller war so durchscheinend, dass er es nicht anzufassen wagte.

Sie tauschten erst ein paar Belanglosigkeiten aus, aber Modru hörte nur auf die überraschenden Modulationen dieser Stimme, die aus den verschiedensten Teilen dieses schönen Körpers aufzusteigen schien, je nachdem ob sie würdevoll sprach oder, in sprunghaftem Wechsel, leicht und klar.

Er war erleichtert, als sich das Gespräch sehr bald um Rom drehte. Nicht dass er sich für übertrieben schüchtern hielt, aber um nichts in der Welt wollte er dieses Wesen, dessen Charme von solcher Besonderheit war, mit Theorien oder Gesprächsgegenständen langweilen, die seinem Geist fernlagen. Auch sie war in Rom gewesen. Sie sprachen über die Casati und über die Aufführungen der *Ballets Russes*.

Das lächelnde Gesicht Haricot-Rouges schob sich ein paarmal zwischen sie, ohne Modrulleau nennenswert zu stören. Er trank Wasser, während die Prinzessin hin und wieder ihre vollen Lippen mit dem goldenen Lichtreflex ihres leichten Weißweins benetzte.

Als sie ihre Hand auf den Tisch legte, sah Modru, dass auch die sich wie in Wellen bewegte. Die langen Finger lagen in drei verschiedenen Farbtönen da. Weiß, nur ein wenig gebräunt und an den Spitzen ein wenig rosa. Aber die Fingernägel waren reinste Korallen. Modru liebte Korallen wegen ihres warmen fleischigen Farbtons. Wenn eine ihrer Fingerspitzen sich auf dem Tisch abstützte, wie zum Zeichen für die Hand, sie emporzuheben, rötete sich der Fingernagel noch ein bisschen mehr. Und Modru erinnerte sich an die Korallen, die er in Rom in den Auslagen der Antiquitätenläden gesehen hatte, geheimnisvoll schimmernd mit ihrer Farbe kleiner lebender Mollusken, der Farbe der Wollust.

Er betrachtete die Schultern, den Nacken. Aber etwas berauschte ihn noch mehr als das, was er sah. Es war der Geruch, der von ihr ausging, von der Seide oder ihren Haaren oder ihrer Haut, er konnte das nicht genau feststellen. Füllte er seine Lungen damit, so hinterließ er, ähnlich wie beim Genuss eines großartigen Weines, etwas, das nachklang: den Geruch heißer Wolle.

Er schloss die Augen, um den Klang ihrer Stimme besser in sich aufzunehmen. Wie so mancher Akkord guter Musik das Herz weitet oder einen Nerv zu treffen scheint, berührte ihn diese Stimme tief in seinem Inneren. Als er die Augen öffnete, sah er die Lichtgestalt neben sich ihn anlächeln, mit diesen Lippen, die bewundernswerter gemalt waren, als dies jemals auf Leinwand möglich gewesen wäre. Und seine Nasenflügel weiteten sich, um das Glücksparfüm in sich aufzunehmen, das ihm so großzügig von ihrem ganzen Wesen offenbart wurde. Und als sein Blick auf ihre wogenden Brüste fiel, begriff er angesichts dieses Anblicks nicht, wie diese zarten Wölbungen gleichzeitig so fest sein konnten.

Es kam vor, dass ihre Blicke sich trafen und in Verwirrung gerieten. Sie versuchten dann, irgendwas zu sagen, und plötzlich bekam jedes noch so unbedeutende Wort einen besonderen Sinn.

«Da schien eine Sonne ...» Dabei sahen sie sich in die Augen.

«Haben Sie dieses kleine Bild gesehen?» Aber sein Blick verweilte auf ihrem feinen und doch genießerischen Mund.

Schließlich schwiegen sie, weil alles andere nur missverständlich geworden wäre. Sie erschauerten im Gedanken daran, hier als Mann und Frau dicht nebeneinander zu sitzen. Was ihre Herkunft betraf, so hätte der Abstand zwischen ihnen nicht größer sein können. Aber was sie hätte trennen müssen, schien eine eigene Anziehungskraft zu entwickeln. Schließlich rückten sie fast voneinander ab, um Berührungen ihrer Ellbogen zu vermeiden, obwohl sich beide nach diesen Berührungen zu sehnen begannen.

Hinten im Saal schlief der arme Soutine zur Belustigung einer kleinen Person, die anfangs von dem riesigen Raubtiergebiss dieses Malers, der sich auf die Darstellung blutiger Fleischwaren aus den Metzgereien von Vaugirard spezialisiert hatte, schockiert war. Inzwischen hatte sie sich von ihrem Schreck erholt und ihr stark gepudertes Dekolleté hüpfte vor Lachen, das sich kaum noch beruhigen wollte. Die vielen Grüppchen wirkten ziemlich aufgeheizt.

Lord Jarrout, der schon eine rote Nase hatte, erklärte einer Gräfin: «Man mag sich über den armen Soutine lustig machen. Aber er ist vielleicht der große Mann der Zukunft, und zwar gerade, weil man sich über ihn lustig macht. Ich habe zum Beispiel seinerzeit Apollinaire auf die Idee gebracht, den Zöllner Rousseau groß rauszubringen. Er wollte mir nicht glauben. Basler hat mir geholfen. Und zehn Jahre später war Apollinaire der größte Bewunderer dieses Malers, der vielen heute als Genie gilt.»

«Den Toast wollten Sie im Wintergarten nehmen, nicht wahr, Prinzessin?», fragte Monsieur de Belanges.

Die Gäste stimmten zu. Man erhob sich, und Modru betrachtete die schönen schlanken Körper der Damen, nackt unter den Seidentuniken, die bunter waren als die schönsten Bilder Raffaels. Jede von ihnen hatte eine teure, mit Blumen oder Brillanten gekrönte Frisur, fächerte sich mit langen Federn Luft zu und schritt mit solcher Leichtigkeit dahin, dass Modru das schönste Meisterwerk vor sich zu sehen glaubte. Und er dachte: ‹Wenn Haricot-Rouge die Anmut einer dieser Frauen hätte! Wie schön wäre das erst…›

Und weil er sich keineswegs vom Anblick dieser Schönheiten sozial zurückgesetzt empfand, sondern emporgehoben fühlte – er glaubte sogar, sie besser zu verstehen als sie sich selbst –, hatte er, als die Prinzessin zu ihm kam, zum ersten Mal in einem Winkel seines Bewusstseins jenen aberwitzigen Gedanken, dass der, der da kommen sollte, von ihm und dieser perfekten Frau abstammen würde. Er betrachtete ihren Gang. Sie hatte ihre nackten Schultern mit einem Mantel aus weißem Zobel bedeckt und, ohne den Marktwert dieses Kleidungsstücks auch nur zu ahnen, genoss er dessen Lichtreflexe auf ihrer Haut. Die Prinzessin setzte die Füße, ihm fiel kein anderer Vergleich ein, nach Art der Rehe voreinander. Auch ihr schmaler Knöchel schien erst einmal drei Wellenbewegungen zu durchlaufen, bevor sich der Fuß auf den Boden senkte. Genauso wie die Taille und alle die unsichtbaren oder verhüllten Partien ihres Körpers.

Monsieur de Belanges erhob sich mit einem ironischen Kommentar. Modru gab kaum acht auf dessen Worte, obwohl es um ihn ging. Er hörte, wie der hochmütige Schwachkopf versicherte, dass Modrulleau selbst mit seinen «Bizarrerien» der französischen Kunst nütze und eines Tages schon «verstanden» werde, auch jenseits eines Bouguereaus zum Beispiel.

Modrulleau war zu hochgestimmt, um sich die Laune verderben zu lassen. Er erhob sich und konterte mit einem Lächeln: «Ich bin froh, dass Sie als wahrer Künstler des heutigen Abends andere Künstler mit ihren Eigenheiten akzeptieren, selbst wenn man sie schon morgen vergessen haben sollte. Aber ich gebe Ihnen den wohlmeinenden Rat unter Künstlern: Entschuldigen oder ermutigen Sie niemals einen Maler. Was machen Sie, wenn er untergeht? Welche Verantwortung haben Sie, wenn er zum Gott wird? Lassen Sie lieber nicht durchblicken, dass Sie uns nicht verstehen. Und schon gar nicht, dass Sie uns doch verstehen. Und was Bouguereau anbelangt: Der verdient jeden Respekt, den Sie ihm, wenn ich das richtig verstehe, zollen. Er war ein großer Maler, was ich nur einem Künstler wie Ihnen gegenüber zugebe, weil Sie heute Abend so leutselig und großzügig sind, diejenigen schon anzuerkennen, die sich selbst noch nicht gefunden haben…»

Alle, die zugehört hatten, erstarrten. Und die Prinzessin glaubte, der frostigen Stimmung nur dadurch vorbeugen zu können, dass sie eigenhändig zierliche Porzellantassen herbeitrug, in denen der goldbraune Kaffee noch kochte. Ihr Gesicht war gerötet, sie wirkte ein wenig konfus. Belanges zog sich mit den Seinen zurück. Die Damen verabschiedeten sich eine nach der anderen.

«Bleiben Sie», sagte die Prinzessin, als Modru ihr die Hand reichen wollte. Sie stotterte: «Ich schulde Ihnen… ich meine, ich schulde es mir, Ihnen eine Erklärung zu liefern…»

Und nun beging er einen folgenschweren Fehler. Was machte er angesichts einer so schönen Möglichkeit, die sich ihm da plötzlich bot…?

Nachdem die Prinzessin die letzten Gäste zur Tür des Salons begleitet hatte, suchte sie den Maler überall und konnte ihn nicht mehr finden. Sie war den Tränen nahe. Seine Abwesenheit, seine plötzliche Flucht entmutigte sie. Sie schämte sich vor diesem Mann, der ihr nach seinem Auftritt so viel größer und großartiger vorkam. Doch sie richtete sich bald wieder auf und begab sich in ihr Zimmer.

Der Fußboden dort war ganz mit Fellen bedeckt, die Wände waren grau mit einem Stich ins Blaue gehalten, die Lampen, hinter Simsen versteckt, beleuchteten nur die Decke. Die Möbel waren ebenfalls grau und massiv. Das Badezimmer war mit Silbermosaiken gefasst, davon abgehend befand sich ein blaues Schwimmbad, das Wasser schwer und kaum bewegt wie eine bernsteinfarbene träge Masse.

Die Kammerzofe öffnete die orange Tunika, die ihren Hautton so lebhaft wirken ließ. Ihre Oberschenkel, die bei ihrer Schlankheit fast ein wenig füllig wirkenden Knie und die in Wellen sich bewegenden Arme erschienen rosig wie Blütenblätter in diesem Farbenregen. Goldene Schatten spielten in der Seide ihres kurzen plissierten Hemdes, das um die Taille schmaler wurde. Die Kammerzofe ließ diesen Blumenkörper unter einer Wolke von Spitzenvolants verschwinden, die so fein gewebt waren, dass sie sich beim leichtesten Luftzug wieder hoben.

«Lassen Sie mich jetzt.»

«Madame möchte noch lesen?»

«Ja.»

Die Lampe wurde angezündet und beleuchtete mit orangem Schein die Bücher am Kopfende des großen Bettes, das auf einer kleinen Estrade stand. Nunmehr allein, blieb die Prinzessin auf ihrem Bett sitzen und fuhr mit ihren nackten Füßen durch die Felle, als raschelte sie durch Herbstlaub. Sie dachte nach. Es ärgerte sie, wie sehr sie den Affront bedauerte, den sie außerdem noch in ihren eigenen vier Wänden begangen hatte, auch wenn es nur eine Person weit außerhalb ihrer Welt betraf. Sie war eine ehrbare Frau. Sie fühlte das Unrecht ihrer Äußerung. Sie sah Modrulleau vor sich, aufrecht und lächelnd, wie er de Belanges abgefertigt hatte. Sie sah ihn wieder und wieder. Doch als sie ihren Kopf hob, begann sie zu zittern: Denn Modrulleau stand leibhaftig vor ihr. Modrulleau, der so plötzlich verschwunden war. Sie stand auf und schwankte. Und sie begriff sofort, was er von ihr wollte.

Sie war noch unberührt. Jahrelang hatte ihre adlige Erziehung die Begierden im Zaum zu halten vermocht, die ihren Körper umtrieben wie den anderer Frauen auch. Nur flüchtig hatte sie in den raren Momenten daran zu denken gewagt, in denen sie mit Männern aus dem Hochadel in Berührung gekommen war. Doch sie war von altem und reinem Adel und in ihrem Auftreten von solcher Überlegenheit, dass normalerweise niemand auch nur beim Handkuss wagte, der Geste eine fordernde Note beizugeben.

Nun sah sie Modrulleau mit offenem Hemd, die Haare wie in Flammen, mit ruhigem Blick vor sich stehen. In seinen Augen war eine klare Ankündigung zu lesen. Und doch beruhigte sie seine Gegenwart, statt sie zu verunsichern. Instinktiv streckte sie die Hand nach ihm aus, ohne sich darüber im Klaren zu sein, ob das jetzt eine Geste der Abwehr oder der Aufforderung war. Er schritt auf sie zu. Für ihn gab es keine Prinzessin und keinen Hungerleider mehr, sondern nur zwei Menschen unterschiedlichen Geschlechts mit gleichklingender Seele und einander würdigen Körpern.

Er war schön, so wie er auf sie zukam, mit hocherhobenem Kopf und einem Körper, der fast so feingliedrig war wie ihrer. Sie hatte den Eindruck, ihr Fleisch werde wie Teig geknetet, als er ihre Hüften umschlang und sie behutsam wie eine Verletzte auf das große Bett legte.

Wie eine Bitte oder ein stilles Einverständnis öffneten sich ihre Lippen, wie eine Frucht, die durstig ist. Und sie atmete dabei so heftig, dass sich ihre kleinen, ein wenig spitz zulaufenden Brüste aus dem Nachtgewand befreiten. Er wich kurz ein wenig zurück, als wagte er sich nicht weiter. Mit feuchten großen Augen, die Haare in wilder Unordnung, eine schöne Mischfarbe, die gerade angerührt wird, sah sie ihn ängstlich an. Ungerührt kehrte er zu ihr zurück, öffnete ihr Nachthemd, legte den schönen Körper bloß und genoss diesen Anblick so schnell, wie er seinerzeit im Rennen die wunderbaren Stanzen Raffaels in sich aufgenommen hatte. Er betrachtete sie vom Hals, der sich blähte, bis zum leichtgebräunten Bauch und zu den Muskeln, die sich zwischen ihren Hüften und Schenkeln zusammenzogen. Und nachdem er sich ebenfalls entkleidet hatte, dunkelhäutig, schlank und muskulös, empfing sie ihn, und er drang in sie ein.

Ihr Körper entspannte sich, sie verströmte ihre unwiderstehlichen Gerüche, und der Klang ihrer Stimme veränderte mit dem schneller werdenden Atem noch einmal sein Timbre. Ihre Bewegungen gingen ineinander über, und sie steigerten sich zu nie geahnter Lust. Dabei murmelte er ein paar Worte, die sie nicht verstand:

«Das ist der heilige Akt der Empfängnis.»

«Bleib», sagte sie und ließ ihre feine Hand durch seine schwere Malermähne gleiten. Und sie schmiegte sich zärtlich zusammengerollt an den Bauch ihres Geliebten und schlief ein, um sie herum der Geruch nach heißer Wolle.

17

Er hatte ihr nicht erklärt, warum er das getan hatte. Aber am nächsten Morgen verspürte sie auch keinerlei Scham. Sie hatte ihn nur gefragt, während sie vergeblich versucht hatte, ihm eine seiner schwarzen Locken aus dem Gesicht zu streichen, ob das für ihn ein Abenteuer gewesen sei oder ob er gedachte wiederzukommen.

Er hatte geantwortet, während er in die Luft starrte: «Ich komme wieder.»

Und eine Art göttlichen Lichts umspielte dabei sein Gesicht, das sie der Tatsache zugeschrieben hatte, dass er zufrieden war, sie in dieser Nacht besessen zu haben, das aber in Wirklichkeit ganz anderen Ursprungs war.

Er trat auf die Straße, und die frische Luft kühlte seine Stirn, die ihre rosigen Finger gestreichelt hatten. Der Wind strich über seine Brust, die wie der Bug eines Schiffes durch den frühen Morgen pflügte. Die Wolken flogen über den schönen Häusern des Viertels dahin. Er sah in der Avenue du Bois, ebenfalls rosig, die Morgendämmerung heraufziehen. Die anderen Kavaliere, die um diese Zeit unterwegs waren, kamen ihm im Vergleich zu ihm selbst nur wie kleine Insekten vor. Für ihn war es kein Abenteuer: Er würde von dieser Prinzessin ein Kind haben. Auf einer Bank sitzend, wie nach seiner Rückkehr aus Rom, stellte er sich vor, wie dieses Kind sein würde. Ein gekrönter Adliger, glücklich, von göttlichem Wesen, da von ihr abstammend. Er würde den Pinsel halten wie eine Fackel, mit der er die Welt erleuchten würde.

Er tauchte frohgestimmt bei Zboro auf, wo noch alle schliefen. Mit großer Zärtlichkeit küsste er Haricot-Rouge, deren Kopf auf einem blauen Schürzenrock ruhte. Nein, er hatte sie nicht betrogen! Sie hatte ja noch nicht kundgegeben, dass sich unter ihrem von hartnäckigem Elend geplagten Herzen bereits ein zweites Wesen regte.

Er arbeitete den ganzen Tag. Er malte immer nur Himmel.

Und als er die Prinzessin wiedersah, ließ er die Himmel von lächelnden Karyatiden mit weichen biegsamen Körpern, rosigen Gesichtern, klarem

Blick, glückversprechenden Lenden und edlen langen Beinen tragen. Und das auf so hohen Leinwänden, dass Zborowski ihn auf die Schultern nehmen musste, damit er an die oberen Partien herankam.

18

In der Tat kehrte er in das Haus aus weißrotem Marmor zurück. Denn er hatte sich vorgenommen, die Prinzessin jeden Tag mit anderen schönen Dingen zu unterhalten. Nicht einen Moment zweifelte er daran, dass sie von ihm schwanger war. Sie empfing ihn mit vertrauensseligem Blick, und das Gefühl, das sich ihrer bemächtigte, war noch schöner als die Leidenschaft der Nacht. Sie ließ sich von ihm überall hinführen, in Museen, auf schöne Spaziergänge und selbst in die ungewöhnlichsten Vororte, je nach seinem ästhetischen Empfinden. Sogar zu anderen Künstlern nahm er sie mit, und sie begriff langsam ihre besondere Passion und begann ihre Werke zu verstehen.

In ihrem kleinen Jadesalon, wo Blässe und Schatten einander abwechselten, erwartete sie ihn jeden Nachmittag voller Sehnsucht. Ihre Seele war leer bis zum Moment seiner Ankunft, bis sie ihn aufrecht und erleuchtet auf sich zugehen sah, so wie er am ersten Abend vor ihrem Bett aufgetaucht war, wo sie sich von ihm hatte lieben lassen wie eine gewöhnliche Sterbliche, die das Glück hat, von einem Erzengel erwählt zu werden.

Er arbeitete den ganzen Vormittag unter Anspannung all seiner Muskeln, den Kopf in seinen Himmeln und erhitzt von dem, was er sich vorgenommen hatte, ihr zu sagen. Sie wählte derweil ihre Kleidung mit mehr Sorgfalt aus, als sie auf die Auswahl für eine Soirée in Venedig oder London verwendet hätte. Mal trug sie mit edlen Fäden durchwirkte oder mit schwerfallenden Rüschen aus Velourstoff versetzte Kleider, mal welche von größter Schlichtheit oder glänzend, je nachdem, was er ihr am Vortag vorgeführt hatte.

Er hatte ihr alles erzählt über Raffael und Tizian, über Picasso und den armen Krémègne, den Adlatus von Soutine, der diesem wie ein Schatten folgte, wenn er vor der *Rotonde* vorbeiging und nicht hineinwollte oder nicht einzutreten wagte.

Afthalien kam jede Woche in die Rue Bara und kaufte Bilder und Zeichnungen, selbst hingekritzelte Entwürfe und ließ jedes Mal reichlich Scheine auf dem Tisch zurück. Modrulleau hatte sich von dem Geld einen schönen modernen Anzug aus feingewebtem Stoff bei einem Schneider auf den Champs-Elysées machen lassen. Er ähnelte nun ganz einem toskanischen Grandseigneur, ungestüm und würdevoll, schwarz und bleich, nervös und ein wenig entrückt.

Zborowski fand für ihn in der Rue Vercingétorix ein schmales, langgestrecktes Atelier, einem gläsernen Tunnel gleich. Es lag unweit der Avenue du Maine, wo die Rue de la Gaîté abbiegt. Modru und Haricot-Rouge hätten lieber ein Atelier mit einem kleinen Garten in einer der Seitenstraßen des Boulevard Montparnasse gehabt, die in der Atmosphäre den kleinen, von Feigenbäumen und Platanen überschatteten *rii* ähneln, die in Venedig vom Canal Grande abgehen. Aber Modru konnte genauso gut in seinem «Tunnel» arbeiten.

Allerdings musste man den erst gründlich reinigen. Modrulleau hatte nicht mal in seiner schlimmsten Zeit etwas vergleichbar Heruntergekommenes gesehen wie den Abfall- und Gerümpelhaufen, in dem die amerikanische Vormieterin gewohnt hatte. Gleichwohl hatte auch sie ihre Pelzmäntel, ihre Weißwäsche und die obligatorischen weißen Handschuhe in der üblichen Manier an Schnüren aufgehängt, die in die Ecken des Raumes gespannt waren.

Die Matratze, die diagonal auf dem Bettgestell mit dem abgebrochenem Fuß lag, war ausgeweidet, verdreckt und verschmiert und ragte bis knapp unter die Spüle, die von Ofenrohren, verdorbenen Lebensmitteln und nassen verschimmelten Lappen verstopft war.

Die meisten Fenster waren kaputt, die restlichen mit Kalk zugeschmiert oder mit Etiketten diverser Läden beklebt. An den Wänden wechselten arabisch anmutende Zeichnungen mit Weinflecken, Farbproben und alten Werbeplakaten, und in einer Ecke trockneten seit Ewigkeiten einige Eigelbe, die vermutlich im Zuge einer Orgie an die Wand geschmissen worden waren. Modru erinnerte sich an Hopfer, der seinerzeit in der Rue des Batignolles mit Tassen auf Glühbirnen geworfen und gerufen hatte: «Bitte lächeln, möglichst dekorativ.» Entlang der Wände hingen auf Kopfhöhe Regalbretter, auf denen wild durcheinander verschmierte Farbtöpfe und Lappen, Eierbecher, eine Wärmflasche, eine Flasche Chianti, Fieberzäpfchen, Zigaretten, Schrauben, Kampferöl, eine Badehose, Nägel, Kreide, Zeichenkohle, Taschentücher, ein Kamm, Reispuder in einer chinesischen Dose, eine merkwürdige Flüssigkeit in einer merkwürdigen Flasche, eine Nagelfeile, Wimperntusche, Wunderkerzen, ein Kochtopf und vieles andere mehr lagen. In der Mitte des Raums stand ein verrosteter Ofen, vollgestopft mit Stroh, Gemüse und Abfällen. Anstelle eines Ofenrohres steckte ein Besen in seinem Abzug. Das alles schien nicht zu der Amerikanerin zu passen, die jeden Tag im sauberen Seidenkleid in der *Rotonde* erschienen war, mit blütenweißen Handschuhen und erstaunlichen Ohrringen. Sie hatte stets Champagner getrunken und diverse Liköre in großen Gläsern.

Haricot-Rouge brauchte zwei ganze Tage, um das Atelier zu putzen, das Bettgestell zu reparieren und neu mit Matratze und Bettwäsche zu bestücken. Und weil sie jetzt Geld hatten, gingen sie in eines der neuen riesigen Warenhäuser und kauften sich Möbel.

Modrulleau entschied sich für eine Esstischgarnitur im Stil Henri II., wie sie für gewöhnlich Concierges haben – eine Serienanfertigung aus einer der Möbelfabriken der Pariser Banlieue.

«Ich meine das ernst. Ich hasse diesen Ästhetizismus. Kunst soll es nur in unseren Werken geben. Wir werden uns hier wie die Spießer einrichten, weil sich die Bürger ihre Wohnungen derzeit ‹kunstvoll› möblieren. Wir wollen möglichst billige Möbel, die praktisch sind und unseren Blick nicht allzu sehr stören, weil man den Anblick schon lange gewohnt ist. Für die Inspiration ist es völlig überflüssig, durch Zimmer mit abgesteppten Fasanenfedervorhängen zu streifen. Gelobt sei das Esszimmer mit den Dienstbotentapeten, in dem Renoir immer gemalt hat. Der schwüle Ästhetizismus des Boulevards, der Kokotten mit ihren literarischen Leiden, der Hohepriester des guten Geschmacks mit ihrem Tamtam und dem Weihrauch, der ganze Räucher- und Sakristeigeruch ihrer miesen Rattenlöcher können mir gestohlen bleiben.»

Mit Sorgfalt aber pflegte er seine Seidenhemden, seine schwarzen Krawatten und seine guten Schuhe. Und wenn er die Prinzessin begleitete, dann war er ganz Prinz. Wenn sie fragte: «Aber warum entscheidet sich dieser Maler für einen Besen und eine Melone als Bildgegenstand? Er hätte doch …», dann nahm er sie mit und führte sie zum Beispiel zu Metzinger, einem der ersten Kubisten. Er überredete sie sogar, in die «Nord-Süd» zu steigen. Und sie begann die lebenspralle und fesselnde Hässlichkeit der Menschenmengen und der Maschinen zu verstehen.

«Was für dich die exotische Ausnahme ist, ist für alle diese Menschen hier das tägliche Brot, das normale Leben. Und genau das beschreiben diese Maler in ihren Bildern. Aber komm weiter …»

Sie stiegen an der letzten Station aus, gingen vorbei an baufälligen Befestigungsanlagen, die gerade abgerissen wurden, an riesigen Fabrikhallen und Zäunen, an denen abblätternde Plakate und rostige Firmenschilder hingen, und Müll vom Wind vorübergetrieben wurde.

Sie bogen in eine eisige Straße zwischen kasernenartigen Gebäuden ein. In einem dieser Häuser stiegen sie das graugestrichene Treppenhaus hinauf. Durch ein schmales Fenster drang ein wenig Licht ein.

«Sieh mal.» Sie sahen auf eine Fabrik mit Zickzackdächern, riesigen rollenden Hebekränen, rauchenden Schornsteinen und einem Hof voller rostiger Eisenteile. Die düstere Atmosphäre, die dieser Anblick hinterließ, war im ganzen Haus zu spüren.

Im vierten Stock rief er aus: «Hier ist es. Schau nur, wie in diesem grauen Treppenhaus mit seinen abweisenden Wänden der elektrische Zähler funkelt und glänzt. Er leuchtet in frischer Farbe und Messingglanz. Was für ein Bild der Kraft, der Sicherheit, der Zivilisation vermittelt er in diesem von allem abgeschiedenen Treppenhaus! Und sieh dir den Kohlkopf an, den man in deiner Küche irgendwo verstecken würde. In diesem diffusen Licht, in der Armut dieser staubigen Stufen, auf diesem Fußabtreter glänzt er im Reichtum seiner Farben: Sieh dir diese Grüntöne an, wie sie leuchten, fast wie Lack. Und er ist so sauber und so prunkvoll! Verstehst du jetzt, warum die Maler, die in diesen armen Vierteln leben, in von aller Frische verlassenen Wohnhäusern, als Bildgegenstände diesen wunderschönen Stromzähler wählen, der als einziger Gegenstand in ihrem Haus über eine ihm eigene Farbe verfügt, oder diesen Kohlkopf, oder den Besen, der wie reines Gold glänzt in der ganz normalen Unwürdigkeit seiner Umgebung?»

Wenn sie in ihr Haus zurückkehrten, gingen sie gleich in das große Gemach. Sie liebten sich auf dem riesigen Bett. Die Felle rochen nach Sex und nach wilden Tieren. Es war für ihn jedes Mal eine Überraschung, ihre Formen vor sich ausgebreitet zu sehen, wenn sie sich beim schwachen Lichtschein der Lampen aus ihren diversen Hüllen, den blassen oder schwarzen Kleidern in spanischem Stil oder mit Blumenmustern, befreit hatte. Er stand dann in seiner wunderbaren Nacktheit vor ihr, als könnte er sie so besser betrachten. Und jedes Mal entdeckte er an seiner Prinzessin mit den wellenförmigen Linien eine neue Schönheit, die ihm bisher entgangen war. Die bei anderen Frauen eher neutralen Körperpartien, hier eine Hüftlinie, dort die Schulterpartie oder jener Brustansatz, schienen sich immer wieder als neue bewundernswerte Details zu zeigen. Und wenn er nur einen kleinen Ausschnitt ihrer Haut, ihres Körpers oder ihres Vlieses betrachtete, dann fühlte er eine Begeisterung in sich aufsteigen, wie er sie in Rom vor der *Schule von Athen* verspürt hatte, wo jeder Quadratzentimeter Bild von göttlicher Heiterkeit erfüllt war.

Er stürzte sich wild in dieses Leben außerhalb des Lebens, in das Fleisch dieser Frau, vor der er immer größeren Respekt hatte. Er begann sich zu fragen, ob es richtig gewesen war, sich ein Kind von ihr zu wünschen. Dann packte er sie jedes Mal, wenn er in sie eindrang, damit es nicht bloß ein Akt reiner Wollust wäre und somit vergeblich, so hart an den Hüften, dass sie aufschreien musste, sich aber nicht traute, ihm zu gestehen, dass es vor Schmerz geschah, während er wieder und wieder beschwörend die Formel der ersten Nacht vor sich hin murmelte.

Er schlief neben ihr mit einer Ausgeglichenheit ein, die er bislang nicht gekannt hatte. Manchmal wachte sie auf und hob, wie wenn sie den gekreuzigten Christus gefunden hätte, kurz das weiße Leintuch über dem bleichen Körper, um ihn zu betrachten.

ROMANIN
BASS

Die Linien seines Körpers waren ebenmäßig, von den Schultern bis zu den wohlgeformten Füßen. Die Prinzessin verglich ihre Brüste, die er florentinisch, seitwärts blickend, klein und in zarter Abwehr aufgerichtet wie Rosenknospen genannt hatte, mit seiner breiten Brust, die mit einem braunen feinen Flaum bedeckt war, leicht und wie eine ewig wollüstige zärtliche Geste.

Sie beugte sich über ihn und küsste sein Brusthaar. Sie streichelte es mit ihren Lippen, überließ sich ganz dieser Beschäftigung, bis die Haare feucht wurden und sie ihre Lippen zurückzog. Aber sie konnte sich nicht zurückhalten und setzte die genießerischen Zärtlichkeiten fort, wobei sie achtgab, ihn nicht zu wecken. Stück für Stück näherte sie sich seiner Haut, nahm seine Brustwarzen schließlich zwischen ihre Zähne, in zärtlichster Weise, doch mit erwachender Lust bereit zuzubeißen. Sie berauschte sich an seinem Geruch, an der Berührung dieser weichen Haare, die sich wie ein feiner Samtstoff anfühlten. Ihr Mund wanderte an seinem Körper entlang und ihr Gefühl für Anstand litt darunter, diesem Mund folgen zu müssen, der heftig atmend weiter und weiter hinunterglitt. Sie versteckte schließlich das, was sie tat, hinter dem Schleier ihrer Haare, als ob ihre Doppelgängerin sie beobachten und sich schämen könnte. Im Schatten ihrer schwer zu bändigenden, goldenen Mähne, die sie manchmal störte, immer jedoch ärgerte, glitten ihre Wangen, ihre offenen Augen, ihre nassen Lippen weiter und weiter. Sie wagte nicht, sich auf ihn zu setzen, obwohl sie unter dem Verlangen danach litt, weil sie ganz von der Seele dieses Mannes besessen war und ihn auf keinen Fall nur so lieben wollte, wie andere Frauen ihre Männer lieben.

Er wachte früh am Morgen auf, als sie noch zusammengerollt wie ein Rehkitz schlief. Er tauchte in das kalte Schwimmbad und verließ dann das Haus, als das dunkle Himmelsblau sich noch im Zwiestreit mit den helleren Farben der Morgendämmerung befand. Wie ein junger Gott lief er die Avenue du Bois entlang und ging zu Fuß bis zu seinem verlorenen Viertel, wo Haricot-Rouge erst aufwachte, um die tägliche Suppe vorzubereiten, als die Verputzer im Hof angefangen hatten, ihre Kalkrührergesellen, die frisch aus dem Limousin gekommen waren, mit geschnauzten Befehlen herumzuscheuchen.

Er malte. Er malte verzauberte Landschaften wie Studien zur Kunst der letzten Jahrzehnte und begriff erst überhaupt nicht, warum ihn Haricot-Rouge auf einmal mit solcher Liebe anblickte. Als er endlich verstand, was sie meinte, wenn sie sagte, dass sie die Träume ihrer Generation mit sich herumtrug, erbleichte er, rannte wie ein Verrückter zum nächstbesten Café in der Avenue du Maine und schrieb einen Brief, der ebenfalls einem Verrückten würdig war.

Auserwählt bist du unter den Frauen dieser Erde, weil du die würdigste von allen bist. Die Jungfrau Maria ist nicht über mehr Jahrhunderte hinweg auserwählt worden, als du es bist, und auch nicht die, die als reines Licht erstrahlt, weil sie die Mutter Raffaels war. Aber wenn ihr Leben im Dunkeln der Vergangenheit verlorengegangen ist, so wird deins im Glanz erstrahlen. Denn du wirst für Jahrhunderte und alle Jahrhunderte der Schönheit die gewesen sein, die jenen geboren hat, «der da kommen wird» und der auch wirklich kommen wird, noch verborgen im schönsten Schrein, der sich denken lässt. Glaube ruhig an Gott, an das Ideal, an die alten Worte, die von dir wiedererweckt worden sind, du Stern, du neuer Himmel des Glücks, du Feuer, das nicht mehr verbrennt, du Wasser, das für immer erfrischt. Du, die du nicht nur den Messias eines falschen Glücksversprechens in dir trägst, sondern den des allumspannenden Lächelns, der ganzen Herrlichkeit und aller Tröstungen, die sich denken lassen. Es gibt nicht genug Himmelstrompeten, irdische Lokomotiven, Maler in der Zukunft und maschinendruckbare Briefe, um dir das Loblied zu singen, dich zu feiern, du, die du uns den Menschen schenkst, der der Größte sein wird, der Glücklichste und der Beste, den die Erde jemals gesehen hat. Wir erwarten ihn alle mit offenen Armen, mit Lippen und Augen, die sich zu dir wenden. Alle die, deren Eingeweide vertrocknet sind, seit der Mensch zum ersten Mal mit einem Stein in die Wände einer Höhle geritzt hat, alle, deren Herzen gebrochen sind, deren Seelen wie Kerzen verbrannt sind, damit ein bisschen Schönheit in der Welt sei, die versucht haben, etwas mehr Licht in sie zu bringen…

Er rannte mit seinen weichen Bewegungen los und gab den Brief auf der Post auf. Dann ging er zurück, um weiterzuarbeiten. Er fühlte nicht die Erde unter seinen Füßen. Er rannte die sieben vermaledeiten Etagen zu seinem gläsernen Atelier empor, als würde er von einem Fahrstuhl emporgetragen. Haricot-Rouge, die gerade dabei war, das Büfett im Stil Henri II. zu polieren, das fast die Hälfte des Flurs einnahm, hielt in ihrer Beschäftigung inne.

Als sie ein derartiges Licht auf seinem Gesicht sah, legte sie ihm ihre schweren Arme um den Hals und sagte, während ihr Tränen der Freude über die roten Wangen liefen: «Das Kind aus Rom! Es ist das Kind aus Rom!»

Er hörte sie und hörte doch nicht hin.

Sie wiederholte und sprang dabei herum:

«Es ist das Kind aus Rom.»

Er spürte, wie das ganze Haus angesichts dieser Katastrophe über seinem Kopf zusammenbrach, während sie seine Hand nahm, auf ihre Schürze legte und ihn den sich schon langsam verhärtenden Bauch fühlen ließ.

19

Den ganzen Tag war er wie im Fieber herumgeirrt und hatte versucht, eine Lösung zu finden. Vergeblich versuchte er die beiden Kinder, die da kommen sollten, als einander ebenbürtig zu betrachten. Er dachte nur an das eine, das im Glück zur Welt kommen würde, ganz für ein glückliches Dasein gerüstet und bereits göttlich. Mehr noch als an dieses Kind dachte er an die Prinzessin. Er sah ihren Ruhm voraus, wie sie auf Bildern in allen Museen der Welt unter der süßen Last erstrahlen würde, die sie mit sich herumtrug. Ihr ganzes Leben würde von verschiedenen Schulen nachgezeichnet werden. Oh, diese Dummköpfe, die sich über einzelne Linien oder Formen die Köpfe einschlagen würden, wenn er ein Gott geworden war, er, der einen Gott schaffen würde! Aber auf Knien würde er jeden Tag die weißen Stufen zu ihrem schönen Haus emporsteigen, die Treppen mit den quadratischen Geländersäulen, den hölzernen Täfelungen und seidenen Tapeten entgegen, mit denen die großen Wandflächen verkleidet waren.

Er lächelte und fühlte sein Herz furchtbar laut und ganz anders schlagen, als an jenem Abend, an dem er zum ersten Mal hierhergekommen war. Dann klingelte er an der Tür…

«Die Prinzessin ist für ein, zwei Tage verreist.»

Der Diener sagte das leise, damit niemand außer ihm es mitbekäme.

Modrulleau wollte schon weiter auf ihn eindringen, aber er hatte sich wieder zurückgezogen und die Tür geschlossen. Modrulleau trat den Rückweg an.

Warum war sie genau in diesem Moment und zum allerersten Mal verreist? Warum, ohne ihm Bescheid zu sagen? War sein Brief daran schuld? Zwei, drei Tage? Warum und wohin? Was für eine Pflicht sollte das sein, die sie anderswo zu erfüllen hatte? Es war einfach nicht denkbar, dass eine solche Frau, auf welche Bitte auch immer, genötigt war, irgendwohin zu verreisen. Hatte sie einen Liebhaber? Und was war dann mit dem göttlichen

Kind? Er, Modrulleau, der Träger der Hoffnungen aller, wäre bloß das billige Spielzeug dieser Göttin mit dem wunderbaren Gang gewesen? Wäre er also der betrogene Schürzenjäger in einer billigen Komödie und sie von Anfang an ohne jeden Zweifel über ihre Rolle bei diesem Spiel gewesen?

«Was ist denn mit dir los?», wollte Haricot-Rouge entsetzt wissen, als er wieder zu Hause war.

Er sah sie an. Sie war ebenfalls schreckensbleich. Und ohne dieses Rot eines unreifen Pfirsichs, das sonst ihre Wangen tönte, erschien ihm ihr Gesicht auf einmal geradezu hässlich. Aber dann erfüllte ihn Mitleid ihr gegenüber. Er küsste sie auf die Stirn, ohne einen Blick auf ihren Bauch zu riskieren, wo doch nur ein weiterer Elendsverwalter ausgebrütet wurde. Denn von einem ging er nicht mehr aus: Dass der, der da kommen sollte, von ihr abstammen würde.

Vergeblich hatte er sich gesagt: ‹Warum sollte der, der da kommen soll, im Glück geboren werden? Warum sollte der Abklatsch besser sein als das Original? Kann er, muss er nicht eigentlich im Gegenteil die Kräfte von heute in sich vereinen: ein Messias der Schönheit des Volkes und nicht einer dieser Aristokratie, die in ganz Europa langsam auf dem absteigenden Ast ist?› Aber er senkte den Kopf, und das furchtbare Wort des Journalisten kam ihm wieder in den Sinn: «Das sind typische Überlegungen am Monatsende.»

In der zweiten Nacht stand er auf und rannte, wie von einer Furie getrieben zu ihrem Haus. Aus einem der hohen Fenster ihres Gemachs fiel ein Lichtschein auf die Straße.

Er rannte zur Tür hoch und betätigte wie gewöhnlich die Türglocke. Eine Weile geschah nichts, dann hörte er, wie einer der Türflügel geöffnet wurde. Er sah die Prinzessin, bleich wie in einer Shakespeareschen Komödie. Sie hielt eine kleine elektrische Lampe vor ihr abgeschminktes Gesicht. Ein Mantel aus Schwanenfedern bedeckte nur notdürftig ihr feingewebtes Nachthemd, das in diesem milden Licht zu leuchten schien, und unter dem er ihren Körper erahnen konnte.

«Du bist es», sagte sie mit einer gefühlvollen und doch seltsam verschleierten Stimme. Erst durch das bekannte Timbre wurde ihre immaterielle, fast überirdische Erscheinung wirklich. Er hätte ihr am liebsten die Füße geküsst, die nackt zwischen den Riemchen ihrer weißen Sandalen hervorsahen.

«Komm schnell herein. Mir ist kalt.»

Er schloss die Tür, hüllte seine göttliche Geliebte fest in ihren Mantel und trug sie mit unendlicher Vorsicht in ihr Zimmer. Dort legte er sie auf dem Bett ab. Sie bedeckte schnell ihre Beine, ordnete kurz die Kissen, zwischen deren aufwändigem Stickwerk es rosa hervorschimmerte, und sah ihn mit nachsichtiger Melancholie an.

Das kleine Licht war die einzige Beleuchtung, wie die Lampe in den antiken Tempeln. Und genauso kam ihm dieser Raum auch vor, die Wiege seiner Zeit, auf deren Boden schöne Pelze lagen, an deren Wänden Seidengewebe hingen. Goldene Rahmen umfassten die Bilder alter Meister, deren Bildgründe mit der Zeit gelitten hatten und aus denen hier und da ein goldener Flügel, ein grüner Lorbeerkranz oder eine rote Lanze herausblinkte. Er unterschied hübsche italienische Konsolen im Hintergrund und Jadesteine, die auf zierlich gewirkten Spitzenarbeiten lagen. Mitten darin das Bett, das göttlich geworden war, und sie, ganz erleuchtet, die das Kind von morgen in sich trug, den Genius der Schönheit, des Einklangs, des Gleichmuts. Und er sah seinen Brief, der eben erst von ihr geöffnet worden war, auf dem massiven Ebenholztischchen liegen, das sich ganz in der Nähe seiner Hand befand.

Sie schien keineswegs über diese Post zu jubeln. Sie gab auch ihr mitleidiges Lächeln nicht auf. Mit einer vertrauten Geste strich sie ihm mit ihren rosigen Fingern eine Locke aus der Stirn.

«Du hast mir ganz schön Sorgen bereitet…»

Er brauchte ganze zwei Minuten, um zu verstehen, was sie damit meinte. Dann erhob er sich kreidebleich und starrte sie unheilvoll an.

Wortreich berichtete sie über ihre Abtreibung, geradezu mit Lust an den chirurgischen Details, die noch die sensibelsten Frauen oft an den Tag legen, und bohrte damit immer tiefer in seiner Wunde. Je länger sie redete, desto schlimmer loderten Modrulleaus Augen, und als sie geendet hatte, rief er aus: «Du Schlampe!», mit einer Stimme, die man im ganzen Haus gehört haben musste.

Während die arme Haricot-Rouge mit ganzer Liebe unter ihrem Wollkleid das Kind behütete, das ihr furchtbare Leiden zufügen würde, aber von dem sie glaubte, es sei göttlich, hatte also diese reiche, unabhängige, glänzende Prinzessin, die unsterblich hätte werden können durch die Geburt des Gottes, den sie in sich trug, hatte diese Madonna ihren Jesus von einem fragwürdigen Chirurgen ausschaben lassen.

«Du Schlampe, du verfluchte Schlampe!»

Als sie sicher war, dass sie sich nicht verhört hatte, richtete sie sich empört auf. Aber sie begriff schnell, dass es keins der üblichen Missverständnisse zwischen ihnen beiden gegeben hatte. Sie war nicht Opfer der Laune eines Künstlers gewesen, sondern von diesem Erleuchteten für irgendein großes erträumtes Ziel vorgesehen. Und ihr fielen auf einmal, als er ihr die Bettdecke wegriss und sie an den nackten Füßen vom Bett zerrte, die Worte ein, die er immer gemurmelt hatte, wenn er in sie eingedrungen war: «Das ist der heilige Akt der Empfängnis.»

Er riss sie hoch und zerrte sie derart roh durch das Zimmer, dass ihr Bauch, der durch die Operation noch empfindlich war, schmerzte. «Hast du mich bloß für einen dreckigen Gigolo gehalten? Hast du geglaubt, ich wäre wegen deiner Seidenlaken hier, wegen deines Geldes oder deiner parfümierten Haut? Hast du nicht begriffen, dass ich dir meine Nächte geopfert habe, weil ich in dir die Gussform dessen gesehen habe, der da kommen wird? Aber wenn die Gussform verdorben ist, wozu nützt sie noch? Wozu nützt all die Schönheit, wenn du, statt am Göttlichen teilzuhaben, nur zügellos sein wolltest? Du gehörst in den Rinnstein...»

Er versetzte ihr Fußtritte, stieß sie durch die Tür und zog sie schließlich an den Knöcheln die Marmortreppe hinunter, die er eigentlich auf Knien hatte hinaufsteigen wollen. Ihr Kopf schlug gegen die Stufen. Dann öffnete er die Haustür. Seine Wut steigerte sich noch, als er daran dachte, mit welchem schönen, hoffnungsfrohen Elan er gewöhnlich das Haus früh am Morgen verlassen hatte.

Der Wind blies in die Eingangshalle herein. Er warf sie hinaus auf die Straße, ihr Hemd war hochgerutscht, und rote Striemen zeigten sich auf ihrer Haut.

«Nur Schweine wirst du mit diesen Brüsten noch füttern, die einem Gott hätten Milch spenden können. Mögen die Pflastersteine sie dir abschleifen. Alles Überflüssige muss weg. Zum Beispiel die schädliche Schönheit deines Gesichts. Die Vase ist verdorben, die heiliges Gefäß hätte werden können. Weg mit ihr. In den Rinnstein mit dir, du Schlampe!»

An den Haaren zog er sie auf der leeren Straße den Rinnstein entlang, bis zu einer Ecke, wo sich ein Abfluss befand. Dort ließ er sie fallen, und sogleich staute sich um sie das faulige Abwasser. Und als er sah, dass sie sich nicht mehr rührte, ließ er sie dort liegen und lief davon.

Es war fünf Uhr morgens. In einer winzigen Nebenstraße wurde gerade eine kleine Bar geöffnet. Er ging hinein und bestellte, obwohl die Stühle noch auf den Tischen standen, eine Flasche Wein und ein Glas. Das erste Glas schüttete er hinunter, ohne die Flasche aus der Hand zu lassen, und goss gleich wieder nach. So trank er Zug um Zug die Flasche leer und verlangte sofort eine zweite, schließlich eine dritte.

Er verließ den Laden, ohne sich den billigen Wein, den er gerade in sich hineingekippt hatte, von den Lippen zu wischen. Bevor er zu seinem Atelier hochstieg, kippte er an einer Bar in der Rue Vercingétorix noch zwei Schnäpse hinterher, dann wankte er die Treppen empor. Oben angekommen, warf er sich quer übers Bett, als wäre er plötzlich ganz aus Blei. Aber er wachte aus diesem Alptraum auf, als Haricot-Rouge, die etwas einkaufen gegangen war, mit vollen Armen zurückkam und eine Konservendose auf den Boden fallen ließ.

«Hast du Petroleum?», fragte er.

Haricot-Rouges Lächeln erstarb beim Anblick seines geschwollenen Gesichts.

«Petroleum? Einen Kanister, ja…»

«Gib her.»

Er rannte zum Büfett, zog seine Seidenhemden heraus, die er so sorgsam gepflegt und immer selbst gebügelt hatte, sobald Haricot-Rouge sie gewaschen hatte, und schnürte sie zu einem Bündel zusammen.

«Was machst du da?»

Er holte das Geschirr aus dem Büfett und zerschlug Teller um Teller.

Haricot-Rouge wagte nichts zu sagen, höchstens zustimmend mit dem Kopf zu nicken. Denn sie glaubte, dafür, dass er gerade ihren bescheidenen Wohlstand vernichtete, müsste es einen tieferen berechtigten Grund geben.

Als alles Geschirr, zwei Teller ausgenommen, in Scherben lag, nahm sich Modrulleau das Büfett vor, schlug es entzwei. Dann die Stühle, und schließlich riss er das Regalbrett aus der Wand.

«Mach's wie ich.»

Er stopfte sich, so viel er tragen konnte, unter den Arm, nahm den Kanister zwischen die Zähne und stapfte in den Hof, um dort alles auf einen Haufen zu schichten. Sie machten viermal den Weg hin und zurück. Schließlich schüttete er Petroleum darüber und zündete den Scheiterhaufen an.

Schnell kamen die Nachbarn herbeigerannt und beschimpften ihn. Die Verputzer machten ihm Vorwürfe, die Concierge rief nach der Polizei.

Er reckte ihnen die Faust entgegen.

«Ihr versteht überhaupt nichts! Wenn es nur das bisschen wäre, das hier in Flammen aufgeht. Aber gerade ist eine ganze Welt zusammengebrochen. Zu ärgerlich, dass ich die Verbrecherin mit ihrem ganzen Reichtum nicht auch auf den Scheiterhaufen werfen kann, ihr Haus, ihren Wagen, ihr verruchtes Fleisch. Tugend und Größe gibt es nur in der Armut. Sobald man ein bisschen reich wird, sieht man nicht mehr klar. Haricot-Rouge, du hast keine Ahnung, wer das hier bezahlt hat. Du hast wahrscheinlich gedacht, es war Afthalien, du hast gedacht, ich hab wirklich Talent und Afthalien bezahlt dafür. Aber alles Scheiße, Scheiße, Scheiße. Das stammt alles von einer Hure, die den Händler bezahlt hat, damit er mir Geld gibt. Und ich war so verblendet, dass ich mich aufgerichtet und gedacht habe, dass ich endlich, endlich für meine Kunst Belohnung erhalte. Aber all das, es kommt ausschließlich von ihr… Also hilf mir.»

Und auf allen vieren bliesen sie ins Feuer, fachten es an, während ihnen die Funken ins Gesicht flogen.

Haricot-Rouge hielt nur kurz inne, um den Neugierigen, die um das Feuer herumstanden, immer wieder zuzurufen: «Er hat recht, absolut recht!»

Und zur Concierge: «Ich feg das alles später weg. Hier, nehmen Sie schnell die nächste Mietzahlung, denn ich werde das ganze restliche Geld ins Feuer werfen.»

Und als der herbeigerufene Polizist Modrulleau fragte, warum er das gemacht hätte, sagte der: «Nur so. Aus Quatsch, verstehen Sie? Und jetzt geh ich einen trinken.»

20

Er trank viel an diesem Tag, auch an diesem Abend, in dieser Nacht, auch in den nächsten Tagen, Abenden und Nächten. Haricot-Rouge begleitete ihn, genauer gesagt, führte ihn wie ein Hund einen verrückten Blinden führt.

In kürzester Zeit war das Geld verbraucht. Modru setzte sich zu jedermann in der *Rotonde* an den Tisch. Er warf sich einfach auf einen Stuhl und bestellte. Und die Leute, die er vorher verachtet hatte, waren stolz auf die Gläser, die er mit ihnen leerte.

Wenn er angeheitert war, gab es kein Halten mehr. Er trank selbst im Stehen weiter. Es kam vor, dass er betrunken ein Glas von irgendeinem Tisch nahm und leer trank, selbst wenn es Unbekannten gehörte und egal, was drin war. Hauptsache Alkohol. Bier hinterließ zwar einen herben Geschmack in der Kehle, aber von Milch wurde ihm übel.

Er aß kaum noch, höchstens bei Zboro, zu dem ihn Haricot-Rouge gebracht hatte. Er ließ sich von ihr überallhin mitschleppen, ohne zu fragen, wohin sie gingen. Es war alles egal!

Der Pole hatte schlauerweise einige Bilder von Modru heimlich verwahrt, die der aufdringlichen Wachsamkeit von Afthalien entgangen waren. Der kaufte nun auch nichts mehr, aber Modrulleaus Bilder waren, seit die Prinzessin ihren Wert hatte steigen lassen, teuer. Die Zborowskis profitierten davon. Aber sie glaubten nicht mehr an den Maler, den sie in rasantem Tempo verfallen sahen. Sie beeilten sich, alles, was sie von ihm besaßen, zu verkaufen, denn sie gingen davon aus, dass die mondäne Gesellschaft um die Prinzessin über kurz oder lang einen anderen Künstler zu Ruhm erheben würde, und Modru dann keinen Heller mehr wert war, weniger noch als Soutine mit seinen roten, sorgfältig gearbeiteten Bildern oder als Krémègne mit seinen Dreckbildern, die noch in ihren Schmutztönen Sensibilität verrieten.

Modru wurde bösartig und aggressiv. Zboro versuchte immer wieder, ihn mit der Geduld eines Arztes zu beruhigen. Aber weil seine Frau wieder krank war und die Szenen, die Modrulleau machte, sie verängstigten, brachte er seinen Freund zu Rosalie, der alten Italienerin mit den riesigen Ohrringen unter dichtem schwarzen Haar, die in der Rue Campagne-Première ihr kleines Restaurant unterhielt.

Sie war mal Modell von Bouguereau gewesen und hatte ihm für zahllose Marien- und Cäciliendarstellungen als Vorbild gedient. Und eine Weile hatte das ihrer Eitelkeit erheblich geschmeichelt. Doch später war sie bitter geworden: Ihr Körper hing in jedem zweiten Museum, goldumkränzt, in Ruhm und Purpurglanz. Aber sie hatte keine Spitzenwäsche, nur ihre Schürze. Und sie lebte in einer Küche, *«Porco dio!»* Vor allem, wenn sie die Fliegen von den Makkaroni verscheuchte, fluchte sie: *«Porca Madonna! Brutto Dio!»*

Als Zboro und Modru bei ihr eintraten, war sie allerdings gerade bester Laune. Ein Kunde hatte sie aufgefordert, ihren malerischsten italienischen Fluch zum Besten zu geben, und sie sagte, wobei ihre letzten Zähne gefährlich ins Wackeln gerieten: *«Accidenti al cinquantaquinto pelo del buco del culo del ciuco che portava la Madonna in Egitto!»*

Es wurde vereinbart, dass Modrulleau die Wände ihres kleinen, nach gebratenem Öl stinkenden Restaurants bemalen sollte. Für gewöhnlich saßen hier nur die Aktmodelle, der Kubistenarzt und einige Arbeiter an den Tischen. Während der Mahlzeit, die meist aus einem Nudelgericht und einem Stück Obst bestand und reichlich mit Chianti abgerundet wurde, wurden die Teller nicht gewechselt.

«Malen, um mittags was zu essen zu bekommen!», schrie Modrulleau enthusiastisch aus, das erste Mal seit dem Desaster. «Ich bin endlich wieder ein Arbeiter. Ich sollte nichts anderes machen, nichts darüber hinaus verdienen, nichts mehr erreichen wollen. Hörst du, Haricot-Rouge? Es ist einfach nicht ehrenhaft, weder im Leben noch in der Kunst, über das hinauszuwollen. Wenn der Arbeiter, der den lächelnden Engel in der Fassade der Kathedrale von Reims gehauen hat, über die Stunden hinausgedacht hätte, die man ihm bezahlt hat, dann hätte er wahrscheinlich eine prätentiöse Statue erstellt, die nicht die Jahrhunderte überdauert hätte. Gib mir zu trinken, Rosalie, ich fang gleich an.»

Er zog seine Weste aus und warf sie quer durchs Restaurant.

«Aber du störst die Gäste.»

«Ist mir egal. Ich weiß schon, was ich malen muss.»

Die meisten im Lokal kannten ihn. Sie hatten nichts dagegen, dass er auf einen Tisch stieg, um die Abmessungen des Raumes abzuschätzen.

«Erinnere dich an die Sixtinische Kapelle», sagte Haricot-Rouge, die Augen voller Ekstase, weil sie in ihrem Modrulleau gleich einen Michelangelo sah, auch wenn er halbtrunken in dieser Kaschemme stand. Sie sah zurück in die Vergangenheit. Und was sie sah, war eine goldene Stadt, in der sie beide Hand in Hand spazieren gegangen waren, die Herzen dem Himmel zugewandt.

Er schmierte in wenigen Stunden grausige und hervorragende Szenen an die Wand, die die Chefin zum Teil schon am nächsten Tag wieder abkratzen ließ, weil er anstößige Allegorien in purpurner Nacktheit gemalt hatte: Königinnen, die sich selbst den Bauch in hysterischem Delirium aufschlitzten, und eine pathetische Prozession ärmlicher Frauen, die einen Kristallkubus anbeteten, auf dessen Seiten Szenen königlicher Wollust dargestellt waren, aber auch ein Fest im Himmel und eine unendliche Folge immer kleiner werdender Kuben, die ineinandersteckten, sowie eine Rose.

Er war weit entfernt von der Gerissenheit eines Rubejack zum Beispiel, der garantiert einen geschlagenen Monat gebraucht hätte, um das Restaurant zu verschönern. Modrulleau hatte sich mit seinen Bildern lediglich das Recht auf drei Mahlzeiten erworben, wonach Rosalie, die von seinen Geschichten mit reichen Leuten gehört hatte, ihm zwei weitere anschrieb und sich für eine Weile darauf einließ, ihm drei Mahlzeiten gegen ein Bild zu gewähren.

Aber jedes Mal, wenn er betrunken war, ging er den Gästen an die Kehle, rezitierte lateinische Verse oder sprach derart laut auf Rosalie ein, dass sie Zboro schließlich bat, Modrulleau von ihr fernzuhalten. Sie hatte bereits dreißig Bilder in ihrem Hinterzimmer gestapelt und fand sie gerade gut genug, um damit ein Feuer im Ofen anzuzünden. Die meisten waren Porträts ihrer Gäste, die von den Bildern aber nichts wissen wollten, weil er stets Nasen, Hälse und Münder erheblich verformt hatte, manchmal aus einer Laune heraus, oft genug aber allzu sehr der Wirklichkeit entsprechend. Augen wollte er überhaupt nicht mehr malen. Das sei ihm zu langweilig, erklärte er. Er füllte die freigelassenen Löcher mit Azurblau, wie die Griechen die Hohlräume in den Augen ihrer Statuen.

Manchmal entwischte Modrulleau sowohl Haricot-Rouge als auch Zboro und schlief drei, vier Tage irgendwo im Freien. Woraufhin die arme Schwangere, deren Bauch sich schon unter dem dünnen schwarzen Kleid abzuzeichnen begann, von Polizeistation zu Polizeistation laufen musste. Meist hatten sie ihn irgendwo in einem Steinbruch oder im Rinnstein liegend aufgegriffen, eine zerbrochene Flasche in der Hand, ohne Schuhe, ohne Weste, einmal sogar ohne Hemd.

Man konnte ihn natürlich nicht zu Hause einsperren. Er hätte sich aus dem Fenster gestürzt. Zboro, der ein bisschen Geld zur Seite gelegt hatte, war bereit, ihn durchzufüttern, zahlte sogar manchmal die Miete, Bargeld aber gab er höchstens Haricot-Rouge in die Hand, und nur selten, denn er wusste, dass Modrulleau von ihr alles bekam, ohne auch nur eine Drohung auszusprechen.

Wie gerne hätte sie gearbeitet. Aber sie wollte sich mit ihrer schweren Last nicht auch noch hässlichen Umgebungen aussetzen. Nein. Da ging sie lieber jeden Tag in den Louvre oder suchte die Maler auf, von denen sie wusste, dass sie Modrus Bilder zu schätzen wussten. Zarraga auf dem Boulevard Arago, Guérin in der Rue Leclerc oder Naudin, sofern der Musiker-Maler-Akrobat und Gravierer mit den erstaunlichen Grimassen gerade Lust hatte, sie zu empfangen.

Sie verbrachte Stunden vor den kleinen Antiquitätenläden auf dem Boulevard Montparnasse, die sie an die üppigen Geschäfte in der Via Condotti erinnerten, vor der Kirche Trinità dei Monti, wo Modrulleau seinerzeit angehalten hatte. Sie betrachtete mit großer Sehnsucht die großen stählernen oder mit Granat besetzten Ohrringe, wie sie die reichen Amerikanerinnen in der *Rotonde* trugen. Oder die spanischen Kämme, die feinziselierten Gefäße aus altem Silber, die Kameen, die alten Ringe und Broschen. Die Maler gaben jetzt viel auf den pompösen Stil der achtziger Jahre des neunzehnten

Jahrhunderts, der sie schon beeindruckt hatte, als sie Kinder gewesen waren, und der sie heute noch bezauberte, weil er naiv, jung, frisch und weit entfernt schien von den impressionistischen «Künstlichkeiten».

Eines Abends trafen sie und Modrulleau Utrokikempak, der eben von seiner Russland- und Deutschlandreise zurück war.

21

Utrokikempak trug einen Krempenhut im Stil Puschkins und eine blaugetönte Brille. Als Bildhauer wollte er nicht durch die Farben der Gegenstände abgelenkt werden, die sie seiner Meinung nach nur entstellten. Er hatte sogar noch ein drittes Brillenglas auf Höhe der Augenbrauen anbringen lassen, weil er es idiotisch fand, nur zwei Augen zu haben, wenn man theoretisch auch drei haben konnte.

Seine Nase hatte er auf der einen Seite rot, auf der anderen gelb angemalt. Und den Rücken seiner Weste trug er vorne auf dem Bauch. Warum? Ja, warum eigentlich nicht.

Er war ein eigenwilliger Charakter. Wie Archipenko in Kiew geboren, hatte er als Erster die akademische Linien- und Formgebung in Schutt und Asche gelegt, noch vor Zadkine und Laurens, die sich seit zwölf Jahren bemühten, eine neue, überraschende und möglichst aggressive Anmut zu finden, die nichts von der Fadheit der überkommenen Vorstellungen in sich trüge.

In Berlin hatte er Häuser aus Holz und Gips gebaut, grundsätzlich anders als gewöhnliche Häuser. Die Auftraggeber waren Deutsche, die in einer neuen Welt und Atmosphäre leben wollten. Entstanden waren Häuser in Pyramiden- oder Zickzackform, im Stil von Zirkuszelten, mit Rutschen, horizontalen Türen, pferdestallartigen Schlafzimmern, ein ganzer Fächer kubistischer Bizarrerien, die den Deutschen, die nach dem Krieg «aus der Achse» geraten waren, offenbar gut gefielen.

Er ertrug einfache, bekannte Linien genauso wenig wie gewöhnliche Sitten. Um sich die ursprüngliche Vision seines Vorhabens, der Erneuerung der Plastik, zu bewahren, weigerte er sich, Alltagsgegenstände nach der üblichen Logik zu verwenden: Er aß im Waschbecken, setzte sich auf den Boden, kochte für drei Tage Suppe in einem Nachttopf.

Er hielt Modru beiläufig die Hand hin:

«Ich habe Ihre Bilder gesehen. Lebhafter als alles, was von diesen Spinnern sonst geschmiert wird. Aber Sie setzen immer noch die Augen brav neben die Nase und die Nase schön mitten ins Gesicht. Versuchen Sie doch mal über Ihre Nase hinaus zu sehen. Was für eine Bedeutung kommt heraus, wenn Sie zehn Nasen an die Stelle von Zehen setzen? Und warum überhaupt zehn? Glauben Sie etwa immer noch an Gott? Trauen Sie sich selbst keine Ausdruckskraft, keinen Expressionismus jenseits der gegenständlichen Welt zu? Über Ihren Rhythmus kann ich nur lachen. Man muss den üblichen Rhythmus zerstören oder man muss aufhören zu malen. Und wenn man einen neuen gefunden hat, muss man den natürlich auch gleich zerstören.»

Sie waren mit Utrokikempak zum Atelier in der Rue Vercingétorix hinaufgestiegen. Er hatte die ganze Zeit mit einem seiner vier Regenschirme herumgefuchtelt, die er unter dem Arm trug und worin er sein ganzes Gepäck verwahrte. Steif wie ein preußischer Offizier blieb er auf der Schwelle stehen und grummelte leise: «Gut. Das kriegen wir schon hin.»

Er zog aus einem der Schirme eine unglaublich magere kleine schwarze Katze, in deren Ohren er mit dem Taschenmesser ein Zackenmuster geschnitten hatte. Er warf das Tier in eins der Geschirrregale, wo es sich ängstlich zusammenrollte.

Dann zog Utro zwei Pelzmützen hervor und zog sie über seine Füße.

Sie aßen ein gutes Dutzend Matjesheringe, die ihnen dieser Mensch unter der Bedingung vorsetzte, ihn für die Nacht zu beherbergen. Er war am Morgen erst in Paris angekommen und besaß keinen Sou.

Praktischerweise schlief er im Stehen in einer Zimmerecke.

«Wenn Sie mir Ihre elende Zuflucht noch für eine weitere Nacht gewähren, lade ich Sie zum Essen in die *Rotonde* ein», erklärte er am nächsten Tag. Draußen fiel der erste Oktoberregen. Der feine, fast gefrorene Nieselregen drang in jede Pore.

Modru musste lächeln.

Utro sagte ernst: «Malen Sie ein Bild, aber eins für die ‹Künstler›.»

Dieses Wort sprach er mit einer Verachtung aus, wie sie die Romantiker für das Wort «Bourgeois» empfunden haben müssen.

«Sie können das sofort verkaufen?», fragte Haricot-Rouge interessiert.

«Verkaufen?», erwiderte Utrokikempak. «Was bedeutet das?»

Modru nahm den Rahmen, den ihm seine Gefährtin hinhielt.

«Gnade!», rief Utrokikempak aus. «Er malt noch ganz konventionell auf Leinwand, mit Pinsel und Farbtuben… !»

Modru malte etwas Ungegenständliches, hier und da stach aus dem Email der Farbe ein geführter Pinselstrich heraus wie ein Schuss.

«Gut. Gehen wir», sagte Utro nur.

In der ersten Etage der *Rotonde* hatte man ein Restaurant eröffnet, dessen Preise für die Maler unerschwinglich waren, wohin sich aber gelegentlich ein paar Kunsthändler, Pariser auf Abwegen und Neugierige verirrten. Es regnete in Strömen, als sie ankamen. Utro ging ohne Zögern nach oben.

Sie setzten sich mit ihren dünnen Jacken, die nass an ihnen klebten, ans Fenster. Utro bestellte ein Mittagessen, das mit Kaffee und Nachtisch anfing, dann mit Fleisch in Marmelade weiterging, dazu drei Sorten Wein.

Man bediente sie zuvorkommend. Das Personal war an die exzentrischen Anwandlungen der Maler gewöhnt, die in Galoschen und kragenlosen Hemden kamen, wie die Kleingangster aus La Villette, aber die Taschen voller Geldscheine hatten.

Haricot-Rouge war sichtlich besorgt, Utro könnte sich unter irgendeinem Vorwand aus dem Staub machen. Aber sie aß mit wildem Hunger. Nach dem Fleischgang zerriss ihr bizarrer Freund die Papiertischdecke in kleine Quadrate, auf die er Nummern schrieb, stand auf und ging von Tisch zu Tisch, um die Nummern zu verteilen.

«Der größte lebende Künstler verlost heute aus einer Laune heraus eins seiner Bilder. Greifen Sie zu. Für ein paar Sous können Sie ein Bild gewinnen, das, wie die Kritiker sagen, in ein paar Jahren… »

«Was soll das?», erkundigte sich der Kellner.

«Hör zu, mein Lieber», erwiderte Utrokikempak und packte den Kellner an der Nase. «Das soll Folgendes: Wir haben drei Flaschen geleert, mehrere Gänge verspeist und nicht einen halben Sou in der Tasche. Ich hoffe, du begreifst, dass diese Maßnahme zu deinem Vorteil ist. Wenn du auf ehrenvolle Art an dein Geld kommen willst, dann gehst du am besten selber rum und verkaufst die Lose. Wenn nicht, hör dir wenigstens an, wie man sie richtig anpreist. Aber reg dich nicht weiter auf und gestatte mir, mein Essen warm zu mir zu nehmen.»

Einer der Touristen gewann die Leinwand und ließ sie auf dem Tisch liegen. Der Kellner nahm sie als Trinkgeld mit.

Angeheitert kehrte man bei Dauerregen in die Rue Vercingétorix zurück. Utrokikempak hatte Modru überredet, noch eine zweite Leinwand zu bemalen, die man auf ähnliche Art in einem anderen Restaurant verlosen würde.

Aber Modrulleau zitterte vor Kälte und schlief erschöpft ein. Utrokikempak nahm es auf sich, das Atelier nach seinen Vorstellungen umzugestalten. Er stellte das Geschirr auf den Boden, band die Farbtuben an Bänder und steckte die verbliebenen Lebensmittelreste in den Ofen. Dann behauptete er, es sei eine überkommene Vorstellung, sich mit Glas vor dem Wetter zu schützen, schnappte sich eins der Bretter, die als Regale fungierten, und begann systematisch die Fensterscheiben zu zerschlagen.

Haricot-Rouge, die bis zu diesem Augenblick nichts gesagt hatte, weil Utrokikempak ein Freund ihres Mannes war und ein origineller Denker, versuchte ihn davon abzubringen. Darüber regte er sich fürchterlich auf und beschimpfte sie wüst. Er erklärte, es sei ein Zeichen von Güte, dass er sich überhaupt mit geistig Zurückgebliebenen ihres Schlages abgebe. Seine Güte ginge so weit, dass er die zerschlagenen Scheiben durch den fadenscheinigen Stoff seiner Regenschirme ersetzen wolle.

«Weil Sie offenbar so eine fanatische Verehrerin der herkömmlichen Logik sind, hilft Ihnen gegen den Regen nur der Stoff von Regenschirmen, befürchte ich.»

Als Modru wach wurde, griff sie zu einer Notlüge, um zu verhindern, dass die beiden Männer handgreiflich wurden. Sie behauptete, ein Blitz mit anschließendem Donnerschlag hätte die Scheiben aus den Rahmen gedrückt.

Modru glaubte es. Sie gingen noch einmal aus, weil es den beiden Männern im zugigen Atelier kalt geworden war. In einer kleinen Kaschemme tranken sie Schnaps. Und weil sie kein Geld hatten, ließ Modru seine Weste als Pfand da und rannte auf dem Rückweg, so schnell er konnte, denn die feinen Hagelkörner schienen sich durch sein dünnes Hemd zu schlagen.

Haricot-Rouge versuchte Feuer zu machen. Utro, der sich in seine Zimmerecke zum Schlafen zurückgezogen hatte, kommentierte das spöttisch. Die ganze Nacht regnete es ohne Unterbrechung und dank des fehlenden Fensterglases auch aufs Bett.

22

«Komm mit in die *Rotonde*, da wird dir wieder warm. Steck dir Papier unters Hemd, die Concierge war so nett und hat mir diese Zeitung gegeben.»

Es war zehn Uhr vormittags, aber das Lokal war schon voll. Die meisten saßen hier mit dem festen Vorsatz, ihre Plätze an diesem Tag nicht mehr zu verlassen.

Der Winter ist den Malern und Bildhauern nicht wohlgesinnt. Es wird spät hell und früh dunkel. Man kann also nicht lange arbeiten, und besonders schlecht, wenn es kalt ist. Und es ist mühsam und kostspielig, ein Atelier für wenige Stunden Tageslicht zu heizen. Da war es eindeutig besser, seine Bruchbude vorübergehend an eine Amerikanerin zu vermieten und den Winter in der Wärme und der angenehmen Gesellschaft der Cafés zu verbringen, wo sich ohnehin die ganze Gesellschaft früher oder später einfand.

Es lebte sich passabel in der gutgeheizten *Rotonde*, wenn die Mittel für einen Kaffee und ein Croissant reichten. Man konnte den ganzen Tag damit verbringen, internationale Zeitungen zu lesen, sich quer durch das Lokal die verschiedensten Geschichten anzuhören. Hinten an der Säule verharrte Kharis in der Pose eines Ibis mit Turban. Die Fensterplätze hielt eine Gruppe Dänen in orange, rosa und grauen Hemden besetzt. In der Mitte stand der Ofen, um den sich die Russen scharten. Selbst wenn die Herkunft aus verschiedenen Landesteilen oder die unterschiedlichen politischen Ansicht sie nicht großartig trennten, so gehörten sie doch verschiedenen Gruppen an. Auf der untersten Stufe standen diejenigen, die sich die zwölf Sous für ihren Café crème leihen mussten. Die «Wohlhabenden» bestanden wiederum aus mehreren Untergruppen. Einmal die, die sich für etwas Besseres hielten, weil sie beeindruckenden Beschäftigungen nachgingen, die Impressarios und Schachspieler aus der Akademie. Dann die Juden, die voller Zuversicht und Hoffnung in Paris untergekommen waren und sich hier wohl fühlten, auch wenn nicht alle von ihnen mit fiebrigen Augen gestenreiche Reden hielten.

Diskutierer gab es trotzdem reichlich. Wenn man an den Tischen vorbeiging, hörte man Satzfetzen wie: «Das Ziel der Kunst ist doch ... »

«Die Kunst hat kein Ziel.»

«Die ganz Großen hatten Visionen und haben aufgrund dieser Visionen die Formen deformiert ... »

«Visionen haben nur Verrückte ... »

«Visionen haben vor allem übermenschliche Existenzen.»

«Ein Maler arbeitet immer an seinem Porträt, egal, was er malt.»

«Ob Raffael den Goldenen Schnitt gekannt hat?»

«Erzählt mir nichts: Einen Frauenschenkel malt man nicht mit dem Verstand.»

«In Paris versammelt sich die künstlerische Saat der ganzen Welt.»

«Die blinden Provinzler vom Boulevard, die wollen einfach nicht sehen, was hier passiert ... »

«Eines Tages wird die Saat aufgehen und ein wirkliches Genie wird hier im Viertel groß werden. Dann wird Paris endgültig zur Kunsthauptstadt der Welt, und das verdankt die Stadt den künstlerischen Talenten, die aus der ganzen Welt von den Winden des Elends hierhergetragen worden sind ... »

«Ich sag euch: Bald wird ein Dichter kommen, dessen Bilder und Worte das schimmlige Seidenpapier der alten Grammatik aufbrechen werden wie ein Vulkan die Erdkruste. Und die Lava, die dann an allen Stellen der Erde hervorquillt, wird alles verbrennen und zerstören. Denn die Eruptionen werden zahlreich sein, brillant und großartig. Nichts um sie herum wird von ihnen verschont bleiben.»

«Vor allem die Ausländer haben die französische Sprache immer wieder vereinfachen und ihre Syntax und Zeichensetzung ändern wollen: Apollinaire ist Pole, Cendrars Schweizer, Tzara Rumäne.»

«Die Katalanen sind Hurensöhne. Die sollten froh sein, wenn die Kastilier sie endlich zivilisieren.»

«Wenn die Juden so solidarisch wären, wie man immer behauptet, dann wären sie die Herren der Welt und der schreckliche Krieg von 1914 hätte niemals stattgefunden. Und ausgerechnet die Russen haben alle die

Fehler, die man gemeinhin den Juden zuschreibt. Das erklärt übrigens auch, warum sie so scharfe Antisemiten sind.»

«Wenn es keinen Impressionismus gegeben hätte, gäb's auch keinen Kubismus. Das ist nämlich die Reaktion darauf. Der Kubismus ist gewissermaßen das rebellische Kind des Impressionismus.»

«Der Maler Berline fährt nachts Taxi, um tagsüber ausschließlich so zu malen, wie es ihm gefällt.»

«Warum kommt einem eigentlich, sobald man hier ist, das Leben da draußen absolut langweilig und um hundert Jahre veraltet vor?»

«Wenn man Montparnasse verlässt, fühlt man sich wie ein Kriegsveteran, der die Gefahr zu vermissen beginnt. Es muss an dieser unaufhörlichen Veränderung der Lebensumstände liegen. Hier entstehen in unglaublich schneller Abfolge so viele Dinge, wie im Krieg zugrunde gehen.»

«Ich bin also bei diesem englischen Grafen in Schottland zu Gast gewesen. Am Kopfende des Tisches gab es so eine Art Thron für den Grafen, dem der oberste Diener bei Tisch immer zuerst alle Speisen vorzulegen hatte, selbst wenn der Graf nicht im Hause war. Anschließend ging er zum ältesten Sohn, dann zur Frau Gräfin. Die älteste Tochter hatte das Privileg, an einem Extratisch zu speisen, ebenfalls auf so einem Thron. Wie die Päpstin Johanna persönlich! Mein Zimmer war am Ende einer Flucht von fünfzehn Zimmern. Und da hab ich mich dann immer mit allen Klamotten in ein Bett aus der Zeit Maria Stuarts gelegt, weil die Diener jeden Morgen kamen, um die Kleider zum Ausbürsten mitzunehmen und die Unterwäsche auszuwechseln. Meine ganzen Sachen waren doch voller Löcher. Und was meine Unterwäsche anbelangt…»

«Wer ist eigentlich dieser Mann mit der unruhigen Nase und den verschmierten Brillengläsern?»

«Ein ‹Kritiker›. Er heißt Fesse.»

«Fesse? Wie Arsch? Dann ist das wohl ‹Cucu de Montparnasse›. Und der Angeber in den löchrigen Schuhen dahinten?»

«Die nennen ihn immer nur ‹Pökelfleisch›. Ein Pole, den sie schon aus allen europäischen Ländern wegen dubioser Geschäfte rausgeworfen haben.

BAL
EXPOSITIO
DÔME CA

Er will jetzt nach Amerika und kommt dann sicher mit einem amerikanischen Pass zurück, um uns von neuem mit seinen bunten Krawatten zu beehren. Komischer Typ…»

Weiter hinten saßen ein paar ältere Damen, die versucht hatten, sich ein Aussehen im Stil der Anarchistin Louise Michel zu geben, dabei aber nicht über bestimmte tragische Formen des örtlichen Karnevals hinausgekommen waren.

«Ich habe bis drei Uhr morgens gearbeitet. Ich brauch dringend Geld für ein warmes Kleid, gute Schuhe und einen Mantel. Dieser Winter! Ich würde ja sogar noch mehr arbeiten gehen, wenn ich damit meinen Teppich schneller fertig bekäme.»

«Niemand hier hat genug Geld, um sich sein Metier leisten zu können. Nicht mal die einfachsten Werkzeuge. Nimm die Bildhauer, die mit Marmor arbeiten. Bei denen hat das Werk im Kopf schon längst mystische Dimensionen angenommen, bis der Stein endlich kommt. Dann wagen sie natürlich nicht mehr, dieses heilige Etwas zu behauen. Also warten sie auf die Inspiration, legen sich zum Beispiel in genau der gleichen Haltung, in der sie seinerzeit die erste Idee hatten, in genau dieselbe Ecke ihres Ateliers…»

«Nur in romantischen Büchern sagen alte Aktmodelle Sachen, die einen umhauen. Im gewöhnlichen Leben sind alle ganz gewöhnliche Arschgeigen. Und du, Anna, du kleine Göre, hältst auch besser den Mund. Du stinkst nämlich nach saurem Hering.»

«Es gibt ja Leute, die glauben, dass in so einem Industriellenschädel einfach gar nichts drin ist…»

«Das ist 'ne kreolische Party…»

«Nach Amerika? Da kommt man doch nur völlig pleite und schlimmer durch den Wolf gedreht, als man eh schon war, zurück. Ist sicher eine gute Idee, nach Amerika zu gehen, aber doch nicht, um bekannt zu werden, sondern, wenn man bekannt ist.»

Und bei den Russen hörte man:

«Wenn Frankreich erkältet ist, niest die ganze Welt.»

«Das ist der Verrat des Gedankens durch die schiere Gewalt.»

«Dann bin ich für die Gewalt.»

«Aber das hat nichts mit Gerechtigkeit zu tun.»

«Es gibt Dinge jenseits der Gerechtigkeit, sogar jenseits der Ehre. Und zwar das Ideal, das man verfolgt. Aber es gibt noch etwas Höheres als dieses subjektive Ideal, nämlich das Ideal, das allen gemeinsam ist…»

Je weiter die Tische von der Mitte entfernt waren, desto mehr Gäste behielten ihre dünnen Mäntel und Überzieher an, sogar Schal und Hut. Unter ihnen Soutine mit der langen Nase und den himmelblauen Tieraugen, die aus der pickligen Haut hervorsahen; jene etwas dicklich geratene Sarah-Bernhardt-Imitation, die barfuß in nassen Schuhen unterwegs war, mit Stulpen, die sie sich aus Stroh genäht hatte; eine Schwedin, die erst gestern eingetroffen war und ein schwarzes Kleid nach der Mode der Berliner Boheme trug, mit in der Taille geschnürtem Gitarrenkorsett und schmalen Bändern an den Schultern, die bei jeder Bewegung durch die Luft wirbelten; Marinus, der Korrespondent der mexikanischen Zeitschrift *L'Excelsior*; natürlich der Mann im Schlafanzug und der Mann aus Holz; junge Aktmodelle, frisch nach der Niederkunft zurückgekehrt, immer noch ganz nach Rops, Puschkin oder Toulouse-Lautrec herausgeputzt. Die meisten hatten einfach nur das eine Kleid, das sie aus einer Laune heraus einmal bestellt hatten. Eine von ihnen trug einen Strohhut, dessen Ränder fast auf die Schultern hingen. Daran hatte sie ein violettes Band befestigt, an dem der Federquast eines algerischen Spahis bis zu ihrer Brust hinunterhing. Es gab Frauen im Stil der Kurtisane Païva oder der Cancan-Tänzerinnen in *La Goulue*. Andere waren gekleidet im vermeintlichen Stil des Viertels oder im Stil Hélène Perdriats, die Haare wie ein Truthahnsterz frisiert, weil sie dachten, so frisierten sich die Pariser Frauen von Welt.

Es wurde diskutiert, geschlafen, geraucht, gegähnt, gehustet, und es waren nicht wenige, die man husten hörte.

«Alle schwindsüchtig!», rief der Kubistenarzt aus – es klang, als wäre er begeistert.

Dieser Arzt, ein kleiner Albino, war auch eine besondere Erscheinung. Seine Augen waren fast so blass wie seine Gesichtshaut. Vor dem Krieg war er Zahnarzt gewesen. Wie ein dämonischer Dichter hatte er die morbide Leidenschaft für Kiefer, Gaumen und Zahnfleisch für sich entdeckt. Er war ein Bildhauer der Mundhöhlen, behandelte Zähne mit einer Präzision und Hingabe wie andere Goldringe und Juwelen. Und er verdiente gut dabei.

Einer seiner Kameraden aus dem gleichen Frontabschnitt erzählte immer wieder, wie sich der Dentist seinen Orden verdient hatte: Nach jeder Angriffswelle ging er allein vor die Schützengräben, um Trophäen zu sammeln. Was er wirklich sammelte, bekam dieser Kumpel aus seiner Einheit eines Nachts heraus. Nur mit einer Zange bewaffnet, hatte sich der Arzt wieder einmal im Schutz der Erdwälle hinausgewagt, um den gefallenen Soldaten mit äußerster Sorgfalt die Zähne zu ziehen. Diese sammelte er in seiner Patronentasche, und verbarg sie unter feuchter Erde. Zuerst waren es nur die Zähne der Feinde. Aber wie der Erzähler nicht müde wurde, mit Entsetzen in der Stimme zum Besten zu geben, hatte der Arzt ihm eines Tages beiläufig und mit dem Blick einer Schlange gesagt:

«Schöne Zähne hast du, zeig doch mal…»

Die Tausende von Zähnen, die der Arzt in fünf Jahren Grabenkrieg sammelte, hatten ihm später ein kleines Vermögen eingebracht. Deshalb konnte er es sich leisten, seine Kameraden in Montparnasse zu kurieren.

Als er an diesem Tag Modrulleau rau und trocken husten hörte, sagte er sofort: «Geh nach Hause und leg dich ins Bett.»

«Besser nicht», widersprach Haricot-Rouge. «Er will nicht und bei uns ist es ohnehin viel kälter als hier.»

«Dann muss er ins Krankenhaus.»

Modru stand auf, schreckensbleich.

«In die Seine, zu Dufayel oder Afthalien, aber nicht ins Krankenhaus.»

«Wieso denn? Da ist man als Kranker gut aufgehoben.»

«…und langweilt sich zu Tode.»

«Dann krepier eben an deinem Husten.»

Drei Tage später besuchte Haricot-Rouge den ehemaligen Dentisten. Modru hatte trockene und heiße Haut, die sich wie Metall anfühlte. Der

Arzt erklärte ihr, was sie tun musste, damit man den Maler in dem Krankenhaus hinter Vaugirard aufnahm, das weiß gekalkt und nur unwesentlich gastfreundlicher war als eine Militärkaserne.

23

Utrokikempak hatte mit einigen Brettern, die er bei Modru gefunden hatte, und mit einem Rest Farbe die Skulptur eines mechanischen Dieners kreiert. Er besaß vier Arme, einen Fuß und einen pyramidenförmigen Kopf mitten im Bauch. Das Kunstwerk hatte er einer russischen Dame aus der Avenue Montaigne verkauft, die offenbar an krankhafter Exzentrizität litt. Dann war er als Clown in die Kreise einer adeligen Französin aufgenommen worden, die an einer anderen Krankheit laborierte: der Russomanie.

Modru hatte das Weiß des Krankenhauses anfangs als sehr beruhigend empfunden. Und ist darüber hinaus nicht jeder mehr oder weniger auf das eigene physische Wohlergehen bedacht? Aber die saubere Bettwäsche und die Oberschwester des Saals hatten den Maler auch optisch überzeugt. Der Schwarm Ärzte, so schien es, betrachtete ihn bei der Visite nicht mit jener eiligen Gleichgültigkeit, die sonst das Los der Armen unter den Kranken war. Dann hatte er auch noch eine liebenswürdige kleine Krankenschwester, die ihn verhätschelte, obwohl er sie vom ersten Augenblick an in griesgrämigem Ton herumkommandierte.

Nach einer gewissen Zeit begann allerdings etwas seinem Körper entschieden zu fehlen, und mit einigem Erstaunen stellte er fest, dass es sich dabei um den Alkohol handelte. Er musste lächeln und dachte: ‹Umso besser.› Denn es war ihm noch genug Anstand geblieben, um darin eine Chance auf Besserung zu sehen. Während eines kurzen Schlummers träumte er davon, mit Haricot-Rouge in dem instand gesetzten Atelier zu wohnen. Er würde ihr die Illusionen nach und nach austreiben. Sie würden ein Kind aufziehen wie andere Kollegen auch. Aus diesem Traum wachte er zitternd vor Wut auf. Wo war dieses lächerliche kleine Wesen, das ihm das Schicksal anstelle des Gottes unterschieben wollte, den er gezeugt hatte, den aber diese…? Warum hatte er den Schädel der Missetäterin nicht gleich am Bordstein zerschmettert?

Er schlief wieder ein. Und diesmal fand er sich mit Haricot-Rouge in einem warmen goldenen Land wieder, voller Grün- und Rosatöne. Ein Paradies, in dem sie einige Stunden verbracht hatten. Als Diener – oder war er ein Freund? – fand sich Depero ein…

Er musste husten. Er glühte vor Fieber. Die kleine Krankenschwester gab ihm Medizin. Als Haricot-Rouge vorbeikam, schlief er wieder. Sie wollte ihn nicht wecken, blieb zwei Stunden an seinem Bett sitzen und betrachtete ihn mit ihrem Engelslächeln. Dann ging sie wieder zu Zborowski zurück, wo sie neuerdings immer zu Abend aß und manchmal auch übernachtete, wenn der Regen zu heftig war, um ohne Probleme in die Rue Vercingétorix zurückzukehren. Oder sie ging noch in die *Rotonde* und setzte sich zu ihren Freunden. Sie hörte sich zum zehnten Mal Kharis' Lebensgeschichte an, dessen Großvater Kommandant eines indischen Sepoy-Bataillons gewesen war, das eine holländische Handelsniederlassung im Punjab zu bewachen hatte. Von dort war der Großvater nach Kaschmir emigriert. Kharis' Mutter entstammte altem javanischen Einwandereradel, der angeblich bis aufs fünfte Jahrhundert zurückzuverfolgen war. Er selbst hatte später in Russland eine Psychologiestudentin geheiratet, die in Genf Schülerin von Claparède gewesen war. Eines Tages hatte er im Museum vor dem Bild eines schwedischen Malers plötzlich die Eingebung gehabt, dass er nicht mit seinen eigenen, sondern mit den Augen aller seiner Reinkarnationen sah. Er sprach auf einmal Schwedisch, ohne je ein Wort dieser Sprache gelernt zu haben. Er verdiente noch heute Geld damit, Bücher aus skandinavischen Sprachen zu übersetzen, wenn er nicht gerade tagelang unbewegt auf seinem Platz saß, um innere Schau zu halten und zu betrachten, was ihm seine sechshundert schwedischen, russischen, tartarischen und hinduistischen Vorgängerseelen zu erzählen hatten. Deren Lebensgeschichten, so schloss er stets seine Geschichte, würde er eines Tages für eine amerikanische Zeitung niederschreiben.

Kharis und Haricot-Rouge einigten sich mühelos darauf, Brot und Milchkaffee zu teilen. Kharis nahm die Milch, Haricot-Rouge den Kaffee. So hatten beide etwas davon.

Ein Hindu aus dem Punjab wandte sich in diesen Tagen an Kharis, der ihm mit seinem weisen Rat zur Seite stehen sollte. Doch Kharis weigerte sich, für diese Hilfe Geld anzunehmen, denn der Hindu bereitete mit einigen tausend Gesinnungsgenossen einen Aufstand in Indien vor. Das Berliner Büro der Bewegung hatte ihm ein wenig Geld gegeben, um ein geheimes Papier in den entsprechenden Kreisen zu verteilen. Er war auf dem Weg nach London, wo er ebenfalls ein Büro eröffnen sollte. Er war Gandhi begegnet, der ihm seine Hand auf die Stirn gelegt hatte. Seitdem hatte er sich der Sache verschworen. Er lebte von etwa zehn Franc in der Woche, die er in unregelmäßigen Abständen erhielt. Kharis sah aufmerksam um sich, wenn sein Landsmann mit ihm redete. Denn er wollte sich seine guten Kontakte zur Pariser Polizei nicht verderben, die ihm unter anderem erlaubten, mitten in Paris mit Turban spazieren zu gehen.

Haricot-Rouge ging auch hin und wieder zu den armen Russinnen und wurde genötigt, sich eine Lektion in Stolz erteilen zu lassen. Es gab unter ihnen begnadete Erzählerinnen, die sich jedoch nur auf ein Gespräch mit ihr einließen, um ihren Seelenzustand in aller Breite darzustellen – was übrigens die Engländerinnen im Lokal nicht anders handhabten. Eine der Russinnen war in Smolensk auf der Universität gewesen, wo man niemanden zuließ, dessen Vater nicht mindestens Kolonnell war. Ihrer war General der Leibgarde des Zaren, so ziemlich der höchste militärische Dienstgrad. Während der Revolution war sie Lehrbeauftragte an den Schulen der Dritten Internationale geworden, schließlich von der Weißen Armee unter Wrangel gefangen genommen und mit einem Teil der Soldaten nach Konstantinopel evakuiert worden. Sie kam auf die Prinzeninseln, wo sie unter den einfachen Soldaten mit ihrer sanften Stimme vehement Propaganda betrieb. Dann ließ man sie nach Russland zurückkehren. Wenn sie vorher von Liebe nichts gehalten hatte, so entdeckte sie hier die grassierende Liebe für die ganze Welt. Aber sie hatte zu viele Tote gesehen, zu lange, nämlich ganze zwei Jahre, in der ständigen Angst gelebt, standrechtlich erschossen zu werden. Als Schreibkraft der Soldaten, die weder lesen noch schreiben konnten, hatte sie so oft gegen ihre eigene Sache schreiben müssen und dabei beide Seiten so oft mit subtilen kleinen Abweichungen und Lügen beschwindelt, dass sie fast schon nicht mehr zu sagen vermochte, welcher Seite sie eigentlich zuneigte. Durch diese Krisen war sie in einen merkwürdigen Geisteszustand verfallen. Zwei- oder dreimal in der Woche durchlitt sie die immer gleichen Alpträume und damit einhergehende Gefühlszustände: Sie fühlte, wie sie weich wurde, fast zerfloss. Es fühlte sich an, als ob sie in einem brennenden Bett läge. Dann plötzlich wurde alles steinhart an ihr, wie ein Brett, und sie sah mit Schrecken alle die Gehenkten vor sich, an denen sie zu Schulzeiten gedankenlos vorbeigelaufen war. Sie war zu lange einer dogmatischen Linie verpflichtet gewesen, um noch einen einzigen philosophischen Text ertragen zu können. Deshalb hatte sie sich darauf verlegt, alles selbst herauszufinden, ohne Anleitung von außen. Umso mehr allerdings gewannen die herrschenden Zustände, die materiellen Zufälle, über sie die Oberhand. Doch lieber wäre sie an Auszehrung gestorben, als in ein Leben einzuwilligen, das sie noch einmal in aller Härte mit der Wirklichkeit konfrontiert hätte.

Haricot-Rouge wollte nicht länger ihren traurigen Gedanken lauschen und verabschiedete sich. Da las sie lieber Bücher, die zufällig auf den Bänken herumlagen. Freud oder Jean Cocteau.

Modrus Genesung schritt derweil voran. Er unterhielt sich nun gern mit seiner Krankenschwester. Sie erfuhr, dass er Maler war. Er versprach ihr ein Bild. Sie erwirkte für ihn die Erlaubnis, im Krankenhaus zu malen, und Haricot-Rouge und Zborowski besorgten Rahmen, Leinwand und einen Malkasten. Er malte die traurigen Mauern, den noch traurigeren Garten mit seinem Zaun und die noch viel traurigeren Blumen.

Die Krankenschwester war enttäuscht. Sie hätte lieber fröhlichere Dinge gesehen. Das veranlasste ihn gleich zu einer Grundsatzrede.

«Was zählt denn überhaupt der Bildgegenstand? Ist es nicht vielmehr die Qualität der Farbe, die man mit bestimmten Lichtwerten und in bestimmten Proportionen auf der Leinwand platziert? Der Bildgegenstand! Man hat immer schon das gemalt, was man gerade vor Augen hatte. Wenn ihr was anderes wollt, dann müsst ihr mich eben woanders hinbringen. Die Kunsthändler und Kunstliebhaber sind doch alle gleich. Sie sind jedes Mal schockiert, wenn man ihnen Landschaftsbilder vorlegt, auf denen nichts als trostlose Vororte zu sehen sind, mit verkrüppelten Bäumen, die wie Schwarzwurzeln vor einem schlammigen Himmel aussehen. Oder Interieurbilder, die kümmerliche Anrichten in dreckigen Farben zeigen. Dieses Jahrhundert, die heutige Zeit, sie hat uns doch gezwungen, wie Lumpensammler in verrottenden Vierteln zu wohnen. Und das ist das Bild, das wir, die Maler, deren Werke bleiben werden, von dieser Zeit zurücklassen. Jede Epoche hat die Maler, die sie verdient und die Bildgegenstände entsprechen ihren Lebensumständen. In der Renaissance lebten die Maler in Palästen, trugen Samtkleider und konnten jederzeit die Sonne sehen. Heute müsste man sich mal ansehen, in welchem erbärmlichen Loch, in welchem Schutt ein Maler wie Utrillo wohnen muss, welche dreckigen Pariser Krankenhäuser ihn zwischen Picpus und Fontenay beherbergt haben, aus welchen Müllkübeln er seine Mahlzeiten einnimmt, welchen schlechten farblosen Fusel er trinken muss. Dann wird keiner mehr fragen, warum er eigentlich nur vollgeschissene Mauern, kaputte Straßen und Zäune malt. Zäune, Zäune und nochmals Zäune.»

«Erinnerst du dich denn an gar nichts Schönes? Zum Beispiel an Rom? Da warst du doch, oder?»

Ein eigentümliches Licht stahl sich in Modrulleaus Gesicht. Und er sagte zu ihr: «Schnell, reich mir meine Malsachen. Die Armut zu malen, das ist und bleibt ein Wurmfortsatz des Naturalismus. Das ist nach wie vor eine Überlegung am Monatsende. Aber ich, ich bin nicht arm. Ich habe Rom gesehen. Schnell!»

Es war das erste Mal, dass er es wagen wollte, auf einem Stück Leinwand den Dingen Gestalt zu geben, die er unangetastet hatte lassen wollen, als eine Art unberührten, unschuldigen Traum. Aber als er die Pinsel in der Hand hielt, spürte er stärker als zuvor die Leere in seinem Körper, die er nicht besiegen konnte, und bat um einen Schnaps. Die Krankenschwester war verwirrt, aber als sie ihm seinen Wunsch versagte, geriet er in Zorn.

«Ich will doch nur arbeiten. Ist das so schwer zu verstehen? Ich brauche eine Flamme, um zu malen. Ich muss brennen, wenn du so willst! Meine Concierge und der Metzgerjunge, der hier neben mir kuriert wird, brauchen keinen Alkohol. Er tut ihnen auch nicht gut. Sie sind es sich schuldig, ihr wertvolles Leben zu schonen. Aber ich? Mein Leben ist keinen Pfifferling wert. Das zählt nur so viel, wie das, was ich hier auf die Leinwand bringe.»

Was für eine Bedeutung hatte es, dass seine Lebenserwartung sank, wenn er dafür ein Werk von Ewigkeitswert schaffen konnte? Andernfalls, so drohte er, würde er einfach den Firniss aus seinem Malkasten trinken.

Die Krankenschwester gab seinen Argumenten oder, genauer, seinen Drohungen schließlich nach und brachte ihm ein wenig Weinbrand, allein weil er ein schöner Mann war inmitten dieser alten oder dicken Wracks. Durch die Krankheit sah er verfeinert aus, aber auch ausgemergelt und noch bleicher als zuvor. Seine Haut wirkte transparent, seine Haare und sein Blick sahen im Kontrast dazu dunkler aus. Er war wie ein Bild von Eugène Devéria mit scharfgeschnittenen Schatten und einer Gestalt, die aus sich heraus zu leuchten schien wie eine Nachtlampe.

Aber voller Wut zerstörte er jedes Bild, sobald es fertig war. Dabei verwendete er ganz erstaunliche Himmelsfarbtöne, die er noch nie eingesetzt hatte, nicht einmal in jenen ruhmreichen Tagen guter Hoffnung, wenn er von der Prinzessin nach Hause kam. Nur wenn er über einem seiner Bilder einschlief, gelang es der Krankenschwester, sie zu retten – unvollendet und großartig.

Eines Abends skizzierte er auf seinem Zeichenkarton das Bild der Trinità dei Monti, jene Ecke, wo die Palme wuchs, aus deren Nachbarbaum abends das Vogelkonzert zu hören gewesen war. Tausende von Margeriten verdeckten den Baum, dessen Blätter bis zu den rosa Türmen der Kirche und fast in den blauen Himmel reichten.

Er malte die Türme in der Farbe glücklicher Liebender, einem zarten fleischlichen Rosa. Endlich hatte er seinen Ausdruck für Rom gefunden. Und er sah sich die pulsierende Farbe an, die ihm wie eine zärtlich geschwängerte Jungfrau erschien, und schrie eine Kampfansage gegen das Fenster des

Wintergartens: «Geht doch ein, ihr Scheißbäume. Ich habe hier den Frühling geschwängert!»

Aber bei dem Wort «schwängern» hielt er inne. Er machte eine Geste, als wollte er sich seine Männlichkeit ausreißen, denn auf einmal musste er an das denken, was einmal im römischen Paradies seine Hoffnung gewesen war und an den Mord an einem werdenden Gott hier in Paris. Das stürzte ihn erneut in eine furchtbare Krise.

Schließlich wurde er eines Morgens als geheilt entlassen. Haricot-Rouge und Zborowski erwarteten ihn am Ausgang und wollten ihn in die Rue Vercingétorix mitnehmen, wo sie Pappe vor die Fenster genagelt hatten, die von den Regenschirmfetzen nur unzureichend bedeckt gewesen waren.

Modru, der wieder etwas vom Leben sehen wollte, schlug vor, erst noch zur *Rotonde* zu gehen. Unterwegs wartete Haricot-Rouge vergeblich darauf, dass er etwas zu ihrem Bauch sagen würde, der langsam groteske Formen unter ihrem Lederrock annahm.

24

Als Modru in die *Rotonde* eintrat, bildete sich schnell eine Traube um ihn. Alle wollten mit ihm auf seine Gesundheit anstoßen oder ihn zu einer Lokalrunde überreden. Er war ja bekannt dafür, Gläser leer zu trinken, auch wenn sie ihm nicht gehörten. Ein Skandinavier war deshalb sogar mal auf ihn losgegangen. Man hatte die beiden auseinanderbringen müssen.

Modru setzte sich an den Tisch von Ortiz, Henri Hayden, Zadkine, Valentine Prax, Léopold-Lévy, Pierre-Eugéne Clairin, die ihn hochleben ließen. Aber er trank wie ein Verrückter und hörte nicht einmal Zborowski zu, der gerade Bilder für eine Ausstellung junger Malerei in Amsterdam sammelte.

Zborowski hatte wenige Tage zuvor den in dicke Pelze eingehüllten in den Niederlanden wohnenden Russen Romomow getroffen, der noch vor einem Jahr wie alle anderen in der *Rotonde* in seinen Café crème geheult hatte und jetzt in seiner geräumigen Wohnung in der Calverstraat die Ecke des Cafés detailgetreu nachgebaut hatte, weil er die glücklichen Stunden vermisste, die er dort verbracht hatte. Er hatte sogar die Bilder gekauft, die diese eine Ecke des Cafés geschmückt hatten: das blasse, ins Violette spielende Porträt auf pastellblauem Grund, das eine Geigenspielerin zeigte, deren Augen beunruhigend schwarz aus dem bleichen Gesicht hervorsahen, die allerdings ihren Bogen völlig falsch hielt (der Doktrin folgend, dass man von den Primitiven der Renaissance in erster Linie die Ungeschicklichkeit der Geste kopieren sollte); die isokaedrische Landschaft; die goldene Frau mit den abgespreizten Beinen; das Porträt des ernsten jungen Mannes mit den weinerlichen Augen sowie diverse zylindrische Landschaften oder entsprechende Collagen aus grünem Papier.

Er hatte sogar die kugelförmigen Deckenlampen in sein neues kaltes Domizil geschleppt. Aber ohne die Gestalten des Cafés, die das Dekor belebt hatten, wollte sich die Atomsphäre nicht wieder einstellen, der er nachtrauerte. Außerdem gab es ständig Diskussionen, denn sowohl in

Deutschland als auch in England war man an den Bildern in seiner Wohnung brennend interessiert. Romomow wollte deshalb eine Ausstellung der *Rotonde*-Maler in Amsterdam organisieren. Und mit ein wenig Geld als Vorschuss hatte er Zborowski beauftragt, die Bilder auszusuchen, weil er selbst nicht genug von Malerei verstand. Zborowski war mit seiner Frau nach Amsterdam eingeladen – am liebsten mit allen, die Lust hatten mitzukommen. Romomow war glücklich, auf diese Weise die Atmosphäre der *Rotonde* wiederaufleben zu lassen.

Die Idee war nicht schlecht, denn was die meisten Kunsthändler noch den kubistischen Wahnsinn nannten, schritt unaufhaltsam seinem Höhepunkt entgegen. In Paris begannen die wohlhabenden Bürger, nicht selten in der Hoffnung auf Spekulationsgewinne, kubistische Kunst zu kaufen, je unverständlicher, desto besser. Selbst Beamte häuften Bilder an, ohne ihren Frauen etwas davon zu sagen. Sogar die Polizeipräfektur platzte aus allen Nähten vor lauter günstig erstandenen Werken. Einer der cleversten unter den Freunden des Händlers Zamaron hatte ein halbes Dutzend Maler fest unter Vertrag. Und eine Menge Händler, die das schnelle Geld witterten, unter ihnen der sogenannte Erdnussschreier, hätten gern einen Coup wie den von Afthalien, dem ehemaligen Händler dubioser Seidenwaren, wiederholt. Der wiederum hatte sich klammheimlich von der Malerei verabschiedet und tauchte nun immer wieder in der Rue La Fayette in dem kleinen Café der Perlenhändler auf.

Die Kellner im *Dôme*, im *Parnasse* oder in der *Rotonde* trieben mit einer gewissen Absicht die Schulden ihrer Klientel in die Höhe, indem sie sie immer wieder zum Verzehr anhielten. Sogar Sauerkraut mit Schinken oder Räucherwürstchen gab es auf Pump. Die Gespräche zwischen den Malern und den Kellnern, die schon Derain und Picasso bedient hatten, deren Bilder inzwischen für zehn-, zwanzig-, sogar vierzigtausend Franc verkauft wurden, waren erstaunlich fachkundig: «Ich schulde dir noch zweihundertfünfzig. Ich will dir ja nichts klauen, also gib mir noch hundert und du bekommst das Bild hier.»

«Ich finde aber das besser, das ich gestern bei dir gesehen habe. Da war mehr Cézanne drin.»

«Das ist aber teurer.»

Der Kellner servierte also ein Mittagessen und verlangte schließlich das Bild für dreihundert, er wolle es für sich privat, behauptete er. Wenig später allerdings verkaufte er es für fünfhundert an einen Uhrmacher.

Die Cafés waren Teil der Kunstbörse: Man baute zu dritt oder zu viert einen der Maler auf, der dann im Wert stieg. Kellner, Patron und alle im Viertel, die der kalte Winter dazu zwang, die Zeit hier totzuschlagen, profitierten von der Armut und dem tatsächlichen oder vermeintlichen Genie der malenden Gäste. Modru war davon abgestoßen und hatte die Lust an seiner Arbeit verloren. Für sein Porträt von Zborowskis Tochter, das für sechs Franc an den Friseur in der Rue Vavin gegangen war, wurden inzwischen astronomische Summen geboten, deren Höhe Modru empörte.

Er trank. Und wenn er betrunken war, wurde er jedes Mal ausfallend.

«Der letzte Tinnef wird verkauft. Blumen, die aussehen, als wären sie mit Heilsalbe und Zahnpasta gemalt…»

Als Romomow und Zborowski vierzig Bilder zusammenhatten, teils gekauft, teils nur geliehen, beschlossen sie, nach Amsterdam zu fahren. Modru und Haricot-Rouge begleiteten sie zum Bahnhof. Modru lehnte beharrlich den Mantel ab, den ihm Zboro über die Schultern legen wollte.

«Ich bin geheilt.»

Es regnete in Strömen. Glücklicherweise nahmen sie ein Taxi zum Bahnhof.

Bevor der Zug fuhr, drückte Zboro Modru ein wenig Geld in die Hand, für die Zeit seiner Abwesenheit. Seinem Freund Modru sollte es auch ohne ihn gutgehen.

Als sie allein waren, überredete Modru Haricot-Rouge, in einem Restaurant hier im Viertel essen zu gehen. Sie konnten sich lange nicht entscheiden, in welchem. Schließlich gingen sie zur Rue de la Chapelle und betraten gegen zehn Uhr eine schmucklose kleine Weinstube, wo man ihnen Ratatouille vorsetzte.

«Wir kommen gerade rechtzeitig», meinte Modru. «Und hier gibt's zum Glück keine von diesen Kommisköpfen und Arbeitssklaven wie in dem

Laden, wo du unbedingt hinwolltest. Patronne, geben Sie uns von dem guten Wein, bitte … Erinnerst du dich noch an den Wein von Depero in Rom?»

«Natürlich.»

Wenn Modru seine Wünsche durchsetzen wollte, musste er nur auf ihre Romreise anspielen. Dann stahl sich jedes Mal ein Lächeln auf ihr müdes Gesicht. Wenn er das sah, wollte er ihr um nichts auf der Welt weiteres Leid zufügen. Das Missverständnis bezüglich des Kindes, das sie da austrug, behielt er lieber für sich. Er hatte deswegen schon genug durchgemacht und litt selbst viel zu sehr unter der Enttäuschung. Er ließ sogar seine Augen aufleuchten, als die Tischnachbarn ihren Bauch bemerkten und Haricot-Rouge ihm zuflüsterte: «Wenn die wüssten …»

Ja, wenn die wüssten, was sich da drin befand.

«Modru. Wir müssen morgen arbeiten.»

«Ja sicher … Patronne, eine Flasche noch!»

«Du hast doch schon drei getrunken.»

«Aber ich kann bezahlen.»

«Und deine Gesundheit …?»

«Ist hervorragend. Ich bin geheilt. Und heute Abend kann ich sowieso nicht mehr arbeiten. Also.»

Er trank die vier Flaschen nahezu allein, dann noch ein paar Schnäpse, nicht zu vergessen die, die er aus Gerechtigkeitsgründen für Haricot-Rouge mitbestellt hatte. Er verließ singend das Lokal. Der Regen schnitt ihnen ins Gesicht und drang durch die Kleider. Sie klapperten mit den Zähnen. Aber Modru wollte noch nicht nach Montparnasse zurückgehen, sondern weiter in den Norden der Stadt, weil es da angeblich mehr und bessere Luft gab. Als sie an einem hohen Baugerüst vorbeikamen, musste er sich festhalten. Er sagte, er wolle da hochklettern, um sich einen Überblick zu verschaffen. Aber statt sich hochzuschwingen, brach er zusammen.

«Steh auf, Modru», bat Haricot-Rouge, die das für einen schlechten Witz hielt. Aber er bewegte sich nicht. Und dann sah sie, dass Blut aus seinem Mund lief. Sie rief um Hilfe, aber es war kurz vor Mitternacht und niemand war mehr unterwegs. Erst zehn Minuten später kam ein Gemüsebauer, der von seinem Auto aus Zeichen gab, jemanden zu verständigen. Die Polizisten kamen eine Viertelstunde später. Fluchend nahmen sie Modru mit auf die Wache. Da er nicht wieder zu Bewusstsein kommen wollte und Haricot-Rouge dem Wachtmeister erklärte, dass sie auf der anderen Seite von Paris wohnten, schickte man schließlich per Fahrrad nach einem Arzt. Der Arzt verordnete die sofortige Einlieferung ins Krankenhaus und verkniff sich eine Antwort, als Haricot-Rouge fragte, ob es schlimm sei. Sie stieg mit Modru und den Polizisten in den Streifenwagen.

An der Eingangstür des Krankenhauses im Viertel, hinter den scheinbar endlosen Mauern der Schlachthöfe, musste sie aussteigen. Sie blieb noch eine Weile stehen, als sich das Eisentor längst vor ihr geschlossen hatte. Um keinen Preis wollte sie weinen, aber ihr war sehr danach zumute, als sie sich umdrehte und zu Fuß zur Rue Vercingétorix zurückging. Sie hatte keinen Sou in der Tasche, einer ihrer Schuhe war kaputtgegangen und schmerzte beim Gehen. Wasser drang durch ein Loch in der Sohle ein, und sie trug schwer an ihrem Bauch, den sie beim Gehen mit beiden Händen halten musste.

25

Am nächsten Morgen war ihr immer noch kalt, und sie hatte Hunger. Sie hatte in ihren dreckigen Kleidern geschlafen, damit wenigstens das Kind nicht fror. Ohne lange nachzudenken, ging sie in die *Rotonde* und setzte sich an einen der Tische.

«Was darf ich Ihnen bringen?» Der Kellner hatte sie ganz gegen die Gewohnheit ohne jede Aufforderung gefragt.

«Nichts. Heute früh bin ich einfach zu erschöpft...»

War sie nicht auch hier zu Hause wie die anderen? Der Kellner warf ihr einen missbilligenden Blick zu und tat, als ob ihn diese Antwort verdross, vermutlich waren das die neuen Anweisungen. Dann fiel sein Blick auf ihre desolate Kleidung, ihre vor Erschöpfung konturlosen Gesichtszüge und den dicken Bauch, und er beschloss, ihr einen heißen Kakao zu bringen. «Den können Sie ein andermal bezahlen.»

Sie bedankte sich und trank das heiße Lebenselixier, dessen Wärmewellen das Wesen in ihrem Inneren munter machten. Sie musste lächeln. Und sie grüßte mit einer Neigung des Kopfes den einen oder anderen Stammgast im Café. Jetzt brauchte sie kein Mittagessen mehr, und es schien ihr sogar, als könnte die Wirkung dieser Stärkung bis zur Nacht anhalten. Sie hatte einen guten Platz unweit des Ofens. Und die Russen machten keine Anstalten, sie davon zu vertreiben. Man wusste ja, wer sie war. O ja! Andererseits war ihr der Kellner nicht so begegnet. Sie musste an Modru denken. Er war ein Mann, und vermutlich würden die Ärzte, die ihn behandelten, sich bis zum Boden vor ihm verneigen, wenn sie erfuhren, wen sie da vor sich hatten.

Die Russen kamen erst nach dem Mittagessen. Blumenfeld, ein Übersetzer aus dem Jiddischen, mit eckigem Kiefer und Löwenmähne, die er stets zu einem Flammenhaupt frisieren und ondulieren ließ, hatte, wie Soutine, schöne, fast farblose blaue Augen von besonderer Klarheit. Er war seit Trotzkis Abreise Sekretär der Arbeiterbewegung in der Rue de Rosier. Jede Woche hielt er dort auf Jiddisch Vorträge über das politische, literarische und wissenschaftliche Leben der ganzen Welt. Der Hunger der Glaubensgenossen Spinozas auf geistige Nahrung schien größer als der auf leibliche. In den Marmortisch, an den sich Blumenfeld gewöhnlich setzte, hätte man den Spruch gravieren können: «Wenn drei Männer an einem Tisch sitzen und nicht über Gelehrtes reden, dann müssen es Leichen sein.» Wie lebende Leichen sahen die meisten von ihnen aus. Und ihre ausufernde Gestik diente offenbar dazu, sich selbst ein wilderes Leben vorzugaukeln, als sie in Wirklichkeit führten. Nahezu alle übten in ihrer Not ganz unglaubliche Berufe aus, sofern sie überhaupt Arbeit hatten. Aber jede freie Minute verbrachten sie hier, um über die Zukunft Europas und der Welt zu diskutieren.

Haricot-Rouge blieb, bis es dunkel war. Aber morgens um sechs Uhr wurde sie von einem bohrenden Hunger geweckt, der sofort gestillt zu werden verlangte. Sie konnte an nichts anderes mehr denken. Sie ging zur *Rotonde*, wagte es aber nicht einzutreten. Sie strich vor dem Café herum, wie seinerzeit Soutine und Krémègne, die sich nicht einmal getraut hatten, sich zu setzen, wenn man sie dazu eingeladen hatte. Was sie von außen beobachtete, war aber keineswegs der Saal, sondern die Theke, hinter der die verzinkte große Espressomaschine blitzte. Sie sah die kleine blaue Gasflammenkrone unter dem Gerät, den dampfenden heißen Kaffee. Sie glaubte ihn in den verzinkten Röhren riechen zu können, aber vor allem die Milch, die gute Milch, die in dem kleinen Glaszylinder mit Wasserdampf zum Kochen gebracht wurde. Wenn sie nur den Inhalt dieses Zylinders hätte trinken können! Es kam ihr vor, als hätte sie seit Tagen nichts gegessen und würde auch nie wieder etwas zu essen bekommen. Dabei sah sie von der Straße aus Leute Ellbogen an Ellbogen sitzen, die ihre Buttercroissants gedankenlos in den Milchkaffee stippten, als wäre das völlig normal.

Plötzlich entfuhr ihr ein Freudenschrei. Ihr war die «Kasernensuppe» wieder eingefallen. Die konnte sie sich holen. Einige der Aktmodelle aßen, weil es ihnen peinlich war, die Suppe auf der Bank vor der *Rotonde*. So konnten sie essen, ohne dass ihre Armut allzu sehr auffiel. Und zwischen den ganzen Leuten vor der Kaserne würde man sicher nicht besonders auf sie achtgeben.

Sie rannte zur Rue Mouffetard. Schon von weitem sah sie im Nieselregen etwa vierzig Gestalten in Lumpen vor dem Kasernentor warten. Die meisten von ihnen waren gebeugt und erkältet, froren, stanken und grummelten vor sich hin: «Hinten anstellen. Auch die Neue… Du willst keinen Sou in der Tasche haben? Junges Ding, und scheut sich zu arbeiten… Nach neun gibt's hier sowieso nichts.»

Sie musste bis zehn Uhr warten. Sie harrte aus, obwohl sie von einigen der Obdachlosen übel beschimpft und herumgezerrt wurde. Sie lächelte, weil sie beschlossen hatte, sich niemals dem Leiden zu ergeben, sondern ein Leben in Freude für den zu führen, der da kommen sollte.

Sie achtete nicht auf die Gespräche um sie herum, nicht auf die Alte, die ihr erst alle möglichen Frechheiten an den Kopf warf, um sich anschließend als ihre Beschützerin aufzuspielen.

«Bei der Republikanergarde ist die Suppe besser und auch nahrhafter. Für die Gardesoldaten schmeißen sie mehr Fleisch rein als fürs normale Fußvolk. Aber gerade deshalb rennen da die Hungerleider aus allen Vierteln hin. Und das ist auch noch weit weg von hier. Und wenn man einer der Letzten ist, weil man zum Beispiel zu stolz ist, um als einer der Ersten da aufzutauchen, dann strecken sie die Suppe mit heißem Wasser.»

«Hey, Alte, was erzählst du da für einen Quatsch! Woanders ist die Suppe frischer, weil sie im Zweifelsfall eine zweite aufsetzen, und nicht bloß mit verschrumpelten Möhren.»

«Das glaubst auch nur du.»

«Allerdings! Ich hatte hier 'ne ganze Möhre drin. Ist nicht mal eine Woche her!»

«Du willst uns wohl für dumm verkaufen, was? Eine ganze Möhre? Dass ich nicht lache!»

«Dann lach eben, du alte Hexe.»

«Wenn hier nicht die Typen mit den Helmen stünden, würde ich dir deine Möhre auf die Schnauze hauen, du Möchtegerndandy. Dann vergehen dir deine Angebergeschichten. Verrückte Marie? Hast du gehört, was der Alte mit der Schnapsnase da erzählt?»

So ging es während der ganzen Wartezeit. Schließlich öffnete sich die Nebentür des Kasernentors und die ganze Mannschaft humpelte auf dem, was an Absätzen noch vorhanden war, hinein. Als Haricot-Rouge hineinwollte, wurde sie von einem einfachen Soldaten nach ihrem Essgeschirr gefragt. Alle anderen hatten Konservendosen oder ähnliche Gefäße bei sich, von denen man nicht wissen wollte, wo sie die gefunden hatten.

«Kein Geschirr, keine Suppe…»

Als der Soldat ihren Bauch bemerkte und sah, dass Haricot-Rouge gleich in Tränen der Verzweiflung ausbrechen wollte, bat er sie zu warten und nahm aus den Regalen des Wachbataillons ein Soldatengeschirr, das zur Reparatur abgegeben worden war.

«Ist ein kleines Loch unten drin, aber das kannst du mit dem Finger zuhalten.»

Er goss die kochend heiße Suppe hinein. Haricot-Rouge musste ihren Finger gleich wieder wegziehen, und die Brühe spritzte durch das kleine Loch heraus und hinterließ einen fettigen Fleck auf ihrem Bauch. Schnell drückte sie das Loch mit einem anderen Finger zu. Und obwohl die Suppe heiß war und sie von allen Seiten angerempelt wurde, aß sie gierig alles auf, kaute genüsslich das Gemüse und zog sich dabei in eine Ecke zurück wie ein Kind, das sich für einen Streich schämt.

Am nächsten Tag kam sie wieder. Es schien ihr schlauer, nicht die Kaserne zu wechseln, damit man sie möglichst bald für einen Stammgast hielt, dem man keine Aufmerksamkeit mehr schenkt. Sie kam immer mit diesem engelhaften Lächeln, das ihre Lippen nicht mehr verlassen wollte. Sie versuchte an schöne Gemälde zu denken, und an die Geburt ihres Gottes auf goldenen Wolken. Bald wäre sie von allem erlöst. Dabei war es ein Kampf ohne Erbarmen, den sie kämpfte. Aber es gelang ihr schnell, in dieser Gesellschaft unterzukommen. Eines Tages gab man ihr zwei Teller, wegen ihres Zustands. Die verrückte Marie, eine Blondine mit durchscheinender Nase, rief gleich einer anderen, die nur «Die schmuddelige Tante» genannt wurde, zu:

«Schau sie dir an! Unsere Göre mit dem Eisenlächeln. Trägt ihren Bauch vor sich her, als wäre der aus Gold. Nix da! Hinten anstellen! Ich war auch mal schwanger und habe den anderen nicht ihre Suppe weggefressen… Ach. Der Sergeant hat dir gesagt, du müsstest dich nicht anstellen? Aber flott! Ich hab das damals auch gemacht. Wie die andern. Dann kannst du das wohl auch. Selbst wenn der Sergeant glaubt, er könnte irgendwelche Spielchen mit uns spielen.»

Haricot-Rouge fügte sich. Was keineswegs bedeutete, dass man aufhörte, sich über sie das Maul zu zerreißen.

«Was soll an deinem Balg mehr dran sein als an jedem anderen? Hm? Willst du aus ihm einen Lumpensammler erster Klasse machen?»

Sie erwiderte: «Red du nur. Aber der wird später in einem Büro arbeiten. Aua, latsch mir nicht auf den Fuß!»

Sie wagte nicht mehr, sich vorzudrängeln, lächelte zu den Stößen und Püffen, die sie abbekam, stieß nur manchmal zurück, wenn man zu heftig an ihr zerrte, entschuldigte sich aber gleich anschließend, aus Angst, in eine Prügelei verwickelt zu werden, bei der sie einen gefährlichen Schlag in den Bauch erhalten konnte. Mit dem, was man allgemein für Feigheit hielt, machte sie sich allerdings zum besonderen Spottobjekt.

Haricot-Rouge hatte in dieser Gesellschaft nur einen einzigen Freund, einen großen traurigen Spinner, dem sie Nadel und Faden geschenkt hatte, damit er seine Schuhe flicken konnte. Sie hatte ihm sogar Handschuhe versprochen. Denn diesen ehemaligen Aristokraten störte an seinem Schicksal am meisten, so behauptete er zumindest, dass er keine, nicht einmal zerlöcherte Handschuhe besaß. Ähnlich wie sie fühlte er sich keineswegs wohl in diesem Haufen. Er war eine Art schüchterner Don Quichote mit seiner langen Nase, dem gekrümmten Rücken, den abgelaufenen Schuhen, der blauweißen Hose, die ein Koch nicht mehr hatte tragen wollen und die noch immer voller Fettflecken war. Am mageren nackten Oberkörper trug er einen baskischen Überzieher in erbärmlichem Zustand.

«Die anderen verstehen das nicht. Handschuhe waren mein letzter Luxus. Und wenn ich keine habe, ist mir, als wäre mir alles verwehrt. Ich sage dir, Göre mit dem Eisenlächeln, es ist nicht klug, gut zu sein. Lass dir das von mir ganz philosophisch raten, selbst wenn ich davon profitiere. Und wie ich dich kenne, bringst du mir sogar noch eine Sicherheitsnadel für meinen Überzieher mit, weil du insgeheim reich bist, wie ich vermute. Es wird nämlich langsam kalt draußen. Und ich bin jetzt schon die siebenunddreißigste Nacht im Freien. Aber ich denke nicht daran, mit all den anderen Verlausten das Schlafquartier zu teilen. Es ist schön im Freien, viel ruhiger und irgendwie vertrauter. Das Einzige, was mir wirklich Kummer bereitet, ist eben, dass ich keine Handschuhe habe. Und sonst... Man ist doch sowieso nur ein Unfall der Geschichte. Schön, wenn man nicht gleich daran zugrunde geht. Aber wenn mir kalt ist, was für eine Bedeutung hat das für die Welt in ein-, zweitausend Jahren? Und wenn wir keine Suppe kriegen, was macht das schon? Ja, was macht das schon...»

Die anderen Alten mit ihren dreckigen Gesichtern und den schwarzen Fingernägeln, deren Kleider nur vom Schmutz zusammengehalten wurden, waren weiterhin gemein zu ihr, nutzten jede Gelegenheit, sich mit ihr anzulegen, und machten sich immer wieder über ihr «pissendes» Essgeschirr vom ersten Tag lustig.

Eines Nachmittags sah Haricot-Rouge auf dem Heimweg vor einem Café einen Mann, der ähnlich bunt wie die Leute in der *Rotonde* gekleidet war. Er zeichnete Porträts der Gäste auf der Terrasse und verkaufte sie für ein paar Sous. Sie sah sich seine Zeichnungen aus der Nähe an.

‹Das kann ich besser›, dachte sie und erinnerte sich mit Verachtung an jene Frau von einer Wohltätigkeitsorganisation, die vor ein paar Tagen aufgetaucht war und die Armen in der Schlange gefragt hatte, zu welcher beruflichen Tätigkeit sie in der Lage seien. Diese Frau war noch viel bösartiger gewesen als die alten Suppenfresser. Und entsprechend hatten ihr alle geantwortet: «Danke, aber arbeiten, um Sie noch fetter zu machen und dafür eine Suppe zu bekommen, die schlechter ist als die hier, und sich dafür noch rumkommandieren zu lassen, darauf können wir gern verzichten.»

Nur Haricot-Rouge hatte eifrig geantwortet, sie könne zeichnen.

«Das ist kein Beruf», hatte die blutleere Frau fast ein wenig beleidigt geantwortet.

Von wegen kein Beruf! Sie ächzte die sieben Etagen zum Atelier empor, wühlte in den Papierhaufen herum, bis sie ein gutes Dutzend einigermaßen sauberer Blätter gefunden hatte, nahm drei Stifte und eilte, so schnell es ihr möglich war, zum nächstbesten Café.

Zunächst war ihr kein Erfolg beschieden. Entweder zeichnete sie Leute, die ihre Kunst nicht verstanden, sich durch die Zeichnung beleidigt fühlten oder nicht gestört werden wollten. Nach den ersten Erfolgen aber wurde sie mutiger und wechselte auf die großen Boulevards. Dort verdiente sie im Laufe des Tages dreißig Sous und ging, glücklich, so viel Geld in der Hand zu haben, in die *Rotonde*, um sich an den Tisch der Maler zu setzen. An diesem Abend ging sie früh schlafen, denn sie hatte eine Idee.

Sie wollte von nun an den Vormittag im Louvre verbringen und die Nachmittage arbeitend auf den Boulevards. Aber als sie am nächsten Tag ins Museum wollte, wurde ihr von einem Museumswärter der Weg versperrt. «Die Heizung funktioniert heute nicht.»

Erst verstand sie nicht. Dann trat ihr die Schamesröte ins Gesicht: Man hielt sie offenbar für eine Bettlerin, für eine dieser Elenden, die ihre Tage im Museum verbrachten, um im Warmen zu sein. Sie hielt mit einer Geste der Verzweiflung das Papier und die Stifte hoch, aber er zuckte nur die Schultern. Den Trick mit dem Zeichenblock kannte er schon.

Sie versuchte es an einem anderen Eingang, wartete ab, bis die Wärter mit etwas anderem beschäftigt waren, und stahl sich dann hinein, voller Angst, zurückgerufen zu werden.

Sie wollte sich eigentlich in aller Ruhe die paar Bilder von Raffael ansehen, die im Museum hingen und sich dabei in ihre glücklichen Tage mit Modrulleau in Rom zurückträumen. Aber hier in Paris war der Himmel nicht blau, sondern grau. Und sie wurde mit Ekel beobachtet wie ein unerfreuliches Insekt. Dadurch wurde ihr klar, wie dreckig und abstoßend ihr Äußeres sein musste: Anstelle eines Kleides trug sie einen Unterrock und darüber verschmutzte, zerrissene und zerlöcherte Lumpen. Seit langem schon hatte sie nicht das Geld gehabt, ihre ärmliche Kleidung aufzubessern.

Sie entschloss sich, lieber gleich arbeiten zu gehen, stellte sich auf den Boulevard und zeichnete ihre Porträts mit groben und ungelenken, aber doch kraftvollen Strichen. Wenn man ihr ein wenig Geld geben wollte, ohne das Bild zu nehmen, lehnte sie ab. Wenn man sie wegschickte, dann geschah das wegen ihres Zustands, den einige gewiss nur für vorgetäuscht hielten. Aber in dem Bewusstsein, wen sie unter ihrem Herzen trug, behielt sie stets ihr engelsgleiches Lächeln auf dem bleichen Gesicht, während sie fast automatisch weiterzeichnete. Mehr und mehr kam sie sich selbst in ihren Lumpen wie eine erleuchtete Madonna vor, die sich vor der prophetischen Niederkunft jenes Wesens, das wichtiger sein würde als Christus selbst, noch einmal der Kunst widmet. Und weil jede ihrer Gesten vor diesem Hintergrund jetzt schon legendär und von historischer Bedeutung war, malte sie mit großer Feierlichkeit. Sie strahlte eine gewisse Größe aus, und kaum jemand wagte, sich über sie lustig zu machen.

Immer wieder kam es vor, dass sie auf dem Nachhauseweg vor lauter Schwäche zu Boden ging. Dann ließ sie sich auf die Knie fallen, damit ihrem Bauch bloß nichts passierte. Diese Geste hatte etwas Theatralisches, entsprach aber ihrem Gefühl, für die Geburt ihres Kindes jedes Martyrium in Kauf zu nehmen.

Sie war glücklich, dass sie Geld verdiente, für sich und Modrulleau, den sie am nächsten Sonntag erstmals besuchen wollte. Ihr kleiner aristokratischer Luxus waren keine Handschuhe, sondern der tägliche Gang zur *Rotonde*, obwohl Milch, Kaffee und Brot dort ein paar Sous teurer waren als in den kleinen Cafés der Umgebung. Aber dort gingen eben nur die hin, die man in der *Rotonde* nicht mehr sehen wollte, wie es neuerdings hieß.

Für den Besuch bei Modru weichte sie ihr Kleid zwei Stunden in Wasser ein und ließ es über Nacht trocknen. Am Morgen brach sie schon früh auf und erreichte das weit entfernte Krankenhaus, als man gerade die ersten Besucher hineinließ.

Modrulleau war dünn, geradezu eingefallen. Sie war erschrocken, wie abgemagert er war. Aber seine glühenden Augen blickten immer wieder zur Tür. «Haricot, ich langweile mich hier zu Tode.»

Er sagte das mit einem wilden Tonfall, als wäre das der eigentliche Tod.

Das hier war entschieden nicht dasselbe Krankenhaus wie beim ersten Mal. Die Ärzte kannten ihn nicht und duzten ihn, worüber er außer sich war. Die Leute, mit denen er den Saal teilte, störten ihn nicht, aber die Ärzte. Es gab keine Bücher, keine Freunde schauten vorbei. Und Zboro hatte bloß eine Karte geschrieben, dass er von Amsterdam aus noch einen Abstecher nach London machen wollte.

«Hast du eigentlich genug Geld?», fragte er Haricot-Rouge plötzlich. Sie bejahte und als Erklärung erfand sie, dass sie eine Stunde am Tag in einer Manufaktur für Spitzenwaren Zeichnungen kopierte. Sie wagte nicht, Modrulleau zu erzählen, was sie wirklich tat. Ebenso wenig wollte sie Arbeit in einer Fabrik vorgeben, wo sie Puppenaugen goss oder Verpackungen kolorierte.

Er hörte ihr jedoch gar nicht zu. Was ihn nämlich umtrieb, war nur die Frage, wie er möglichst schnell an Alkohol kommen konnte.

«Ich langweile mich, und das ist das Schlimmste. Alles ist besser als das. Und mit Alkohol langweilt man sich nicht. Wenn du mich also liebst...»

«Was ist dann?»

«Sie haben mir meine Kleider abgenommen. Näh mir eine Hose aus Leinen, die ich unter meinem Bett verstecken kann. Ich muss hier raus. Ich bin doch längst geheilt. Die lassen mich nur hier, weil ich ein paar Mal ausgerastet bin. Gut, ich hab den Ofen zerschlagen, weil sie mich nicht rauslassen wollten. Ich habe ein paar Leute angeschrien... Und jetzt rächen sie sich an mir. Verstehst du? Ich hau ab, das sag ich dir. Jede Minute, die du ganz normal draußen bist, ist hier für mich das reinste Martyrium. Ich langweile mich buchstäblich zu Tode. Du weißt gar nicht, was das heißt. Der Kampf, der Krieg, wenn man unter Schmerzen stirbt, das ist etwas Großartiges. Aber diese Langeweile... Also: eine Hose, Schuhe und Alkohol. Ich hab schon einen Plan.»

Jedes Wort von ihm schien seiner armen Geliebten wie eine Offenbarung. Modrulleaus Verrücktheiten waren für sie Ausdruck göttlicher Kraft.

Was zählten schon die Gedanken und Handlungen der anderen neben den seinen?

Sie versprach ihm alles und küsste ihn zum Abschied. Lange hingen seine Augen an der Tür, durch die als letzte Besucherin Haricot-Rouge gegangen war.

26

Am nächsten Mittwoch, dem ausgemachten Besuchstag, hätte sie ihn fast nicht sehen dürfen. Er sei unausstehlich gewesen, hieß es, und das war vermutlich nicht einmal übertrieben. Sobald er sie von ferne sah, begann er, halbnackt auf seinem Bett zu tanzen. Aber Haricot-Rouge legte einen Finger auf seine Lippen, und Modru verstand. Während sie so tat, als wolle sie sein Bett richten, schob sie eine Hose aus Malerleinwand unter sein Bett. Sie hatte diverse Bildgründe, so gut es ging, miteinander vernäht. In den Hosenbeinen steckte ein neues Paar Leinenschuhe.

«Und der …»

«Sag nichts», unterbrach sie ihn.

Sie hatte lauter kleine Fläschchen mit Bindfaden aneinandergenäht und sich wie einen Gurt um Bauch und Beine gewickelt, damit der Betrug nicht aufflog. Modru schnappte sich den Gurt und band ihn sich unter der Bettdecke um seinen abgemagerten Brustkorb.

«Ich trinke besser heute nichts davon. Du bist ja hier, da brauche ich nichts. Aber wenn ich mich langweile … Sie werden mir die schon nicht abnehmen. Wenn sie das Bett machen, lass ich sie am Körper. Und für die Untersuchungen zieh ich den Gurt einfach ein bisschen tiefer. Wie geht's in Montparnasse?»

Aber er sagte das offenbar ohne echtes Interesse. Denn noch während Haricot-Rouge erzählte, sackte er in sich zusammen und schlief ein. Weil sie wusste, wie viel Wert er darauf legte, wenn man seinen Schlaf respektierte, blieb sie an seiner Seite sitzen, ohne ein Wort zu sagen. Sie dachte: ‹Er weiß, ich bin da. Er muss nicht mitten zwischen Fremden schlafen. Er genießt es, wenn ich über ihn wache. Schlafe, mein Modru, schlafe …›

Sie wunderte sich nicht einmal darüber, dass er sie nicht nach ihrem Zustand gefragt hatte. Modrulleau hatte im Gegenteil jedes Mal, wenn sein Blick auf die Wölbung ihres Bauches fiel, schnell den Kopf abgewandt, eine Geste, die Haricot-Rouge vertraut war.

‹Er will nicht, dass ich durcheinandergerate›, dachte sie dabei.

Und sie betrachtete ihn mit jener Heiterkeit, die sie sich für ihre innere Haltung und ihr äußeres Erscheinungsbild gleichermaßen auferlegt hatte.

Er wachte kurz auf, als sie gehen musste, und murmelte: «Ich liebe dich, weißt du…»

Sie verließ ihn mit dem Gefühl der Erleuchtung.

Als sie in der *Rotonde* eintraf, befand sich der Laden in hellem Aufruhr. Der neue Patron hatte eins der Aktmodelle vor die Tür gesetzt, ein armes Mädchen vom Land, das erst vor kurzem einem Maler nach Paris gefolgt war, der vor ein paar Tagen überraschend verstorben war. Sie kannte sonst niemanden in der Stadt. Sie hatte einem der Hindus eine Szene gemacht, weil der sie nicht bezahlt hatte.

«Er schuldet mir noch zweihundert Franc für achtundzwanzig Stunden Modell stehen. Das ist harte Arbeit! Er hat mir immer gesagt: ‹Das Geld kommt bald!› Und ich habe bei allen Lebensmittelläden auf Pump gekauft. Und jetzt zahlt er nicht, und mich wirft man vor die Tür. Wo soll ich denn jetzt hingehen? Wo soll ich Arbeit finden, Patron? Du willst doch nicht etwa, dass ich nach Hause zurückkehre? Oder doch? Du Schweinehund! Gut, ihr werdet schon sehen, was ich mache. Da hinten fährt die Straßenbahn, ich werfe mich davor.»

Sie lief los. Man fing sie ein. Sie fiel hin. Man stellte sie wieder auf die Beine.

Man nahm sie mit, um woanders ein Glas zu trinken. Die *Rotonde* befand sich gerade im Umbau. Der neue Eigentümer ließ den Restaurant-Saal oben ausbauen, dabei musste die Decke im Erdgeschoss vorübergehend von massiven Metallpfeilern gehalten werden. Touristen und auch Pariser Bürger hatten den Boulevard für sich entdeckt. Man sah neuerdings vor der Tür Leute mit teuren Pelzmänteln aus Automobilen steigen. Diese Gäste der oberen Etage waren gleichermaßen beunruhigt wie angezogen von dem Getümmel im Erdgeschoss. Dort hatte der neue Geschäftsführer die exzentrischsten Figuren und alle Aktmodelle, die sich weigerten, einen Hut zu tragen, hinausgeworfen. Das war der Anfang des Aufruhrs. Am nächsten Tag kamen sie in Scharen wieder. Die wohlhabenden Malerinnen erregten sich am meisten. Im überheizten Café, das man von morgens bis abends nicht verließ und immer mehr trank, als man merkte, waren sie zu sechshundert zusammengepfercht, wo schon vierzig den Saal gefüllt hätten. Alle litten sie freiwillig unter dieser geistigen und körperlichen Verstopfung. Die von Wahnsinn und Erotik geprägte Stimmung im Café kam um fünf Uhr nachmittags auf und hielt bis in die Nacht an, wenn über dem Gedränge die elektrischen Glühbirnen an der mit reichen Stuckaturen verzierten Decke angingen und alles in ihr furchtbares rosa Licht tauchten. Die betrunkenen Amerikaner sangen am Klavier unten, am Klavier oben. Die Russen zerschlugen ihre Gläser bei wilden Diskussionen. Die blonden Schwedinnen mit ihren blauen Augen sahen wie hypnotisiert auf all die dunkelhaarigen Gestalten, als wollten sie deren sexuellen Magnetismus ergründen. Sie saßen steif auf ihren Bänken, auf denen sie seit dem Morgen ihre Hüften wärmten, und begutachteten gierig und doch mit scheinbar kaltem Blick die wilden Locken der Spanier, die Wangen, Ohren und all die sonstigen sichtbaren Partien ihrer durch die Dunkelheit des Teints geradezu schmutzig wirkenden Haut.

Und wen überraschte man nicht alles beim Anbringen obszöner Graffiti und politischer Geständnisse, mit denen die Wände der Toiletten übersät waren. Was gab es nicht für Geschichten von Malern, die um ein Modell gekämpft, von Frauen, die sich um einen Buckligen geprügelt hatten. Und wie viele Verrückte liefen hier herum!

Die Schwedinnen sorgten für den ganz besonderen Wahn eines Spaniers. Es war einer der bizarrsten Gestalten in der *Rotonde* überhaupt. Er kam aus Salamanca, wo er an der Universität Jura und Philosophie studiert hatte. Schon in Spanien hatte er als besonderes Original gegolten. Er lief in viel zu großen eckigen Schuhen herum, trug Hochwasserhosen, die kaum an die Wade reichten, und war eingehüllt in ein Cape, das schon drei Generationen vor ihm gewärmt hatte. Gekrönt wurde dieses lebende Kunstwerk von einer schwarzen Melone. In Salamanca hatte er den asketischen Charlie Chaplin gegeben, beeindruckend trotz des grotesken Einschlags und des riesigen

ふ
Foujita

karierten Einstecktuchs, das er wie eine Standarte vor sich hertrug, wenn er sonntags entweder in der byzantinischen oder in der neuen Kathedrale, deren Bau noch zur Hälfte aus Holz bestand, die Messe besucht hatte.

Mit zwanzig hatte er die bedauerliche Verrücktheit gehabt, sich alle Zähne ziehen zu lassen. Das hinderte ihn nicht daran, jedes Jahr mit der Kraft seiner Hände den neunundneunzig Meter hohen Turm der Kathedrale zu erklimmen, um oben die Fahne der Jungfrau Maria anzubringen, nicht selten bei schneidender Kälte. Salamanca liegt immerhin etwa zwölfhundert Meter über dem Meeresspiegel.

Eine Kleinigkeit für einen Mann, der jeden Morgen in eine der Wandnischen seines Zimmers stieg und sich von dort steif wie ein Brett auf den Granitboden fallen ließ, dann im Hof mit einem Knüppel auf seinen nackten Körper eindrosch, um anschließend in einen eiskalten Pfuhl zu springen. Aber das war gewissermaßen nur das Vorgeplänkel. Denn anschließend kletterte er jedes Mal die nassen Steine der Hauswand zu seiner Wohnung empor.

In der Umgebung von Salamanca gibt es vor dem Hintergrund dunkler Berge, am Ende einer Pappelallee, kurz hinter der römischen Brücke, einen Brunnen, den sie *Cagalona* nennen, was so viel wie Dünnpfiff heißt. Ein wunderbares Ziel für einen Spaziergang. Neben der *Cagalona* befinden sich zwei Bänke aus Granitblöcken. Wer sich zu dieser an Magnesium reichen Quelle verirrt, kommt meist nur auf Anraten der Ärzte.

Doch dieser Ignacio kam jeden Tag und brachte sein Mittagessen mit, das unverrückbar aus einer großen Portion Leinsamen, Milch und Schokolade bestand. Und wer ihn dann trinken sah, den erfasste angesichts der bekannten Wirkung des Brunnenwassers stets ein unbehagliches Gefühl. Er füllte nämlich seinen Becher zuerst mit Leinsamen, die er im Brunnenwasser quellen ließ. Nachdem er diesen Purgiertrank ausgetrunken hatte, spülte er mit zahlreichen Bechern Quellwasser nach. An diesem verrückten Schauspiel hatte noch niemand lange Spaß gehabt.

Die Nachmittage verbrachte Ignacio in einem der Klöster Salamancas und brach endlose Grundsatzdiskussionen mit den Mönchen vom Zaun.

Dabei war es ihm egal, ob es sich um Jesuiten oder um einfache Klosterbrüder handelte, die von seiner Beredsamkeit überfordert waren. Jedes Mal redete sich Ignacio im Namen der göttlichen Reinheit derart in Rage, dass er eine Tür demolierte, Gläser zu Bruch schlug oder als Wiedergutmachung für seinen Ärger eine Kleinigkeit vom Altar mitgehen lassen musste. Danach unterzog er sich noch schlimmeren Kasteiungen als am Morgen.

Im Laufe von gut zehn Jahren hatte er dafür gesorgt, dass ihn kein Kloster mehr empfing. Um sich an den letzten Jesuiten, mit denen er in Verbindung gestanden hatte, zu rächen, fing er nach und nach gut zwei Dutzend Hunde ein. Denen band er an einem hohen katholischen Feiertag je eine kleine Korbflasche voll Petroleum an den Schwanz, und scheuchte sie, nachdem er die Flaschen entzündet hatte, mitten in die Prozession.

Danach musste er Spanien verlassen. Er schrieb seinem Freund Matteo Hernandez in Paris, einem Bildhauer, der mit schwarzem Granit arbeitete und dessen Hände stets voller Schrunden und kleiner Wunden waren. Matteo hatte sich auf massive Tierdarstellungen verlegt, wie sie seit den Ägyptern niemand mehr gewagt hatte. Er nahm Ignacio auf. Und seitdem kam Ignacio jeden Tag in seinem burlesken Aufzug in die *Rotonde*, mit zu kurzer Hose, klobigen Schuhen, dem Cape à la Horacio Quiroga, dem Clownshut und dem enormen Karoeinstecktuch. Er konnte sich stundenlang über die Frömmler der neuen Kathedrale in Salamanca ereifern.

Seine Nase war erstaunlich lang und an mehreren Stellen gebrochen. Die dünnen schwarzen Haare hingen in wilden Strähnen bis auf seine Wangen hinunter. Seine Augen und Lippen glänzten wie ein Fluss bei Nacht. Insbesondere ihn betrachteten die Schwedinnen mit großer Neugierde. Vor allem, als er begann, sich jeden Abend zu kasteien, indem er auf einen der Stützpfeiler für den Umbau kletterte und sich von dort Kopf voran auf den Boden fallen ließ. Zum Glück war der aus Gummi und nicht aus dem harten Granit seiner kastilischen Heimatstadt.

Eines Abends jedoch stieg dieser bisher überaus keusche Mann auf seinen Pfeiler und zog sich vollständig aus. Er machte eindeutige obszöne Gesten, was ihn aussehen ließ wie einen sadistischen Hop-Frog, und ejakulierte schließlich in Richtung der Nordlichter, die wie gelähmt dasaßen und nicht einmal über die Proteste der puritanischen Engländerinnen lachen konnten. Sie starrten nur auf das phosphoreszierende Manna des Eremiten.

Man versuchte ihn mit Decken einzufangen und zu Boden zu zwingen. Zwei-, dreimal floh er auf die Straße. Ein paar Trittbrettfahrer wollten es ihm gleichtun und begannen sich, zum scheinbaren Entsetzen der Frauen, auszuziehen.

An diesem Abend wurden Haricot-Rouge und ein paar andere schlechtgekleidete Gestalten gebeten, die *Rotonde* zu verlassen und niemals wiederzukommen. Jeder von ihnen wandte ein, der Patron wisse doch gar nicht, wer man sei. «Sie können die Leute hier fragen…»

Es gab kein Pardon. Es ging darum, den Anstand zu wahren, unter anderem wegen der zahlreichen Ausländer, die neuerdings das Restaurant besuchten, und sei es mit den Wagen der Cookschen Reiseagentur. Der neue Geschäftsführer der *Rotonde* wollte einfach nicht begreifen, dass diese Gäste gerade wegen der pittoresken Gesellschaft kamen.

Haricot-Rouge war fassungslos. Was würde Modrulleau sagen, wenn er das erfuhr? Er würde hier auftauchen und den Laden in Schutt und Asche legen. Was war aus der *Rotonde* geworden, dem Ort, wo sie seit ihrem ersten Abend das ideale Leben idealer Künstler vor sich gesehen hatte, wo sie Modru kennengelernt hatte, wo…

Ohne nachzudenken ging sie ins *Dôme* gegenüber und setzte sich an einen der kleinen runden Bistrotische in die Nähe der beschlagenen Scheibe, durch die man die *Rotonde* wenigstens sehen konnte, und alle, die hineingingen und herauskamen.

Sie würde es nicht wie dieses arme Modell machen, das man eines Morgens auf den Gleisen der Gare Montparnasse aufgegriffen hatte. Außerdem gingen die reinen Geister ohnehin nicht mehr in die *Rotonde.* Weder Léger noch Delaunay, der im Exil in Spanien war, noch Gleizes oder Favory. Sie arbeiteten lieber in ihren Ateliers und waren außerdem alle verheiratet. Dieses Glück war Haricot-Rouge nicht zuteil geworden. Ihre Geborgenheit hatte sie bislang nur abends zwischen den Schachspielern und den Übersetzern aus dem Tatarischen gefunden, wo sie glücklich vor sich hin träumen durfte, nachdem sie auf den Café-Terrassen ihre Porträts gezeichnet hatte.

Man bat sie immer wieder, sich einen anderen Platz zu suchen, mal wegen des Luftzugs, mal wegen irgendwelcher Unbekannter, die hier eine Vorrangstellung genossen. Sie dachte jedes Mal an Modrulleau, der sie eines Tages rächen würde. In ihren Phantasien war er groß und beeindruckend, mit seinen Augen konnte er das, was er sah, in Brand setzen oder zum Leuchten bringen.

Am nächsten Tag regnete es derart, dass sie sich in einer Toreinfahrt der Rue Delambre unterstellen musste. In dem Haus wohnte der Maler Foujita, ein Freund von Modru. Sie beschloss, ihn zu besuchen.

Foujita wohnte in einer ehemaligen Remise im Innenhof, die er selbst in eine Wohnung umgewandelt hatte. Sie klopfte an eine der Scheiben, hinter denen ländliche Vorhänge in rot-weißem Karostoff zu sehen waren. Das Atelier war peinlich sauber, die Wände waren frisch gekalkt, die einfachen Möbel ordentlich gewachst. Hier und da fand sich ein verzierter Teller, ein Porzellanhund oder getrocknete Fische, die an einem Nagel an der Wand hingen.

Der Maler empfing Haricot-Rouge mit vollendeter Höflichkeit. Seine schwarzen, geraden Haare fielen ihm bis in die Augen, die hinter einer dicken amerikanischen Brille hervorblitzten. Sein schmaler Mund deutete ein Lächeln an. Er zeigte ihr seine Wohnung. Sie bat ihn weiterzuarbeiten. Als es zu dunkel wurde, um zu malen, schrieb Foujita mit einem langen Pinsel in langgezogenen Buchstaben an seinen Kindheitserinnerungen. Er gab Haricot-Rouge eines seiner vollgeschriebenen Hefte zu lesen, und sie saß glücklich in einem Sessel vor dem Holzfeuer, das in einem kleinen viereckigen Ofen brannte. Oben auf dem Ofen stand ein Wasserkessel, bereit für den nächsten Tee.

Sie las und war sehr angetan. Es waren kurze Geschichten, frisch wie die Wohnung des Malers.

Ein alter Holzfäller kannte die Geheimnisse des Waldes, ein alter Fischer die des Wassers. Eines Tages wölbte sich ein Regenbogen von den Fluten des Meeres bis zu den

Gipfeln der Berge. An diesem Tag stiegen die Seelen der beiden, jeweils von ihrer Seite kommend, diese lange Brücke hinauf und kehrten gemeinsam in die Wolken zurück.

Abfahrt:

Meine Koffer sind gepackt. Wir warten auf den Wagen. Meine alte Tante ermahnt mich: «Trink nicht zu viel Wasser im Ausland.» Mein Bruder: «Pass auf dein Geld auf.» Nur mein Vater lächelt stumm.

Von der Reise:

Ich habe mich an die Reling geklammert. Und doch war mein Heimatland in der Ferne nur noch eine Fata Morgana.

Der Sandwichmann schläft stehend in seinem Plakat-Gestell neben dem Gashahn. Sobald er sein Tagewerk beginnt, beginnt er zu trinken. Seine Tochter zeigt derweil auf Deck ihre Beine und ernährt die kleinen Schwestern von ihren Abenden.

In der ersten Raureifnacht habe ich gut geschlafen. Ich hatte meinen Mantel auf die Bettdecke gelegt. Nur die Blüte auf meinem Bild an der Wand war die ganze Zeit schutzlos dem Frost ausgesetzt.

Ich war verwundert, im Spiegel so viele weiße Haare zu entdecken. Mein Gesicht ähnelt mehr und mehr dem meines Vaters.

Foujita reichte ihr eine Tasse besten japanischen Tees, *Gyokuro*, was so viel heißt wie «edler Tautropfen», dazu ein Stück Kuchen.

Sie wusste nicht, wie sie ihm danken sollte. Deshalb sagte sie ihm, wie sehr Modrulleau seine Arbeit schätzte. Und sie spürte, dass der Japaner unter seiner zur Schau gestellten Gleichgültigkeit sehr erfreut über dieses Kompliment war. Ein adäquater Dank also für seine Freundlichkeiten. Sie verließ Foujita voller Stolz auf ihren Modrulleau, dessen Urteil dieses Gewicht hatte. Weil es immer noch regnete, lief sie zur Rue Bara, um nachzusehen, ob Zboro inzwischen zurückgekehrt war. Die Tür war immer noch geschlossen und das Schild *Nicht zu Hause* begann auszubleichen.

27

Es fiel ihr schwer, allein zu sein. Im Atelier in der Rue Vercingétorix mit seinen riesigen Fenstern konnte sie nicht einschlafen. Und der Regen wollte nicht aufhören.

Als Le Scouëzec sie am nächsten Tag zum dritten Mal fragte, warum sie nicht einfach bei ihm wohnen wollte, sagte sie schließlich zu.

Le Scouëzec hatte alles menschliche Elend kennengelernt. Als Jugendlicher hatten ihn seine Eltern, um ihn von seiner krankhaften Manie für die Malerei zu heilen, auf einen Viermaster geschickt, der Nickel nach Neukaledonien lieferte. In Sydney war er durchgebrannt, wurde halbverhungert wieder aufgegriffen und nach Kalkutta eingeschifft. Von dort lief er zu Fuß nach Neu Delhi. Auf Umwegen gelangte er wieder nach Marseille, nur um von seinen Eltern erneut auf ein Schiff, das nach Borneo fuhr, gesteckt zu werden, mit dem Verbot jeglichen Landgangs. Er arbeitete als Heizer, schaffte es aber, in Venezuela von Bord zu gehen. Dort arbeitete er als Hafenarbeiter, schließlich als Kautschuk-Schmuggler. Er durchquerte den halben Kontinent, tauschte bei den Indianern Kautschuk gegen bunte Hemden, machte damit ein Vermögen, wurde beraubt, heuerte als Pferdepfleger auf einem Schiff an, das ihn nach Texas brachte. Dort wurde er Cowboy und entdeckte das Paradies Mexiko, wo man zwar schnell mal versehentlich erschossen wird, aber die Indianer-Frauen sich darum streiten, wer mit Akaziendornen die gefährlichen Parasiten entfernen darf, die sich unter den Fingernägeln einnisten. Er lernte nahezu alle Waffen bedienen: Macheten gegen Schlangen und Lianen. Karabiner auf der Löwenjagd in Afrika, wo er ein Jahr später hingeriet. Man musste unbedingt beim ersten Schuss treffen! Wenn man einen Löwen tagsüber beim Schlaf störte, dafür reichte ein Klatschen, dann biss er seine Löwin wach, woraufhin die beiden den Schwanz einzogen und sich so schnell wie möglich davonmachten. Ein Jahr später war er wieder in Amerika. Mit dem Lasso, der Riatta, fing er wilde Stiere. Mit dem bloßen Messer legte er sich mit einem Puma an. Und seine Fäuste bekamen diverse Männer zu spüren. Er erlebte Stürme, Gefängnisse, Kämpfe, Indianer, betrieb Gerstenverkäufe im großen Stil, dann Ölhandel, war eine kurze Zeit lang Makler.

Schließlich, mit fünfundfünfzig Jahren, hatte er ein kleines Vermögen zusammen und konnte endlich seinen Traum verwirklichen. Seitdem lebte und malte er in einem Atelier, das früher einmal von Bleichwäscherinnen als Trockenspeicher benutzt worden war, im Dachgeschoss eines Wohnhauses in der Rue Delambre. Dort hatte er begonnen, ein Phalansterium im mexikanischen Stil einzurichten. Wie ein alter räudiger Kater nahm er sämtliche gestrandeten Frauen auf, die Unterschlupf suchten. Seine Frau lächelte dazu nur, aber er sorgte auf seine Art für Ordnung in dieser Manege – nicht als deren Dompteur, auch wenn er sein ganzes Leben in Stiefeln verbracht hatte. Stiefel übrigens, die er nachts in der Pampa selbst gegerbt, zugeschnitten und vernäht hatte.

An den Wänden von Le Scouëzecs Atelier hingen Gemälde von allen Ländern, die er bereist hatte. Ein tropischer Baum, dessen Äste den Schatten eines ganzen Waldes warfen. Ein Ozean mit Schiffen, eine Ranch, der Amazonas. An der Stirnwand Java.

Haricot-Rouge fand die Vorstellung zauberhaft, in dieser Atmosphäre zu leben. Man speiste mitten im Atelier, wie in der Prärie um einen echten Marterpfahl herumsitzend, den Le Scouëzec von weit her mitgebracht hatte. Hinter einem Vorhang brodelte in riesigen Kochtöpfen die Mahlzeit.

Aber sie bekam einen gehörigen Schrecken, als sie in einer Ecke schlafend die Kanadierin in einer schwarzen getüpfelten Bluse liegen sah. «Die hat das Kokain völlig zerstört. Wenn sie ihre Krisen hat, hilft nur die Zwangsjacke... Aber ich habe noch eine andere total Durchgeknallte hier, eine Hochwohlgeborene – sie behauptet, sie sei eine Prinzessin. Was es nicht alles gibt! Sie strich tagelang barfuß vor der *Rotonde* herum. Und schön ist sie! Da konnte ich nicht nein sagen. Sie sucht einen Erzengel, sagt sie. Und ihr Kind.»

Haricot-Rouge hatte wenig Interesse, diese Verrückte kennenzulernen. Instinktiv legte sie ihre Hand schützend über ihren Bauch und verließ möglichst bald das Atelier.

Auf der Treppe aber begegnete ihr eine lange Gestalt, die, ohne sie zu beachten, an ihr vorbeieilen wollte. Doch als sie den Bauch von Haricot-Rouge sah, duckte sie sich plötzlich in einen Schatten und begann furchtbar mit den Zähnen zu klappern.

«Lass es bloß nicht abtreiben. Sonst kommt der Erzengel, und er wird dich richten. Er wird dich in den Rinnstein zerren, du Schlampe.» Und sie entwich nach oben.

28

Währenddessen bereitete der Erzengel seine Flucht aus dem Krankenhaus vor. Er hasste die Pfleger, die ihn zu allem Überfluss noch mit einer Grippe angesteckt hatten. Trotz Fieber hatte er nur das eine Ziel, möglichst schnell zu verschwinden. In der Nacht von Samstag auf Sonntag stand er um drei Uhr auf, nachdem er in stundenlanger Kleinarbeit und so leise wie möglich seine Hose aus steifer Leinwand angezogen und den Flaschengurt vertäut hatte. Dann schlich er zum Vorzimmer, das den Krankensaal vom Nachbarsaal trennte. Die Krankenschwester, die gerade nicht an ihrem Platz war, hatte die Tür zum Glück nur angelehnt gelassen. Aber man musste sich auch vor den Kranken in Acht nehmen, die mehr aus Missgunst als aus Pflichtgefühl jederzeit Alarm schlagen konnten.

Das Fenster des Vorzimmers ging auf die Straße hinaus. Erster Stock. Ein Korbstuhl stand an der Wand. Modrulleau öffnete das Fenster, stellte den Stuhl aufs Fensterbrett und kniete sich darauf. «Poeten kennen keine Türen», murmelte er. Dann ließ er sich mitsamt dem Stuhl fallen. Der zerbrach unter ihm in tausend Teile, aber er hatte Modru vor dem allzu harten Aufprall geschützt. Einen Knöchel hatte er sich trotzdem verstaucht. Und so humpelte er fluchend davon, so schnell er konnte.

Es regnete nicht mehr. Aber man konnte Schnee in der Luft spüren. Die Nacht war kalt. Nachdem er um drei, vier Ecken gebogen war, glaubte er Schritte hinter sich zu hören, obwohl er eigentlich weit genug vom Krankenhaus entfernt war. Er zwängte sich schnell hinter einen Bauzaun. Vor ihm lag das Fundament eines neuen Hauses. Er rutschte einen weichen Abhang hinunter und tauchte in das Labyrinth der Ziegelstapel ein. Im Schutz der Mauern war es geradezu warm. Zwischen zwei Steinhaufen legte er seinen Kopf auf eine Holzkiste, die herumstand, und schlief mit dem glücklichen Gedanken ein, dass es Sonntag war und dass weder Arbeiter noch sonst jemand ihn hier stören würden. Am Nachmittag wollte er weitergehen.

Aber er wachte noch vor der Dämmerung mit einem merkwürdigen Druckgefühl in der Brust auf.

«Ich geh kaputt», murmelte er. «Nein! So weit kommt's noch...»

Er riss die Flaschen vom Gurt ab und trank sie, ohne auf ihren Inhalt zu achten, eine nach der anderen leer. Der Schnaps brannte in seiner Brust. Er verkündete: «Ich habe gesiegt, ich habe sie alle besiegt. Jetzt würde ich am liebsten arbeiten.»

Er öffnete aufs Geratewohl die Holzkiste und fand dort Vorschlaghammer und Meißel, ein Steinschneidegerät und diverse kleinere Hämmer und Stichel, mit einem Wort, alles, was man braucht, um Steine zu bearbeiten. Er rannte auf der Baustelle herum. Vor einer am Boden liegenden Säule blieb er stehen. Das Kapitell, noch kaum ausgearbeitet, war mit der Schauseite in den Schlamm gefallen. Er sagte nur: «Haricot-Rouge.» Denn der begonnene Fries zeigte die Form einer schwangeren Frau. Er holte die Werkzeuge und begann, daran weiterzuarbeiten. Erst schlug er die Umrisse des Gesichts aus dem Stein, das er anschließend mit zwei Zöpfen und einem langgezogenen Hals versah, so wie er sie in seinen Bildern malte. Dann legte er ihre Arme und zwei klobige Hände über Kreuz auf ihren gewölbten Bauch.

«Mein Grabstein. Nichts anderes will ich auf meinem Grab stehen haben. Meine Frau, die Mutterschaft und die göttliche Täuschung meiner entflammten Existenz. Ich werde draufschreiben: Mein Grab...»

Er arbeitete den ganzen Tag. Bevor er zu malen angefangen hatte, war er Bildhauer gewesen und hatte gelernt, Steine zu behauen. Die armselige und doch kraftvolle Gestalt schien durch die Steinwerdung ihrem Elend zu entkommen. Und doch lag wenig Hoffnung darin.

Nachts war er fertig. Wegen der Steinsplitter hatte er überall kleine Wunden. Aber er nahm die Statue auf die Schulter und schleppte sie durch ganz Paris in den Hof seines Ateliers. Acht Stunden mühte er sich ab, stürzte mehrfach. Aber seine Muskeln waren noch stark genug. Völlig erschöpft kam er an. Der Kopf der Statue war bei einem der Stürze abgebrochen und verloren gegangen. Der lange Hals wirkte wie ein dünner Säulenschaft, wie eine Reminiszenz an antike Plastiken.

«Das Schicksal will wohl, dass ich noch in meinem Grab dem Bauch keinen Kopf zuordnen kann. Nicht den der Prinzessin, nicht den der Armen aus dem Volk.» Und er ging mit verstörtem Blick und auf weichen Knien zur Straße. Die Beine waren ihm plötzlich schwer geworden. Schwerer als auf dem ganzen Weg, den er mit der schweren Statue auf dem Rücken zurückgelegt hatte.

Ein mexikanischer Maler fuhr vorüber, erkannte Modru und lud ihn zu sich ein. Dort nahm Modru keineswegs das Angebot an, sich auf dem Bett auszuruhen, sondern er straffte sich, warf den Kopf in seiner typischen, unwirschen Geste zurück und tat, als sei alles in Ordnung. Diesem Maler gegenüber wollte er sich keine Blöße geben. Er hieß Zarraga und war für seine Sittenstrenge und Disziplin bekannt. Sein Gesicht wirkte gestaucht, aber sein Blick war sanft. Er arbeitete in einer Kapuzinerkutte, aber nicht im Sinn des allgemein verbreiteten Karnevals, sondern weil sie bequem war. Er hatte ganz Europa bereist, Tintoretto in Venedig kopiert, dem einzigen Ort, wo man diesen großen «Befreiten» wirklich verstehen und deuten kann. In Spanien hatte er die Wandfresken einer Kathedrale gestaltet. Weniger zu Ehren Christi als zu Ehren El Grecos, den er in Paris endgültig zu entschlüsseln gedachte.

Ausgerechnet mit diesem Puritaner, der mit scholastischer Maltradition vollgestopft war, wie ein Franziskaner mit Handschriftenwissen, begann Modrulleau nun eine Diskussion über die Kunst. Er, der außer mit Haricot-Rouge nie über seine Kunst hatte reden wollen. Aber seit diesen Gesprächen war viel Zeit vergangen, und die letzten Tage hatte er in einer ganz anderen Atmosphäre verbracht.

Die Ofenplatte glühte, vor den Bogenfenstern des lichtdurchfluteten Ateliers befand sich der Boulevard Arago. Katzen mit dickem, gepflegtem Fell lümmelten auf den Kissen herum. Auf dem Tisch standen bis an den Rand gefüllte Obstschalen. Und an den braungestrichenen Wänden hingen zahlreiche Bilder mit Dreiecken, Geraden, Perspektivlinien, mit eingestanzten oder aufgemalten Zahlen.

Modru erzählte von seiner Reise zu Picasso und Raffael. Zarraga erwiderte mit der geduldigen Stimme eines Arztes, der einem Patienten, der sterben muss, den Himmel erklärt: «Es geht doch gar nicht darum, ob der Kubismus etwas vorbereitet. Der Kubismus ist Selbstzweck und bedarf keines anderen Zieles. Er hat sich nur deshalb überlebt, weil die Entwicklung zu schnell gegangen ist und weil es keinen wirklich großen kubistischen Maler gegeben hat. Mit den ganzen Theorien hat man sich in die Sackgasse manövriert. André Lothe und Metzinger haben sich deshalb verabschiedet. Braque ist in der Sackgasse stecken geblieben. Und Picasso ist einfach an ihrem Ende über die Mauer gesprungen. Das ist alles. Und sieh dir mal die Bilder an, die man kubistisch nennt. Alles reine Oberflächen! Nur Braque in seinem Eigensinn bleibt ausgewogen. Seine kühnen Bildkompositionen sind immer delikat ausgeführt. Ein solider Franzose eben. Er braucht keine Rettung durch das Italienische oder diese elende Bastelei. Picasso? Keine Frage. Es gibt kaum einen Maler unserer Generation, der ihm nicht irgendwas verdankt. Ein Schandmaul hat mal gesagt, seine Bilder seien wie modische Hüte. Mit einem Kohlkopf hier, einem Schmuckband da rettet er sich von Bild zu Bild und kürzt und verlängert, ganz nach Belieben, wie es gerade angesagt ist. Es gibt in der Tat kein einziges wirklich ausgewogen durchkomponiertes Kunstwerk von ihm, aber dafür zahllose großartige Werke der Intuition, des Augenblicks und des Zufalls.»

«Ich ziehe den Zufall vor», sagte Modru. «Die Spontaneität, das Unbewusste, die Dinge, die man sich nicht aneignen kann. Da liegt doch das wahre Geheimnis der Kunst, das Genie, das Göttliche. Und das ist in uns, über zehn Generationen vorbereitet, wie bei Raffael.»

«Ich ziehe Michelangelo vor», wandte Zarraga ein. «So wie ich Delacroix Ingres vorziehe, den man ja gemeinhin für den eigentlichen Revolutionär hält. Aber der gefällt vor allem denen, die sich an den Ecken und Kanten des Kubismus die Zähne ausgebissen haben und nun wieder auf das Abgerundete, Abgemilderte zurückfallen. Ausdruckskraft und Stärke sind nun mal das Gegenteil von Eleganz und Anmut. Die aber gelten den Ratlosen schnell als Vorbild. Schneller jedenfalls als die spröde Leidenschaft. Michelangelo und Delacroix, das ist Kampf, da werden Türen aufgerissen. Sie beherrschen ihre Zeit. Der eine für fünf Jahrhunderte, der andere vielleicht auch. Man findet alles bei ihnen. Raffael, ein Engel? Mag sein. Der süße kleine Engel war aber ein Minotaurus, der alles verschlungen und in sich aufgesogen hat, von Phidias bis Michelangelo. Und wie bei Rembrandt, El Greco oder Ingres werden hier die Türen schön zugehalten. Alle vier sind Endpunkte einer Entwicklung, ohne jede Möglichkeit der Weiterführung. Es ist ein gravierender Fehler, auf so jemandem aufbauen zu wollen. Befass dich lieber mit den anderen und hol dir bei ihnen die Leidenschaft, den irritierenden Flitterkram, korrigier ihre Fehler, aber nähre dich redlich von jemandem wie Signorelli oder Michelangelo, ohne die ein Raffael gar nicht existiert hätte. Die Späteren in dieser Linie sind Delacroix, Courbet, Chassériau, Seurat. Wie hätten die mit ihren Fähigkeiten den Kubismus beflügelt.»

«Aber das sind für mich alles sehr irdische Maler. Raffael dagegen, das ist der Himmel, mag er ein Endpunkt sein oder nicht», antwortete Modru.

«Was ist dir denn wichtiger: ein Kind hervorzubringen, oder selbst eines zu sein?»

Modru erbleichte, schlug sich mit den Fäusten, deren Risse gleich wieder aufsprangen, wie ein Wahnsinniger vor die von der Hitze gerötete Stirn und schrie: «Ich habe den Himmel geschwängert. Aber die Schlampen dieser Erde haben das Wasser der Chirurgie über die himmlische Flamme gegossen, die ich entfachen wollte.»

Zarraga sah Modru verblüfft hinterher, der davon stürzte und rief: «Es ist alles vorbei, alles...»

Modru stapfte durch den Schnee den Boulevard Arago hinunter, überquerte den Place du Lion de Belfort und gelangte schließlich durch die Rue Denfert-Rochereau zum Boulevard Montparnasse. Seine Füße waren rot vor Kälte, seine Fäuste rot vor Blut. Wild gestikulierend schwenkte er die Fetzen seiner Hemdsärmel wie Fackeln. So näherte er sich der *Rotonde*, in der die Streitereien zwischen dem neuen Inhaber und den Malern und Aktmodellen andauerten. Lord Jarrout sah Modru als Erster. Er wies den Patron auf die Gestalt im Schneetreiben hin, um ihm klarzumachen, welch bedeutender Maler da auf sein Café zusteuerte. Doch der sah nur den Verrückten und seine flammenden Gesten: «Der kommt mir nicht ins Haus.»

Man redete auf ihn ein: «Aber das ist ein großer Maler, ein wirklich großer.» Er gab aus Angst um die neue Einrichtung schließlich nach. «Gut, dann soll er reinkommen.»

Ortiz und Léger gingen sofort nach draußen. Modru saß auf der Sommerterrasse, hatte sein Hemd aufgeknöpft. Seine Brust war bereits mit Schnee bedeckt, die Schultern waren schwarz vom Grill, an dem er lehnte.

«Ich will sterben. Lasst mich. Haut ab.»

«Stell dich nicht so an. Er lässt dich rein.»

«Ach, wie gnädig. Aber was ist mit mir? Ich habe ein Recht darauf zu sterben, wo und wann ich will. Am liebsten, wenn ich an Rom denke …»

Sie hoben ihn auf. Seine Haut war so gerötet, dass sie wie geschminkt aussah.

«Bringt ihn zu mir», rief Zborowski, der herbeigerannt kam.

In diesem Augenblick kam ein dicker Mann in Galoschen den Boulevard herunter. Er versperrte ihnen den Weg. «Mit dem Typen ist sie zusammen?», fragte er mit kehliger Stimme und zeigte auf Modrulleau. Als man von dem Fremden wissen wollte, was mit Haricot-Rouge los sei, sah er ratlos in die fragenden Gesichter. «Wer ist Haricot-Rouge?»

«Na, seine Freundin. Die Tochter eines Lebensmittelhändlers aus der Rue de la Gaîté.»

«Ach so. Und wo wohnt sie jetzt?»

Man gab ihm die Adresse in der Rue Vercingétorix. In dem allgemeinem Aufruhr dachte niemand daran, den klobigen Unbekannten zu fragen, wer er denn sei. Er lief durch den Schnee davon, als hätte sich einer seiner Kunden davongestohlen, ohne zu bezahlen. «Na warte!», rief er.

Er stellte sich der Concierge vor, eilte mit polternden Schritten zum Dachgeschoss hoch. Der Schlüssel steckte außen im Schloss. Haricot-Rouge lag im Bett. Der Mann blickte sich nicht um. Er sah nur seine Tochter, und Rachegedanken erfüllten ihn: «Falls es dich interessiert. Dein Stecher ist tot!»

Haricot-Rouge verstand nicht.

«Komm zu uns, bis er verscharrt wird.»

Er packte sie grob am Handgelenk und wollte sie notfalls mit Gewalt in sein Geschäft zerren, wo man sie durch eine Hausangestellte hatte ersetzen müssen.

Aber sie erhob sich aus dem Bett und zeigte ihrem Vater ihren nackten Bauch, der sich unten rot, oben weiß wie eine barocke Kuppel wölbte.

«Er ist nicht tot. Er ist hier…», sagte sie und fasste an ihren Bauch.

Der Mann wich zurück und erinnerte sich an die Worte seiner Frau: «Solange sie nicht schwanger wiederkommt…» Er fluchte wild und stieg die sieben Etagen wieder hinunter. Seine Galoschen hinterließen nasse Spuren.

Als er wieder ins Geschäft kam, verlor er seiner Frau gegenüber kein Wort über die Begegnung und kümmerte sich um seine Kunden, als wäre nichts geschehen.

29

Sie musste unbedingt wissen, wie er gestorben war. Aber ein entsetzlicher Schmerz zwang sie ins Bett zurück. Und vor der Tür begann die Katze von Utrokikempak zu maunzen. Dieses fürchterliche Tier schien toll geworden zu sein. Als sie gestern die Stufen hinaufgestiegen war, was ihr in dem Zustand schwer genug fiel, hatte es sich auf sie gestürzt, ihr die Brüste zerkratzt und sie in die Hand gebissen. Und als die Katze nicht aufgehört hatte, an ihr hochzuspringen und sie zu kratzen, hatte Haricot-Rouge es mit der Angst bekommen, dass die Katze Tollwut haben und sie und ihr Kind anstecken könnte.

Sie blieb im Bett liegen und dachte, dass Modrulleau wahrscheinlich durch einen Sprung aus dem Krankenhausfenster zu Tode gekommen war. Und sie betrachtete die Fenster des Ateliers mit wachsender Unruhe.

Sie erinnerte sich an Modru, als er ihre Zeichnungen betrachtet hatte, an den Abend mit dem Journalisten, die erste Nacht bei Zborowski. Sie sah ihn vor sich, wie er ihr Porträt auf die Tür gemalt hatte, wie er von Afthalien zurückkam. Sie erinnerte sich an ihre Spaziergänge entlang den erleuchteten Fenstern der Ateliers, die für sie unerschwinglich geblieben waren. Und an den großen zauberhaften Moment in ihrem Leben, die Fahrt nach Rom, wo sie und Modru im Dauerlauf das Museum besichtigt hatten. Sie dachte an die Kirche Trinità dei Monti, den Pincio und die anschließende Nacht. Die Nacht, in der sie den empfangen hatte, der da kommen sollte…

Und danach? Er war im Glück gezeugt worden und sollte im Glück leben. Aber war das überhaupt denkbar? «Der, der da kommen wird, muss glücklich leben, weil er jung sterben wird, wie Raffael. Er wird nicht viel Zeit haben. Das göttliche Kind soll sich deshalb nicht mit den niederen Dingen des Lebens abgeben müssen, auch nicht mit den niederen Werken der Kunst. An uns, dem Fußvolk, den einfachen Arbeitern des Metiers, ist es, ihm sein Haus zu bereiten. Selbst wenn wir mit unserer Haut dafür bezahlen müssen.

Das ist der Grund, warum wir Hemden ohne Kragen tragen, und auf blutigen Füßen laufen.»

So hatte Modrulleau geredet, und nun war er tot. Und niemand baute weiter an diesem Haus. Jeder ging seiner Wege. Modrulleau hatte es vorausgesagt: Picasso spuckte auf die, die ihm nachfolgten. Kisling malte derzeit Rosen, und Zboro kaufte sie ihm für mehr Geld ab, als er je für ein Bild von Modru bezahlt hatte. Alle ließen das göttliche Kind im Stich, das sie in ihrem hungrigen Bauch mit sich herumtrug. Selbst der Vater war ihm gestorben. War es da nicht eigentlich klar…?

Sie stieg auf das Fensterbrett. Es war fünf Uhr morgens. Der Himmel war von schmutzig-dunklem Beige. Sie schrie: «Modru!»

Es war nicht klar, ob es mit Absicht geschah. Vermutlich hatte sich die Katze wieder auf sie geworfen und sie zum Taumeln gebracht. Jedenfalls begleitete das verrückte Tier Haricot-Rouge in die Tiefe und brach sich ebenfalls das Genick.

Einer der Verputzer im Hof dachte erst, eine Bombe wäre explodiert.

«Du hast recht. Es hat einen ganz schönen Knall gegeben, aber wie.»

Einer der Lehrlinge wurde geschickt, um nachzusehen.

«Kommt her!», rief er aufgeregt.

Man konnte erst nicht viel erkennen, weil es dunkel war und weil Haricot-Rouges Rock sich wie ein Ballon um Oberkörper und Gesicht gelegt hatte.

«Oh, Scheiße.»

«Seht mal, was sie zwischen den Beinen hat…»

Zwischen ihren blutigen Schenkeln ragte das göttliche Kind wie eine riesige nackte Wurst hervor. An seinen Beinen klebte noch Käseschmiere, die sie wie Birkenäste aussehen ließ.

Die Concierge kam herbeigerannt.

«Kein Wunder! Diese Spinner. Erst verbrennen sie ihre Möbel und dann… O nein! Die bringt ihr mir nicht nach oben. Das war ohnehin nicht meine Mieterin. Nein, nein! Auf keinen Fall.»

Sie wiederholte noch ein paar Mal «Das war nicht meine Mieterin.»

Die Maler der Nachbarschaft kamen herbeigelaufen und schließlich auch die Polizei. Irgendjemand schlug vor, den Leichnam Haricot-Rouges Eltern zu bringen.

«Gute Idee! Genau! Den Eltern...», befand die Concierge.

Man legte alles in eine Wanne, die im Hof stand, und ein Polizist trug diese trotz der Proteste der Besitzerin hinaus.

«Stellen Sie sich nicht so an. Die kriegen Sie ja wieder.»

Der andere Ordnungshüter hatte in der Zwischenzeit eine Kutsche organisiert. Wenig später hielt die vor dem Geschäft in der Rue de la Gaîté.

«Das ist nicht mehr meine Tochter!», stieß der Vater hervor. «Ich will sie nicht. Soll ich etwa auch noch ihre Beerdigung bezahlen? Das wäre ja noch schöner! Ich bin katholisch und ein ehrbarer Geschäftsmann und sie, sie hat ein Kind außerhalb der Religion gezeugt! Was erwarten Sie von mir?»

«Sie kommen sofort mit aufs Kommissariat», sagte der eine Polizist säuerlich. «Sie gehen mir auf die Nerven.»

Der ehrbare Geschäftsmann musste sich in die Kutsche, neben die gruselige Wanne setzen.

Den Kommissar interessierte nur, wo sie sich umgebracht hatte.

«In der Rue Vercingétorix.»

«Dann sind die von Plaisance dafür zuständig.»

Der alte Kutscher, der wie ein Sargträger einen Zylinder trug, musste wieder zurückfahren. Dort regte sich der zuständige Sekretär auf und verlangte, man solle den Leichnam gefälligst wieder dahin befördern, wo er hergekommen war. Und die beiden Polizisten trugen wütend und ächzend die Wanne die sieben Etagen hoch und kippten ihren Inhalt auf das kaputte Bettgestell ohne Laken.

«So, da haben Sie Ihre Wanne wieder, Madame. Und jetzt brauch ich einen Wasserhahn, um mir die Hände zu waschen.»

30

In der *Rotonde* erregten die Ereignisse erhebliches Aufsehen. Weniger der Tod von Haricot-Rouge, die lediglich von ein paar Frauen wegen ihres Pechs bedauert wurde. Umso mehr aber der Tod von Modrulleau. Erst jetzt sah man, welchen Rang er innegehabt hatte. Die Händler kamen aus allen Ecken von Paris, um zu holen, was noch zu holen war. Auch die Kritiker, die Sammler, Lord Jarrout im Auftrag diverser Honoratioren, die Beamten der Präfektur. Der Inhaber der *Rotonde* glaubte, einen guten Coup zu landen, als er auf einen Schlag siebzehn Bilder von Modrulleau für hundert Franc das Stück verkaufte, die Modru seinem Vorgänger im Tausch gegen Essen und Trinken oder als Geschenke überlassen hatte. Nur einen Tag später standen die Zeitungen, die bislang kein Wort über Modrulleau verloren hatten, voll von lobenden Nachrufen auf diesen rätselhaften Künstler von Montparnasse, der unter so bedauernswerten Umständen ums Leben gekommen war. Einige von ihnen, besonders die Tageszeitungen, druckten sogar Zeichnungen von ihm ab. Der Journalist, den Modru aus den Fängen von Kisling und Cendrars befreit hatte, schrieb, man muss es ihm lassen, eine großartige Chronik über die unerfreuliche Oberflächlichkeit des Boulevards und den eigentlichen Ruhm dieser Ecke von Paris. Er betonte die Uneigennützigkeit der Märtyrer und sparte auch nicht aus, was Modrulleau an jenem Abend zu ihm gesagt hatte. Es entstand ein wunderbares Porträt des großen jungen Mannes mit den feurigen Augen. Der Journalist hatte sich sogar die Mühe gemacht, Anekdoten zu erfinden, die durchaus dem Geist Modrulleaus entsprachen. Die Kondolenzbezeugungen wollten nicht enden. Immer wieder wurden Blumen bei Zborowski abgegeben, der noch gut zwanzig Bilder von Modru unter seinem Bett versteckt hielt. Posthume Ehrungen von Gesellschaften, deren Name man noch nie gehört hatte, trafen ein, Beileidsbekundungen von Bewunderern seiner Kunst, von Sammlern und Kunstliebhabern, die von ihm Bilder besaßen, selbst von Libaude und Afthalien.

Fast tausend Beerdigungsgäste standen in der Rue Bara, als sich bei blauem Himmel und klirrender Kälte der Leichenzug in Bewegung setzte. Zborowski und Afthalien waren übereingekommen, für ein schönes Begräbnis zu sorgen, das dem Maler in angemessener Form die letzte Ehre erwies und dem zu erwartenden Wert seiner Bilder nicht durch allzu große Knauserigkeit Schaden zufügte.

Noch auf dem Weg zum Friedhof steuerte ein Mann auf Zborowski zu, um sich vorzustellen. «Ich bin Herr Notar, Notar.»

«Ah ja?»

«Wie viele Bilder sind Ihnen noch von Modrulleau geblieben?»

«Ich bitte Sie, nicht hier, nicht jetzt …» Zborowski hielt sich sein Taschentuch vors Gesicht, gepeinigt und verwirrt durch die Menschenmasse.

«Ich verstehe durchaus Ihre Gefühle. Aber es gibt Geschäfte, bei denen man einfach der Erste sein muss. Ich komme wieder und ich verspreche Ihnen, ich werde Ihre Wohnung durchsuchen. Wie viel wollen Sie pro Bild, wenn ich Ihnen alle abkaufe?»

«Ich bitte Sie …» Zborowski schüttelte den Kopf.

«Mein Herr, ich will bloß darauf bestehen, dass Sie sie niemand anderem veräußern. Ich bin Herr Notar, Notar, verstehen Sie? Ist ein Vorschuss von vierzigtausend ausreichend?»

«Was?»

«Vierzigtausend. In bar. Bitte sehr.»

Er ließ in der Innentasche seines Gehrocks ein Bündel Geldscheine blicken.

«Gut», stieß Zboro mit zusammengekniffenen Lippen hervor. «Aber nachher.»

Dann rannte er zu seiner Frau, um sie einzuweihen.

Auf dem Friedhof hielten lauter Leute Reden, die er nicht kannte. Kritiker, von denen er noch nie ein Wort gehört hatte, aber auch André Salmon, dessen Worte einen Lorbeerkranz auf das Grab zu legen schienen.

«Es war ein wahrhaft großer Mann … In sich trug er die Anlagen zur Schöpfung eines Heldenepos … Das ruhmvolle Leben eines Übermenschen hätte er führen können, wenn nicht das bittere Schicksal diesen Prinzen seiner Zunft zu oft in verrufene Kneipen verschlagen hätte, Orte, von denen nichts Gutes zu erwarten ist… In seinem Werk wie in seinem Leben vereinen sich Drama und lyrisches Idyll, denen der Tod nicht wirklich etwas anhaben kann…»

Zborowski war der Einzige, der auf das Grab des Malers auch eine Blume für Haricot-Rouge legte.

Afthalien erzählte Basler, dass dieser Schmierfink Modru ihn seinerzeit fast umgebracht hätte.

«Kann ich verstehen», erwiderte Basler ungerührt. «Du hast denen Bilder für zehn Franc oder sogar nur ein paar Sous das Stück abgeluchst, die du für Tausende verkauft hast.»

Herr Notar zupfte Zborowski am Ärmel, während die nächste Rede gehalten wurde. Schließlich gelang es ihm, Zborowski davonzuzerren, gegen den Widerstand von Jarrout. Die beiden stellten bei Zboro zu Hause alles auf den Kopf und brachten schließlich gut fünfzig Bilder zusammen, große Aktbilder, rote und ockerfarbige Porträts, die Karyatidenbilder, Skizzen, ein oder zwei Himmelsbilder.

Sie stapelten alles in ein Taxi. Zboro war zufrieden, ein paar Porträts behalten zu dürfen. Und an einem Tisch im Bar-Tabac an der Straßenecke unterzeichneten sie schließlich den Vertrag über die vorübergehende Leihgabe zu weiterem Detailverkauf.

Zboro war mit dem Abschluss zufrieden. Notar dachte allerdings für einen Moment bekümmert, er würde seine vierzigtausend niemals wieder hereinbekommen. Doch die Bilder wurden eins nach dem anderen im Einvernehmen mit dem Polen verkauft und mit gutem Gewinn, besser jedenfalls, als wenn man sie alle zusammen verkauft hätte.

31

Der Sarg von Haricot-Rouge lag den ganzen Nachmittag auf dem kaputten Bettgestell im Atelier, wo es immer noch hereinregnete.

Utrokikempak hatte darauf bestanden, die Totenwache bei Haricot-Rouge zu halten, bei der er sich mit Le Scouëzec und einem alten Freund, dem Maler, Geiger und Ingenieur Gilet, abwechselte.

Utro kam um Mitternacht, mit zwei Flaschen in der Hand, und machte es sich bequem. Gegen drei Uhr klopften die Nachbarn verärgert an die Tür, denn er war sturzbesoffen, sang laut und tanzte.

«Sie will einfach nicht mit mir tanzen, verdammt. Und was hat sie mit meiner Katze gemacht? Hm? Sie ziert sich, dabei liegt sie wie jedermann in einem Sarg. Das ist eine Beleidigung! Ich glaube, ich muss mir was einfallen lassen…»

Es gab ein Handgemenge, doch schließlich gelang es, Utrokikempak nach unten zu bringen. Zeichnungen und Aquarelle waren mit Bier bespritzt. Die Hälfte der Dielen hatte Utro im Suff herausgerissen, um sie nach einem besonderen optischen Rhythmus, der nicht dem üblichen entsprach, neu zu verlegen.

Die Eltern von Haricot-Rouge ließen sich erst um acht Uhr morgens blicken, nachdem sie ihr Geschäft für den Vormittag geschlossen hatten. Der Vater, den Hut in der Hand, hatte sich in seinen feinen Anzug gezwängt. Die Mutter trug ein buntgefärbtes Kleid und hielt sich ein Taschentuch vor die Augen. Aus Gründen der Schicklichkeit gingen sie immerhin bis zum Friedhof mit. Der Leichnam ihrer vom Unglück verfolgten Tochter wurde ein paar Stunden vor den triumphalen Obsequien Modrulleaus in aller Stille beigesetzt.

EPILOG Einige Wochen nach diesen traurigen Ereignissen saßen ein paar Freunde von Modrulleau, der Baske Ortiz, der Lette Survage, der Kastilier Lagar und einige Polen um einen Tisch in einem kleinen Café am Boulevard und sprachen über ihn.

Seit seinem Tod gingen weder die Maler noch die Bildhauer mehr in die *Rotonde*. Dort war inzwischen alles mit Marmor verkleidet, und das Café war in ein Tanzlokal verwandelt worden, ein Versuch, mit den Tanzsälen der Champs-Elysées zu konkurrieren. Herausgekommen war allerdings eher eine schlechte Imitation der Schuppen in Montmartre. Es gab sogar einen Türsteher mit Hut. Man schimpfte über den neuen Eigentümer, eine wahre Nervensäge. Es war kaum noch möglich, unten einen Kaffee zu trinken. Früher hatte man zwischen zwei Aktsitzungen schnell vorbeigeschaut, mit Ton oder Farbe an den Händen. Jetzt musste man selbst fürs Kaffeetrinken ordentlich gekleidet sein, um überhaupt eingelassen zu werden. Man war sich einig: Montparnasse ging langsam den Bach runter, so wie La Butte. Der Name des Viertels würde schon bald nicht mehr mit der harten Arbeit derer in Verbindung stehen, die in den Cafés Stammgäste gewesen waren. Die *Rotonde* wäre dann nur noch ein Vergnügungslokal unter vielen, mit falschen Künstlern, echten Amüsierdamen und abgeschmackten Chanson-Sängern. Mit schlüpfrigen Anspielungen, wie sie auch in den Illustrierten so beliebt sind, würde man noch in zehn Jahren das ausschweifende Leben der Kubisten beschwören, obwohl der Kubismus dann schon lange vorbei sein würde. Es war ja jetzt schon so, dass die großen Kaufhäuser Bilder, die sie für kubistisch hielten, auf die Titelblätter ihrer Kataloge druckten oder auf ihre Werbeplakate, ganz wie in Deutschland.

An dem kleinen Holztisch im Schein einer gelblichen Lampe ließ man Modrulleaus letzte Tage noch einmal Revue passieren.

«Diese Statue, unglaublich…»

«Es stand drauf: *Für mein Grab*. Und das war ganz klar Haricot-Rouge.»

«Sie sind noch nicht mal gemeinsam beerdigt worden. Und die Statue hab ich gar nicht gesehen.»

«Und wo ist sie jetzt?»

«Wahrscheinlich immer noch im Hof unten, in der Rue Vercingétorix.»

Sie dachten eine Weile nach, dann sagte Ortiz:

«Wir sind zu sechst. Wir haben ein Uhr nachts. Da können wir sie doch ungestört holen. Wir schleppen sie zum Friedhof und mauern sie ein. Was haltet ihr davon?»

Sie sahen sich an. Ihre Augen funkelten.

Ortiz stand auf. «Na, dann mal los.»

In der Rue Vercingétorix klingelten sie. Man öffnete ihnen, und sie konnten in aller Ruhe den Hof nach der Statue absuchen. Sie fanden sie unter einem Holzstapel, verdreckt, fleckig und geschwärzt. Trotzdem bewunderten sie alle ihre Schönheit. Zu sechst schleppten sie die Statue hinaus.

«Wie hat er es bloß geschafft, sie hierherzubringen?»

In der Avenue du Maine hielten sie einen Fuhrmann an.

«Sag mal, Freund. Kannst du uns die Statue zum Eingang des Friedhofs bringen? Ist für einen guten Kumpel von uns.»

«Wenn's dafür was zu trinken gibt, immer.»

Sie hoben den schweren Stein in den Wagen und fuhren, ohne ein Wort zu sagen, zum Friedhof. Aber sie hatten nicht damit gerechnet, dass Friedhöfe nachts geschlossen sind. Sie mussten abwarten, bis es Tag wurde, und dann weigerte sich der Friedhofswächter, die Statue ohne die nötigen Formalitäten auf den Friedhof zu lassen. Vergeblich versuchte man ihm klarzumachen, worum es ging. Er erklärte sich lediglich bereit, die Statue bis zum Nachmittag hinter seinem Häuschen zu verwahren.

Als sie am Nachmittag wiederkamen, empfing sie ein Polizeiinspektor, der sie bat, ihm aufs Kommissariat zu folgen. Sie versuchten ihr Anliegen zu erklären.

«Ihr habt nicht das Recht dazu. Bringt den Stein in die Rue Vercingétorix zurück. Der Besitz des Verstorbenen ist nämlich beschlagnahmt. Er hatte Schulden.»

«Wie viel? Wir zahlen das.»

«Die Concierge behauptet, es handle sich um vierzig Franc.»

Sie sahen sich an. «Das treiben wir auf.»

Da fiel Ortiz etwas ein. Mussten nicht oben in seinem Atelier noch diese verrückten Karyatidenbilder sein, die göttlichen Himmel, die Modru jedes Mal gemalt hatte, wenn er von der Prinzessin zurückkehrte? Ortiz hatte sie mal gesehen. Das waren seiner Ansicht nach die schönsten Bilder Modrus.

Sie gingen in die Rue Vercingétorix. Die Concierge machte eine wegwerfende Handbewegung. «Unsägliches Zeug.»

«Was haben Sie damit gemacht?»

«Wir haben damit die versaute Matratze eingewickelt.»

«Was?»

«Wir mussten sie total zerschneiden. Und die Farbe haben wir weitgehend abgekratzt. War ja geradezu peinlich, aber was soll man von so einem Mann erwarten, der nicht mal Strümpfe trägt…»

Während sie redete, sah sie sich auf einmal einer solchen Feindseligkeit gegenüber, dass sie es mit der Angst zu tun bekam. Sie verschwand hastig in ihrem Verschlag.

Die Statue wurde wieder in den Hof gestellt. Als die wenigen Besitztümer Modrulleaus verkauft wurden, ging sie für fünftausend Franc an einen Antiquitätenhändler aus der Rue de Beaune, der sie zwei Wochen später für dreizehntausend weiterverkaufte. Sie wird auf der nächsten Auktion in der Rue de la Ville-l'Evêque zu sehen sein.

Michel Georges-Michel, 8. Dezember 1923

EDITORISCHE NOTIZ *des Übersetzers* Von Anfang an ist dieser in Frankreich bis in die 1950er Jahre hinein überaus erfolgreiche Roman als überhöhte Biographie Amedeo Modiglianis gelesen und in diesem Sinne von Max Ophüls und nach dessen Tod von Jacques Becker auch verfilmt worden. In Haricot-Rouge kann man unschwer eine freie Zeichnung von Jeanne Hébuterne erkennen, mit der Modigliani zwei Kinder hatte. In «der Kanadierin» seine Geliebte Beatrice Hastings. Die meisten der rund fünfzig Figuren dieses Romans beschreiben jedoch – unter Nennung ihres jeweils richtigen Namens – reale Maler und Originale. Man spürt Georges-Michels intime Kenntnis der Zusammenhänge, die er sich als Mitglied der Malerkolonie auf Montparnasse aus erster Hand verschaffen konnte. Das legendäre Künstlerviertel Montparnasse ist durch die umfangreichen Bauvorhaben der Nachkriegszeit größtenteils zerstört worden, wie Georg Stefan Troller in seinem «Pariser Journal» eindrucksvoll berichtet hat. Die Rotonde und das Dôme gibt es allerdings noch heute.

MICHEL GEORGES-MICHEL (bürgerlicher Name Georges Dreyfus) wurde 1883 in Paris geboren, wo er 1985 starb. Er besuchte die Pariser Kunsthochschule und die Ecolé du Louvre und arbeitete als Künstler, Journalist und Schriftsteller. Sein umfangreiches schriftstellerisches Werk umfasst Romane, Monographien, Bühnenstücke und zahllose Artikel.